UNIVERSALE
ECONOMICA
FELTRINELLI

CW00496428

PAOLO RUMIZ
È Oriente

© Giangiacomo Feltrinelli Editore Milano
Prima edizione ne "I Narratori" marzo 2003
Prima edizione nell'"Universale Economica" febbraio 2005
Nona edizione aprile 2013

Stampa Nuovo Istituto Italiano d'Arti Grafiche - BG

ISBN 978-88-07-88045-2

www.feltrinellieditore.it
Libri in uscita, interviste, reading,
commenti e percorsi di lettura.
Aggiornamenti quotidiani

razzismobruttastoria.net

DOVE ANDIAMO STANDO?

Trieste-Vienna in bici

Pioviggina sul colle del Sonnenberg, ci alziamo sul sellino per l'ultima salita, finché in cima l'orizzonte si slarga e a nord – oltre i fiumi, i villaggi e le ultime pendici del Wienerwald – compare solitaria, evanescente come una fatamorgana, la guglia di Santo Stefano. È il Danubio, la meta, la gioia, il tuffo al cuore, le domande che frullano in testa. Vienna l'abbiamo già vista: da dove viene questa emozione nuova? Siamo già stati in mezzo mondo: e allora perché ci sembra di non aver mai viaggiato prima?

Non può dipendere che da questa macchina silenziosa che da sei giorni mio figlio e io abbiamo sotto il sedere. È la prima volta che la usiamo per viaggiare. È stata un bracco implacabile: ha fiutato il terreno in ogni anfratto e ora ce lo riconsegna nitido, ce lo srotola come un film. Trieste, Lubiana, la Drava, il Burgenland, il passaggio in Ungheria. Smette di piovigginare, siamo euforici, planiamo a tutta birra sul Danubio. Achau, Leopoldsdorf, Laxenburgerstrasse; la ragnatela della città imperiale ci cattura. Ma il risucchio è iniziato seicento chilometri prima, alla partenza, davanti alla porta di casa.

In questo viaggio le due bici sono state per noi tante cose. Tandem generazionale, strumento di conoscenza, riconquista della lentezza, passaporto per una clandestinità nuova, perfino macchina sovversiva. Hanno ribaltato la percezione della distanza, della durata e dell'andatura, la capacità di guardare e gustare, la dimensione acustica, olfattiva e persino onirica del viaggio. Sono state macchina da presa, rosario di orazioni, miscelatore di immagini e memorie, fabbrica di pensieri e di sogni straordinari.

A ben guardare, le due ruote leggere sono state anche strumento di penitenza, riscoperta della fatica e del silenzio. Si sono rivelate infine un attrezzo rivoluzionario, perché annullano le gerarchie, semplificano i bisogni, rivendicano un accesso più umano al territorio. Giunti in Austria – un luogo dove chi va in bici è un benemerito, non un miserabile intralcio all'industria dell'auto – abbiamo pensato spesso all'Italia, a questo paese d'Europa capace di esprimere Coppi e Bartali, nonché folle di cicloamatori tra i quali persino il capo del governo, ma che resta nevrotico e impercorribile, estraneo alle sue stesse strade millenarie.

I tedeschi la chiamano *Reisefieber*, febbre da viaggio. La riconosco subito: arriva a notte fonda, con vampate di calore, ansia e acciacchi vari. Fa caldo, mi rigiro nel letto e penso che sono matto. Parto senza allenamento, non so nemmeno cosa sia un rapporto 17 x 42. Perché lo faccio? Papà, aveva detto un giorno Michele, facciamo qualcosa insieme. E papà aveva detto sì, perché a cinquant'anni tutti vogliono fare qualcosa di speciale: riprendersi il proprio tempo e il proprio spazio, magari farsi un tagliandino di efficienza. Oggi ho la bici, mi tocca pedalare; ma so che già domani mattina non ce la farò ad alzarmi dal letto. Ho studiato le carte al centimetro, eppure di notte quei seicento chilometri paiono una muraglia invalicabile e infinita. L'aria è ferma. Mi alzo a controllare le sacche. Spazzolino, borraccia, quadernino, cerotti, carte geografiche, magliette, documenti, soldi. Mio figlio dorme beato. È sicuro che ce la farò: dunque è matto anche lui.

C'era la luna, la notte della vigilia. Una notte inquieta di cani e pipistrelli. Ho attraversato la città in scooter, l'aria era immobile e umida, lasciava sospesa una rugiada argentata. Succedeva una cosa rarissima: i profumi del mare e quelli della montagna non entravano in conflitto, ma si armonizzavano senza sovrapporsi. Così ho attraversato profumo di fieno e mare aperto, di cipressi e bagnasciuga, di pini marittimi e secca brughiera, il respiro delle acacie e l'odore della pescheria chiusa, e poi il droghiere, il macellaio, il panettiere. Era come se bucassi quel pulviscolo scavandovi un tunnel che aveva la forma del mio corpo.

Accanto al comodino tengo sempre pile di atlanti, carte, guide, romanzi di viaggio, diari di bordo, relazioni con fotografie di paesi lontani, storie di antichi pellegrinaggi. In cima, il libro dei libri, *Moby Dick* di Herman Melville. Talvolta sono così tanti che formano un muretto; al mattino devo scavalcarlo per alzarmi. Ai piedi del letto una piccola valigia, con l'indispensabile per le partenze improvvise, frequenti nel mio mestiere. Ecco, ogni mio viaggio comincia già lì. Prima con i sogni più trasgressivi, spesso sul far dell'alba. Poi con quel metro e mezzo di percorso impervio ingombro di libri accatastati. Passate quelle Forche Caudine, tutto diventa facile. Esci di casa ed è fatta.

Filiamo all'alba come contrabbandieri. Odore di bosco: è pulita a quell'ora l'aria di città. Ultimo dubbio, prendere o non prendere il telefonino. Poi tagliamo corto: siamo uomini o commercialisti? Così lasciamo il grillo infernale, molliamo gli ormeggi, e già al primo colpo di pedali si insinua in noi una leggerezza nuova. Siamo liberi, irreperibili. Chi ha detto che partire è un po' morire? Qui la partenza è un'evasione, la strada una via di fuga. E noi siamo degli imboscati, dei banditi allegri. L'ansia evapora, la fretta pure. I motorizzati diventano marziani, l'auto un dinosauro, sgommare una demenza. Ce la faremo, bastano pochi metri per capirlo. La condizione non c'è? Chi se ne frega; verrà.

Si va, la salita comincia subito. Trecento metri di dislivello, con lo stradone ancora in penombra. Cinque metri più avanti, Michele pigia sui pedali, curvo come un routard. Ha sedici anni, spalle larghe. Oggi tace, ma di solito è un comizio permanente. È lui il polemista, il filosofo e il politico di famiglia. Quando nacque, giurai: non mi freghi, la mia vita non cambierà. Così me lo portai ovunque, dall'età di sei mesi, come un nomade. Tenda, traversate, zaino, stelle e sacco a pelo. Per me una fatica bestia, per lui un imprinting indelebile.

Assistiamo stupefatti a un'inversione delle distanze. Trieste è subito lontana e Vienna già pare vicinissima. Abbiamo tagliato i ponti dietro di noi. Davanti, invece, si materializza un ponte che non c'era: porta verso l'Altrove come un filo d'Arianna, ed è già in mano nostra. Sta lì, adagiato sul margine orientale delle Alpi. So che se non partissi dalla porta di casa non sarebbe lo stesso. Solo così posso proiettare le "mie" misure sul mappamondo, sentire che le distanze lunghe non sono che una sequenza di piccoli passi. E che viaggiare è solo un allargamento dell'Heimat.

Trieste scompare dopo sei chilometri di salita e subito finiscono le ombre crude. Mediterraneo addio, già si sente il fresco continentale, nebbioline danubiane si acquattano nelle doline con largo anticipo sullo spartiacque. Puntiamo a oriente, verso il sole che nasce. Verso le terre dove i treni rallentano, gli spazi si allungano, il tempo e la memoria sono diversi.

È domenica, si va veloci nelle strade vuote del mattino. Dopo cinquanta chilometri il paesaggio è già boemo. Boschi

8

magnifici, campanili a cipolla, saliscendi. Abbiamo scelto di percorrere il margine orientale delle Alpi per evitare le salite, ma ci accorgeremo presto che le colline sono peggio delle montagne. Il concetto di tornante è inesistente, le rampe vanno su per la massima pendenza. E noi, che invece di risalire i fiumi alpini prenderemo tutte le valli di traverso, scollineremo non una ma infinite volte.

Non è ancora mezzogiorno, e già si annuncia la capitale dello stato Lilliput. Lasciamo la strada maestra, ci buttiamo sotto un tiglio, accanto alle risorgive di un monastero. Netto l'anticipo sulla tabella di marcia: il premio è la prima birra. Il sole è alto, la collottola ustionata, la voglia di continuare scarsa, dolorini dappertutto. La birra chiama omelette al formaggio, l'omelette un dolce alle mele, il dolce il caffè, e il caffè la voglia di dormire nella segale in un coro di cicale.

Se non ci fossero i monti attorno, potremmo essere nella Polonia del Nord, in Masuria: acque, boschi, case basse, malinconia lacustre. La media crolla, ma chi se ne frega. Bigheloniamo tra i villaggi della piana lubianese, ci lasciamo portare dalla corrente fino al primo ponte sulla Sava, la via maestra della Iugoslavia-che-non-c'è, ancora gonfia di acque alpine.

Casermette dei vigili del fuoco luccicano in ogni villaggio, dipinte di fresco, con la teca del santo sulla porta. Sono il simbolo del nuovo corso sloveno. Significano affinità asburgica, controllo del territorio, autogoverno. Insomma: Iugoslavia addio. Ieri c'erano i carri armati, oggi la protezione civile. Ricordo il sindaco di Lubiana la notte dell'indipendenza. "Siamo piccoli, ma di qualità!" disse, e gli fece eco un'ovazione. Tutto, in Slovenia, esprime questa sindrome svizzera.

In un delizioso alberghetto, dopo cena, scopriamo che per il viaggiatore lento il viaggio continua anche di notte. La bici è una macchina dei pensieri, lavora ventiquattr'ore su ventiquattro. Anche il sogno è "on the road". Vedi montagne, temporali, grilli, bambini, discese nel vento, nuvole, fiumi, ponti, nebbie, abbaiare di cani. È l'andare delle gambe che diventa moto perpetuo. La mente è lì che lavora, ma il corpo se ne va per conto suo, inghiottito in un abisso, in un sonno assoluto. Per descriverlo, la Mitteleuropa ha parole più efficaci dell'italiano. *Spavati*, *schlafen*. Contengono tutta la pesantezza animale della fatica.

All'alba arriva il primo sogno. Una grande città in rovina, corrosa dall'incuria, dal sole, dall'oceano e dai temporali. L'Avana, forse. Una città nobile, coloniale e barocca, che si sgretola lentamente. Tutto è puntellato da travi, e ogni tanto, di notte, sotto un cielo afoso di poche stelle, sento un crollo. Qui frana un intonaco, lì un davanzale. Strade rettilinee e vuote, pochissime luci, appena qualche neon. Sembra una città di morti, e invece no. A guardar bene è piena di vivi. Più cerco e più ne appaiono, brulicando nelle architetture cariate, a migliaia.

Non sono umani qualunque. Sono giovani, bellissimi. Su un davanzale, una donna nera si asciuga i capelli con superba indolenza. Nel suo bagno, un pappagallo fa la doccia e grida a squarciagola. Sotto, un uomo bianco batte disperato a un portone che nessuno apre, e quando si spalanca, con un rumore cupo, ne esce ridendo una ragazza con una gigantesca torta alla panna, decorata di meringhe. Poi una Plymouth anni cinquanta color smeraldo, stipata di gente, si ferma e inghiotte la giovane. Intanto, sul tetto a terrazza, un altro uomo suona il sax a torso nudo; suda e solo una capretta lo ascolta, mentre dal mare arriva l'uragano.

"Papà svegliati, è l'ora." Salto a sedere sul letto, la luce del secondo giorno è entrata dalla finestra. Sono inondato da un sudore caraibico, devo farmi una doccia. Scendiamo in cortile a sistemare la roba sull'affusto. Il mattino ci svela un altro paradosso della bicicletta: il peso delle sacche rende leggeri. So di essere una bestia da soma; il basto mi fa l'effetto di un Valium, mi tranquillizza, mi aggancia alla terra, mi obbliga ad andar piano.

Ma qui scatta un'equazione nuova: peso = autonomia = libertà = leggerezza. C'è di mezzo, forse, la libidine di miniaturizzare il comfort, di spartire lo stretto indispensabile fra due sacche messe in equilibrio su un attrezzo privo di targa e motore. È una cosa che rende splendidamente irreperibili. "*Omnia mea mecum fero*": portarsi tutto, disfare la sera e rifare al mattino, è il rito nomadico che rende irreversibile il distacco da casa. Ma non puoi capirlo, se il viaggio dura un giorno solo.

Si riparte nelle brume, la valle si stringe, pioviggina. Da qui il paesaggio è tutto nuovo per noi. Sulla Sava, vecchi ponti in legno da Grande Guerra, con il tetto a spioventi e scudi antivento. Facciamo merenda sotto quello di Spodnji Log, solitario, sospeso tra i boschi, l'acqua, la ferrovia e la strada. Odore di limo e legno di rovere; a ogni passaggio le travi parlano; la luce riflessa dall'acqua balugina sul fondo del ponte, lo muove. Tutto, in un viaggio lento, si riempie di simboli: la salita è penitenza, il bivio è scelta, il rettifilo introspezione. Il ponte è passaggio sicuro sull'acqua, sul pelago dell'incognito; e viaggiare, in fondo, è un po' navigare. Ma mentre pontifichiamo di ponti e pontefici, un colpo di vento fa volar via le copie delle carte al cinquantamila. Finiscono nel fiume, destinazione Mar Nero. Fa niente: ci sarà più avventura.

Pedaliamo sotto la pioggia, l'acqua ci ammanta di silenzio, accende la moviola della memoria. Ripenso a mio padre nato in Argentina, al suo mandolino, ai suoi racconti patagonici. Anche lui amava la bici; oggi siamo tre generazioni in viaggio. Partiva con gli sci legati al telaio, il mio vecchio, con un pattuglione di amici che scalavano in allegria le prime Alpi Giulie. Cantava anche, per dare il ritmo. Aveva un cuore lento. Poi dormiva nei fienili e partiva all'alba, sotto le ultime stelle, verso i canaloni e le rocce sulle creste portando nello zaino solo un'arancia e un po' di formaggio.

Ricordo Michele, anni fa, quando si svegliò nello zaino porte-enfant e formulò così il suo primo gerundio: "Papà, dove andiamo stando?". Quella capriola sintattica aveva in realtà una logica di ferro. L'andare non era forse conseguenza dello stare, della condizione esistenziale di essere beatamente sistemato dietro papà orso? Oggi quel vecchio gerundio si raddrizza, diventa la quintessenza del divenire, della durata, della continuità. Dico a me stesso: "Sì, stiamo andando a Vienna".

Il *bocia* ha imparato da tempo a raddrizzarli, i gerundi. Li usa perfidamente per proteggere le sue riserve di caccia, la musica soprattutto. Li impugna appena gli chiedi di dare una mano, vuotare l'immondizia, lavare i piatti. Ti dice: "Ma sto uscendo". Oppure: "Stavo studiando". Oppure ancora: "Proprio adesso che sto andando alle prove". Nulla è più irresistibile di quella forma verbale che indica la continuità – non violabile – del tempo presente.

La valle si fa mineraria, ostile. Fuggiamo per una rampa orribile, le zavorre ci tirano indietro, è il primo vero collaudo per le gambe. In fondo alla discesa, nel bosco, il fumo e il profumo della locanda Drnovsek ci ricordano che abbiamo fame. Spazzoliamo strepitosi *čevapčiči* con peperoncino. Gli errabondi in bici mangiano come belve, ignorano i beveroni energetici, sognano la birra. E poi, mangiare è un modo per fissare i luoghi nella memoria. Dopo questo viaggio, Deutsch Haseldorf, in Stiria, sarà per sempre una *Kraut-suppe* con paprika rosso fuoco, erba cipollina e panna acida. Ptuj, in Slovenia, la ricetta di una zuppa d'aglio scritta da una cameriera. Rechnitz, nel Burgenland, un succo di mele fresco di cantina e un barista simpatico che ci indica la strada giusta.

Risaliamo la Savinja. È gonfia e marrone, si porta dietro umori nuovi. Le prime cicogne annunciano che la Pannonia è vicina. Tra i campi di luppolo, alla periferia di Celje, scopriamo che gli sloveni hanno bioritmi campagnoli e postsocialisti. Lavorano in città, ma abitano nelle vallate e fanno orario unico. Risultato: alle tre del pomeriggio esplode una fuga di massa che travolge tutto, noi compresi; una transumanza che intasa ogni stradina, risale i fiumi verso linde casette con giardino. Quando il finimondo ci obbliga a riparare in un albergone paleoiugoslavo, nel frattempo è finito tutto, le strade si sono svuotate. E alle cinque in Slovenia c'è già il coprifuoco; tutti a casa a preparare la cena, con mille comignoli che fumano, e la sera che tramonta in arancione.

Il secondo sogno arriva di nuovo all'alba, in punta di piedi. È una foresta tropicale fitta e popolata di granchi rosso-arancio, talmente tanti che è impossibile non schiacciarli. Poi dalla montagna cala un sipario di umidità calda che imperla orchidee di una bellezza sguaiata, quasi oscena. Gli alberi si riempiono di insetti che cominciano a suonare come campanellini e la foresta intera diventa un concerto di xilofoni al ritmo della salsa. Un treno passa urlando nella notte, lentissimo, illumina – quasi ipnotizzandole – tre persone, si ferma in mezzo ai campi e le prende a bordo. E in un villaggio, in mezzo alle piantagioni di canna da zucchero, una mulatta con un fiocco rosso fra i capelli traversa scalza la strada con un maiale al guinzaglio.

Mi sveglio per un attimo, poi riprendo là dove sono rimasto. Sogno un temporale che si prepara con un silenzio d'afa, ronzio di ventilatori, biciclette e litanie per la Madonna Nera dell'oceano. Poi il cielo ribolle come un bancone pieno di calamari vivi, diventa un arco voltaico, gli alberi hanno spasmi di agonia, un pulviscolo giallo carico di ozono riempie il cielo e si gonfia l'aliseo. Scrosci che mi buttano a terra, lampi verdi, tuoni da battaglia navale. Fulmini di tutti i tipi: diagonali, a raffica, gemelli, a losanga, globulari. Implosioni, deflagrazioni, nubi che si illuminano di sangue al loro interno, come una lampada liberty. Poi la luce si fa strada, pulita, oltre una foresta di uccelli, limoni e tamarindi.

Terzo giorno. Si dirada una bruma luminosa, siamo stranamente silenziosi, forse perché ci avviciniamo alla boa del viaggio, la metà percorso, il punto di non ritorno. Per raggiungere le valli della Drava ci aspetta uno scollinamento duro. Che fascino penitenziale ha la salita. La strada diventa convessa come un tapis roulant, e tu ti chiudi in un involucro al cui interno rimbombano cuore e muscoli.

Procediamo lenti, il cielo si apre. Mi piace tagliare il pendio con pazienza, piano piano, come un vecchio maestro d'ascia. Anni di alpinismo mi hanno insegnato che la cima in sé spesso delude, che molto meglio è l'architettura della salita, lo studio delle sue linee segrete. Anche il mio bracco meccanico preferisce ai panorami le vecchie piste rasoterra. Non ama la vertigine rarefatta del sublime. Sarà anche alta e pura, ma non gli fa annusare la terra.

Gli odori ci vengono incontro in processione, nella lunga discesa che segue. Siamo risucchiati in un tunnel pieno di vento, la velocità aumenta, la temperatura scende, l'aria diventa una cosa solida che si perfora, in sequenza rapidissima e successione altimetrica il naso intercetta uno dopo l'altro fieno, sottobosco, rugiàda, fumo di una segheria, legname, erba falciata, polvere, bestiame, una locanda, il limo del fiume, vigne sotto il sole, biossido di carbonio all'ingresso del villaggio. Acceleriamo sulle piste come segugi cacciatori, gli odori scavano nella memoria, si eccitano fra loro, ne chiamano altri a raccolta. Parigi e le baguette calde "du petit matin"; il *čevap* con la cipolla a Sarajevo assediata; Lisbona e il baccalà nelle locande dell'Alfama.

Sul ponte sulla Dravinja, ci saluta una Slovenia tutta diversa. Addio mondo subalpino, addio abeti cupi; nell'aria c'è la luminosità musicale dell'ecumene danubiana. Ed è un incanto lo spazio che la nuova valle ci schiude a levante: vigne, querceti, silenzio, campanili, girasoli e uccelli migratori. Due cicogne fanno una danza rituale attorno ai loro piccoli, emettono secchi suoni gutturali dal loro nido in cima a un palo della luce. Siamo vicini all'Ungheria, la gente saluta, sorride, non abbassa gli occhi come a Lubiana. Penso che, cercando l'Occidente, gli sloveni ci hanno guadagnato di certo: ma forse hanno perso l'anima grande dell'Oriente.

La muscolatura delle Alpi si allunga, i dislivelli si estenuano, e noi viaggiatori rasoterra percepiamo le rugosità, i tatuaggi, le minime ondulazioni dello spazio terrestre. Un dislivello appena percettibile ci ha aperto un mondo nuovo che nessuna carta lasciava indovinare. Gli scollinamenti diverranno la chiave del viaggio, la collina si rivelerà superiore alla montagna. La sommità del colle è il luogo dove tutto resta per un attimo sospeso e si ricompone, dove la luce cambia, e così le voci e gli odori. È su quel crinale psicologico, sutura tra la penitenza della salita e il premio della discesa, che ti butti su un prato, ti togli le scarpe, apri la carta geografica e rifai il punto nave.

Larga, lenta, la Drava porta all'improvviso aria di retrovia. Sole alto, dietro i campi di tabacco e i salici l'acqua corre verso terre che sono paradiso e inferno, ribollono di messi e guerre etniche. La Croazia e le macerie di Vukovar, la Stalingrado del Danubio, non sono lontane. Eppure, qui come laggiù, la gente è allegra, mite, semplice. Sotto la rocca di Ptuj, sul lungofiume, la contraddizione si scioglie in un calice di Traminer, accompagnato da formaggio in carrozza con crauti allo speck. Goduria imperial-regia quasi perfetta.

Fa caldo, tuona con il sole alto, il viaggio perde la direzione est, vira lentamente a nord, verso la Stiria. Colline lunghe, dolcissime, un paradiso. Ed è un'altra metamorfosi: l'andare diventa ritmo, finalmente; e il ritmo diventa musica. Si scherza su Aristotele. Se l'uomo è unione di corpo e mente, la bici è la sua apoteosi, perché in bici corpo e mente vanno alla stessa andatura.

Mi butto nel grano a prendere appunti, capisco che in me sta avvenendo una metamorfosi anche stilistica. La bici non è solo una formidabile macchina di incontri e di eventi. Aiuta pure a miscelare immagini, memorie e situazioni. Mi sento un archeologo che fruga nei sedimenti, nella polvere, in un territorio che è cimitero di memorie, crepa, acqua, fango, liquame. Sento di coincidere con il paesaggio e le sue stratificazioni geologiche. Come nella folgorante immagine di Borges, la linea del mio andare sulla mappa ricalca fedelmente quella del mio volto.

È tempo di cercare un tetto; una cameriera dall'accento serbo ci indica una fattoria in un villaggio di nome Drbetinci. È arroccato su una collina lunga, oltre una piccola prateria di grano. Drbetinci. Ne mastichiamo il nome: ci piace. Partiamo per una salita ripidissima per vedere se mantiene le sue promesse.

I toponimi contengono molti messaggi: i lettori di carte geografiche lo sanno. Chi va in auto non può capire. Abbiamo passato i nomi duri della terra carsica: Razdrto, Grcavec. Poi quelli morbidi del luppolo: Tremerje, Mestinje. Ora, quelli leggeri degli albicocchi: Svetinci, Andrenci. Verranno quelli araldici delle vigne e dei castelli: Kapfenstein, Gangelberg.

La fattoria ci accoglie, circondata da vigne e colline. Diavolo, due italiani che vanno a Vienna in bici; la voce corre, e dopo cena i vicini vengono a vedere che faccia abbiamo, ci stappano del Riesling. È gente simpatica, dal sangue caldo. In tv c'è una partita e tra due avventori scoppia senza preavviso una lite furibonda sul concetto di off side. In una concitata rappresentazione del gioco, i bicchieri volano da un lato all'altro del tavolo; i due diventano paonazzi, quasi si picchiano; poi di colpo gli vien da ridere, e tutto finisce a manate sulle spalle.

Buonanotte italiani, *nasvidženje*. Fuori il cielo è pieno di stelle, la terra è buia. Ne respiriamo lo spazio: ha il profumo dell'erba prima della pioggia. Freddo, qualche lumino, il rintocco delle undici, un cane che abbaia lontano.

Il terzo sogno arriva in una notte difficile, inquieta, troppo silenziosa. Stavolta è l'orlo di un faraglione sull'oceano, rocce e muschio infradiciati dalle tempeste e assordati dai gabbiani, luogo di fortezze senza tempo e villaggi addormentati sotto la pioggia. Mi sporgo oltre il faro, ma al largo non vedo i frangenti. Solo nubi basse che arrivano a pelo d'acqua, coprono completamente le onde che si schiantano fumando contro gli strapiombi, ti fanno sentire, come in *Re Lear*, un cieco Gloucester davanti al fragore di un mare che non vedi.

Il faro è immenso, illumina la spruzzaglia sospesa nella nebbia, lancia sciabolate di luce verso il nulla, sembra coagulare e offrire consistenza a qualcosa di soprannaturale, fotografare quasi il grande salto delle anime oltre il *finis Terræ*, captarne il grido di addio al terminal delle terre emerse, e allora io stesso grido, mi aggrappo a mia moglie, scivolo, cado nel muschio umido lanciando un richiamo afono che mi sveglia.

Quarto giorno. Risveglio lento, il Riesling della sera prima ha lasciato il segno. Il capo lo sa e ci fa trovare sul tavolo una colazione da duri, tè con grappa di albicocche, uova sode e pane nero. La pozione ci sballa, usciamo in un delizioso stato confusionale. Così succede quello che deve succedere. Sbagliamo a leggere la carta e ci perdiamo nel dedalo. Ma perdersi talvolta è utile. Così decidiamo di navigare a intuito verso nord-nord-est. Ed è proprio così che scopriamo il meglio della Slovenia: saliscendi tra querce e tigli secolari, abbazie, radure, vigne, campi di grano. Siamo completamente soli, cerbiatti e piccoli animali da pelliccia ci tagliano la strada. Il cielo è turchino, l'euforia ci scatena. Scendiamo come falchetti sull'acqua gagliarda della Mur e il confine con l'Austria.

Entriamo nel paese in cui i viaggiatori su due ruote hanno la cittadinanza onoraria. Lo capisci dai sorrisi al confine, negli alberghi, nelle *Zimmer*. Piste ciclabili ovunque, segnaletica perfetta. Le aziende di soggiorno ti danno la mappa dei punti di assistenza e in tutte le stazioni luccica un parco-bici. Guide di ogni tipo, persino carte al centomila, quelle giuste per leggere un territorio.

Iniziano le rampette della Weinstrasse, lungo il confine ungherese. Bighelloniamo tra i vigneti fino a sfiorare il sur-place, assaporiamo la divinità della lentezza, la perfezione del-l'immobilità.

Perché non posso fare la stessa cosa in Italia? Sogno di aspettare il mattino giusto, ai piedi dello Stelvio, con l'ultima neve di primavera, per salire a Cima Coppi e poi scendere tutto lo Stivale. Quale modo migliore di rivendicare l'accessibi-lità del mio paese proprio negli anni dello "spaesamento" e dello stupro del territorio? Le lucciole sono scomparse da trent'anni, ma gli italiani non se ne sono accorti, oppure ci hanno fatto l'abitudine. Corrono sempre, non vedono più nul-la. Dio sa come siamo potuti essere un popolo di navigatori ed esploratori. All'italiano medio il viaggio lento fa ridere. È diventato roba da tedeschi.

Perché siamo così cambiati? Discutiamo che forse è col-pa del monoteismo, che ha liquidato il rispetto delle foreste e delle sorgenti. E chissà che andare a nord non significhi ri-trovare quelle divinità perdute. E se dipendesse tutto dal san-gue latino? Sarà, ma intanto la Francia bandisce le auto e in-troduce le bici in trentacinque città. E a fine anno tutti i licei fanno una settimana sui pedali, professori compresi. Quanto agli spagnoli, saranno anche suonatori di mandolino e man-giatori di paella, ma in soli due anni sulle linee ferroviarie di-smesse hanno fatto le *vías verdes*.

Fa caldo: su un colle, sotto un tiglio, ci togliamo le scar-pe, la brezza ci entra in mezzo alle dita. Penso ai tedeschi che vengono in bici sulle nostre strade nonostante la minaccia dei Tir, anche se devono cercarsi impervie vie alternative. Li ho visti, un giorno, valicare gli Appennini sul Passo di Pradare-na, il più sperduto e ripido che ci sia, con in corpo il miraggio del Mediterraneo. Ma perché dobbiamo rassegnarci al fatto che gli stranieri conoscano l'Italia meglio di noi? Perché so così poco del mio paese? Perché questo divorzio fra gli italiani e l'Italia, la nazione più "viaggiata" del mondo?

Una superba discesa verso la Raab annega i pensieri. La valle serpentiforme si snoda fra grano, orzo e quercie secolari. C'è un silenzio da aliante, è straordinaria la dimensione acustica del viaggio. Stiamo andando, questo gerundio mi piace sempre più. È il tempo della continuità, della durata; sconfessa la patologia del fare, l'ossessione del "continuo inizio" di questo stressato Occidente che ha paura delle cose che finiscono. Eppure, Europa vuol dire Terra del tramonto, e il tramonto non vuol dire affatto morte: è la benedizione della quiete dopo l'attività del giorno. Perché la nostra nuova "casa comune" nasce solo sulle monete e ignora il simbolo grandioso che la unifica?

Sfioriamo il confine ungherese, il tachimetro segna quaranta, la voglia di una buona cena ci ha moltiplicato le forze. A Heiligenkreuz – un altro bel nome – c'è un alberghetto con doccia imperial-regia, *Kartoffelsalat*, birra a fiumi e torta di mirtilli. Il piccolo uomo parla in continuazione, impossibile annoiarsi. Dopo tanta strada insieme, il nostro rapporto è cambiato. Lui mi chiama *vecio*, io lo chiamo *mulo*. E la verità del dialetto prevale spontaneamente sulla convenzione della lingua.

Comincia una notte piena di presagi d'Oriente. Michele ne spara un'altra, decide che Marco Polo ci ha messo tanto per arrivare in Cina non per necessità ma per scelta. Se viaggiare è apprendere e l'apprendimento è lentezza, anche per lui affrettarsi non aveva senso. Michele, mi hai rotto le scatole. Dormi. Ma io fatico ad addormentarmi, poi capisco perché. Ho dimenticato di controllare l'attrezzo; non posso prendere sonno senza il rito della manutenzione. Scendo in rimessa con una pila, controllo le ruote e poi torno a letto. La bici non è come l'auto, che la parcheggi e la dimentichi. Lei è lì che ti aspetta, per tutta la notte.

Il quarto sogno. Ormai vado a dormire con la certezza di vivere un altro viaggio nel viaggio, già pregustando le meraviglie che mi riserverà la mia personale macchina dei pensieri. E difatti sogno ancora, vedo il Corno d'Oro in un tramonto pieno di fulgore, Istanbul che si illumina come una colata di ghiaccio con all'interno un fuoco bianco. Poi annotta e il Bosforo diventa una lingua di pece adagiata su un prato di stelle. Da una moschea di Fatih arriva il canto dei fedeli che ondeggiano cercando l'estasi guidati da un gruppo di suonatori.

Vado da solo verso Sultanahmet, la città è deserta, gabbiani volano attorno ai minareti della moschea Blu, e il sonno non arriva. Lo cerco fra le strade selciate, è come un'ombra che fugge. Lo chiamo, salgo verso la Cisterna e la fontana del sultano, lo inseguo fino al portale del Topkapi, ma mi sfugge ancora, scivola via, ombra morta fra i minareti, mi chiama verso Marmara solo per imbrogliarmi di nuovo e sparire verso Galata, appena in tempo per la deflagrazione dell'aurora.

Quinto giorno. Ci sentiamo in forma magnifica, tiriamo controvento sotto un cielo basso che minaccia pioggia. I villaggi si fanno più radi, gli spazi si allungano ancora. È il Burgenland, la marca dei castelli, terra di popoli e lingue che si mescolano. L'Austria è il regno delle piste ciclabili, ma noi le evitiamo. Niente riserve indiane, cerchiamo i flussi umani. Finora abbiamo visto tanto proprio perché siamo stati sulla strada, e la strada è uno specchio del mondo, un collettore di esistenze e storie. Il fascino del Camino de Santiago sta proprio in questo: nel farti partecipe di una corrente che fluisce ininterrotta da mille anni. Le vie antiche cantano, scrive Chatwin. Canterebbero ancora, se non si fossero trasformate in velodromi, se il pedone non fosse stato espulso dai fondovalle, confinato ai trekking. Così oggi, per seguire la vita a velocità di lettura, non resta che la bicicletta.

Scopro di avere una ruota svirgolata, impercettibilmente ovale. Colpa di una cinghia che ieri si è infilata nei raggi. Vado lo stesso, ma alla lunga una fatica maligna mi avvelena i polpacci. Chiedo dov'è un meccanico. A Neustift un farmacista mi centellina una meticolosa spiegazione, mi disegna una mappa per il villaggio successivo, si accerta che abbia capito. Intanto si mette a piovere. A Guessing la bottega è chiusa, Michele brontola. Non demordo, chiedo ancora, forse solo per il gusto di vedere come gli austriaci mi indicano la strada e descrivono il loro territorio.

A un certo punto Michele dà di testa, sente che il tempo gli scappa di mano, che la meta si allontana. In mezzo al paese grida come un matto che è ora di finirla, posso continuare anche così, le ruote storte sono quelle della mia testa. In quei casi c'è una sola risposta, lanciare un oggetto. Il lancio di oggetti ha sempre avuto un effetto calmante istantaneo sui miei figli. La tensione sparisce e si evitano male parole. Così la borraccia vola, lo becca sulla spalla destra davanti ai crucchi esterrefatti e tutto si quieta. Al villaggio dopo, la bicicletta viene riparata.

Deutsch Tschantschendorf. Come fai a non fermarti in un posto che si chiama Deutsch Tschantschendorf, se ha il profumo di *Gulaschsuppe* e sta iniziando a piovere? Possiamo aspettare: Vienna si avvicina, i nomi dei luoghi cominciano a diventare musicali come quelli della Cacania, il paese immaginario dell'operetta. Antau, Müllendorf, Wimpassing an der Leitha. Piove, la cameriera ci insegna una specie di briscola, aspettiamo battendo carte. Avventori locali discutono del taglio del bosco, dietro al bancone troneggiano coppe calcistiche, la cuoca ci sorride.

Apprendiamo che dall'altra parte della strada c'è un paese gemello. Si chiama Kroatisch Tschantschendorf. Chissà, magari i due dirimpettai etnici si sfidano in fantastiche contese tipo Lilliput contro Blefuscu nei *Viaggi di Gulliver*. Inventarsi dei nonsense fa bene al cuore. "Andemo?", "No, meo spetar". Le soste impreviste hanno un sapore speciale, e lo stesso vale per certi luoghi di transito, come questa locanda nella pioggia. Lasciamo le tabelle di marcia ai ciclisti azzimati, quelli che stanno nel nostro mitico Nordest, nell'Italia nervosa e miliardaria della grande muraglia pedemontana, del miracolo economico e dei sindaci che segano le panchine sotto il culo degli immigrati.

Ci guardiamo in faccia, ci vien da ridere. Davvero non somigliamo alle migliaia di fotocopie del Pirata che si sparpagliano nel labirinto lombardoveneto di concessionarie e supermarket. Quelli sono marziani su lega leggera; dietetici, energetici, tecnologici, ipercinetici. Cercano la velocità; noi la lentezza. Ma se non siamo ciclisti, cosa siamo? cicloturisti? Per carità: il turismo, dice l'amico Marco Paolini, è "industria pesante che obnubila il cervello". E allora? Resta una sola cosa, la più semplice: viaggiatori. Viaggiatori speciali. Non romantici cercatori di foreste, ma pellegrini medievali su antiche strade.

Una schiarita, *auf Wiedersehen*, filiamo come spie in mezzo a immensi campi di zucchine. Nessuno ne raccoglie i fiori perché nessuno sa che si possono friggere. Sono matti questi austriaci, non raccolgono nemmeno i funghi. In compenso hanno il succo di mele, e ne fanno un ottimo *Spritz* con l'acqua minerale. È il miglior sostituto della birra che conosca. Lo scopriamo in un bar, dove un cane color miele si fa riempire di carezze e poi guaisce quando ripartiamo. Eisenberg, Schachendorf, Rechnitz: siamo in uno dei punti più dimenticati dell'ex Cortina di ferro. Per cinquant'anni da qui non è passato nessuno. Forse per questo la gente sorride tanto a noi viaggiatori.

Nessuno direbbe che Rechnitz custodisce un terribile segreto. Nell'inverno del '44 Eichmann passò di qui; guidava una colonna di decine di migliaia di ebrei deportati dall'Ungheria. Nel villaggio, la marcia della morte conobbe una strage, documentata da numerosi libri. Centinaia, forse migliaia tra uomini, donne e bambini finirono in una fossa comune. Oltre cinquant'anni dopo, quella fossa non è stata ancora individuata. Tutti a Rechnitz sanno dove sono sepolti gli ebrei, ma nessuno osa o vuole parlarne. Ci proviamo anche noi, nessuna risposta.

C'è una linea d'ombra in Europa. Non è ovest e nemmeno est. Sta al centro, taglia la Mitteleuropa e il suo groviglio di etnie. Corre dal Baltico ai Balcani e segna i luoghi dove i due totalitarismi del ventesimo secolo si sono affrontati nel modo più infame. Disegna una geografia di vergogne: lapidi, ossari, cortine di ferro, campi di sterminio. È un reticolo di memorie nere che ha generato, negli stessi luoghi, un'altra geografia, sommersa, fatta di omertà, amnesie, negazioni e rimozioni di colpa. Tutte reazioni umane, persino comprensibili: se non fosse che, anche a distanza di anni, possono generare nuovi mostri.

Andandocene, ci chiediamo dove nasca nella bella Austria questa complicità silenziosa e diffusa, più implacabile dell'omertà mediterranea. Te lo dice la storia del dopoguerra in questo piccolo villaggio del Burgenland, quando a capo della polizia locale fu messo, senza alcuna crisi di coscienza, l'ex direttore di un campo di concentramento. Cos'era accaduto?

Quello che accadeva in molti paesi della maledetta linea d'ombra. La guerra fredda e la contiguità con l'Impero del male consentivano ai nazisti di riciclarsi disinvoltamente come patrioti, riabilitavano assassini e carcerieri, silenziavano ogni memoria di Resistenze, tenevano in ostaggio le sinistre e perfino i cattolici. E mentre i carcerieri tornavano tranquillamente a casa e trovavano un lavoro, alle vedove degli antinazisti capitava di vedersi negata la pensione e di subire il linciaggio morale da parte dei vicini.

Vienna è a centodieci chilometri, sconfiniamo in Ungheria, verso Köszeg, per evitare il Guensergebirge, un truce monte nella bruma. Oche per la strada, letame e albicocche: è un mondo contadino dove il tempo si è fermato. Torna il sole sui campi di grano, l'onda delle colline si fa più lunga e regolare. Sentiamo il risucchio della capitale come le truppe del Prinz Eugen al ritorno da Belgrado. Michele elenca le sue priorità viennesi: la Karl Marx Hof, la casa dove visse Hitler imbianchino, il Kahlenberg dove si accamparono i turchi.

Di nuovo l'Austria. A Sieggraben, dopo una lunga salita, entriamo per sbaglio in autostrada. Ci assale il panico, è impossibile uscire. Siamo su un dannato viadotto. Lì verifichiamo tutta la differenza fra italiani e austriaci. L'italiano in auto ti avverte che c'è la polizia; l'austriaco in auto avverte la polizia che ci sei tu. Chiamata via telefonino, una pattuglia si materializza in cinque minuti e ci infligge una multa che diverrà la nostra onorificenza. Arriviamo esausti a Mattersburg, dove decidiamo che il meglio del viaggio sono una cena e una birra al momento giusto.

La sera, dopo lo strudel, discussione sulla vita, sul fare e sull'essere. Decido che non *sono* un giornalista, io *faccio* il giornalista. È diverso. È un lavoro che non cambierei con nessun altro, ma non mi investe come una missione. Sono, invece, un viaggiatore. E fare il giornalista mi piace proprio perché mi consente di essere viaggiatore. Sono certo che un articolo viaggiato è mille volte meglio di uno stanziale. Se sto fermo, non ho idee. Se parto, i pensieri arrivano e le cose accadono. Per questo ho sempre un taccuino in tasca. Per questo quando viaggio cerco di scrivere, e quando scrivo cerco di viaggiare. Ormai la miscela non è scomponibile.

Guardo dormire mio figlio. Annuso il suo odore acido, così diverso da quello di suo fratello maggiore. Cerco l'ultimo sogno, e lo trovo. Di nuovo una città, non capisco se è Trieste, Lisbona o Budapest; sono a un bivio tra Mediterraneo, Atlantico e Danubio. Il vento, le bettole e i tram che si arrampicano sul selciato, l'illusionismo delle facciate barocche un po' malandate, la sciatteria dei paesi sfiancati da troppi regimi, le code lunghe e pazienti della gente, una dimensione più dilatata del tempo. Una città che naviga, piena di paratie, compartimenti stagni e belvederi, alti come immense plance affollate di gabbiani. E poi donne, donne ovunque, che ti chiamano in quei labirinti popolati da mercanti, imbroglioni, delatori, poliziotti, corvi, martiri e dottori in eresia.

Sesto giorno, colazione da camionisti, la nostra macchina richiede carburante a palate. Vienna è a cinquanta chilometri, ci siamo quasi. Incontriamo i primi ciclisti metropolitani in tute sgargianti. Ultimo pensierino nomade: fare sull'Italia un libro di viaggio con l'impianto di un orario aereo, con i chilometri al posto delle pagine. L'Italia ha un grande bisogno di un viaggio lento. Da noi si è smesso di viaggiare: ci si sposta. Così il mondo minore scompare, e la memoria pure.
Aveva ragione Pasolini, nessuno ascolta più le storie. I politici non sentono più le voci del paese profondo. Salvo sor-

prendersi, poi, quando i Serenissimi assaltano il campanile di San Marco. Il territorio è perduto, e anche l'appartenenza. Per reazione, ci si aggrappa ai punti cardinali. Ce n'è un'inflazione: Nord, Sud, Nordest, Nordovest, Grande Centro, ma sono parole vuote. Nessuno sa più cosa vogliono dire, sono surrogati dell'identità. È l'ossessione che uccide i contenuti; il *dove* che schiaccia il *che cosa*.

Rallentiamo lungo il Naschmarkt, il mercato delle verdure dove comincia l'Oriente. Sui muri c'è scritto "Wien ist anders", Vienna è un'altra cosa. È vero anche in politica. Città socialista da sempre, città rossa delle immigrazioni e delle fabbriche; Vienna della grande edilizia sociale e della Resistenza, unica città austriaca a dar filo da torcere ai nazisti negli anni trenta. Metropoli all'opposizione, da sempre in trincea contro i populisti di Haider. Vienna, anche, luogo dello scontro frontale, con i democristiani ridotti a piccola cosa, e quindi territorio di una battaglia senza centro. Socialisti contro destra avanguardista, in campo aperto come Ottomani e coalizione cattolica nell'assedio.

Scontro politico, ma anche geografico. Vienna non è Austria, non è Alpi. È Danubio. Ed è, anche, la testa troppo grande di un corpo che non c'è più: l'Impero. "Guarda, figlio mio," dicono i tirolesi indicando l'Oriente, "là oltre ci sono Vienna e la Cina", a significare che entrambe sono altro mondo. Vienna amata e odiata, periferica per l'Austria ma centralissima fra le due Europe. Vienna, città dove le due anime del paese si sono sempre confrontate in una sorta di guerra civile sotterranea. Da una parte, quella ipercattolica e nazionalista; dall'altra, quella internazionalista e protestante. E poi Vienna città-modello in Europa: ordinata e sicura, determinata a difendere la propria tranquillità. Vienna inquieta, infine, sull'orlo dei Balcani. Luogo d'affari dalle mille opportunità, luccicante approdo per l'Est.

Ricomincia a piovere, non c'è più tempo per filosofare, il magnete ci attira, e noi acceleriamo come in preda alla febbre della fine, sentiamo che arrivare è un po' morire. Il nomade teme oscuramente le città e noi viviamo questo inurbamento come una resa. Ultimi viali alberati, il Belvedere, il monumento al Caduto sovietico, il Ring. Santo Stefano ci accoglie con i doccioni gotici ululanti, che sputano dalle torri l'acqua del cielo. Le cattedrali cantano, scrisse Marius Schneider. Per questo guardarle non basta; si devono anche ascoltare, in silenzio. Come i boschi del Grande Nord.

Il Danubio, la chiesetta di Sankt Ruprecht, una piccola enoteca con Grüner Weltliner, pane nero e grasso d'oca, infine una cartolina scherzosa per il "mai abbastanza lodato professor Claudio Magris". Siamo arrivati e abbiamo già voglia di ripartire. Per Praga magari, o Berlino. Eppure, non sono i luoghi che ci chiamano: dei luoghi non ci resta, in fondo, che un inventario di immagini, un mucchietto di ricevute e conti d'albergo. È l'immersione nel paesaggio che ci manca. La bici non ha finestrini, la visione è a trecentosessanta gradi: è una scuola di contesto, una rivincita sul bombardamento di primi piani di questa tv imbecille.

Per noi il paesaggio è stato tutt'uno con il passaggio, cioè con l'andatura, la quale a sua volta è ritmo, dunque narrazione. Una narrazione semplice ed esatta, come nelle *Lezioni americane* di Calvino. "Cammina cammina, valicarono la montagna, passarono il ponte e bevvero a una fontana." Mi chiedo se la forza del racconto non nasca nell'uomo da millenni di cammino, se il narrare (insieme al cantare) non nasca dall'andare. E se il nostro mondo abbia disimparato a raccontare semplicemente perché non viaggia più.

estate 1998

L'UOMO DAVANTI A ME È UN RUTENO

Trieste-Kiev in treno

Trieste, ore 12.19. Un sobbalzo, un brivido che si propaga nei vagoni, poi il diretto per Budapest si allunga come un bruco, stride, sbanda, si contorce, si distende, prende quota sul mare, arranca tra i vigneti in una luminosa, gelida giornata di febbraio. Due contadine croate in cappotto, calzamaglia di lana e stivali entrano nello scompartimento, sistemano le sporte sulla reticella, parlottano di una certa Marica, poverina, che ha sposato un poco di buono. I passeggeri sono appena trenta in cinque carrozze più vagone ristorante. Ecco, il nostro viaggio per Kiev, Ucraina, comincia così. Su un binario dove ti senti lontano già prima di partire.

L'Italia, sappiatelo, finisce a Mestre. Solo che da lì non comincia l'efficienza mitteleuropea. Sul binario per Trieste cominciano i Balcani. A Mestre i rapidi diventano accelerati, i treni "corriere sostitutive", il percorso una spola fra stazioncine perse nel buio. A Mestre si cambia, si trasloca in un altro tempo e in un altro spazio. San Donà, Portogruaro, Latisana, Monfalcone; ti avvicini alla Iugoslavia-che-non-c'è e i vagoni già sferragliano come a Bucarest, arrivano vuoti in una Trieste che pare capolinea sul nulla. Niente rivela che l'Impero del male è morto da anni, che oggi il mondo non finisce sul Carso ma molto più in là, a est dell'Ungheria, dove si interrompono le strade ferrate della vecchia Europa e i binari a scartamento "sovietico" partono verso la steppa.

Il treno chiamato *Drava* fa quello che può, si infila fra strapiombi e gallerie, si avvita su se stesso, abbandona il Mediterraneo, inverte ancora la direzione, entra nell'inverno color cenere del Carso. Con questo treno, i pochi chilometri sino alla frontiera sono il paradigma della lentezza. Ma ad altri va anche peggio, per esempio all'Eurocity *Carso* da Zagabria. È l'unico treno internazionale che all'ingresso nell'Unione Europea diventa un bus. I passeggeri che vengono traslocati non sanno di essere sul più importante corridoio subalpino del continente, il "numero Cinque". Per le Ferrovie italiane la tratta non esiste. È "diseconomica": non val la pena sprecarci una locomotiva. Dipende dalla Slovenia? dalla concorrenza tedesca? Può darsi. Intanto l'Italia dorme.

Dopo la frontiera è la fine di tutto. Sino a Lubiana sono tre ore e mezzo per meno di settanta chilometri in linea d'aria. Si va su un tortuoso binario asburgico, in un dondolio soporifero interrotto da soste nella bruma, cambi motrice ed esasperanti controlli. Ai tempi di Tito era meglio. Almeno, la vecchia linea era un'avventura da *Orient Express*, una variopinta anticamera dei Balcani. I treni per Trieste traboccavano di compratori in viaggio per un luccicante Altrove, per la città-vetrina dell'Occidente. Oggi che la guerra ha fatto il vuoto a Levante, a bordo non c'è più nessuno. Neanche la consolazione del folclore.

"Makito; ripeto: Makito. Milano Ancona Kaiser Imola Torino Otranto, data nascita 22.02.75, sette cinque." Ore 12.40, stazione di Villa Opicina, sosta per la frontiera. Venticinque minuti per un treno vuoto. Con le ricetrasmittenti i poliziotti comunicano alla centrale i nomi degli stranieri più "strani" individuati a bordo. "Ripeti, non ho capito il cognome," gracchia il walkie-talkie. "Milano Ancona Kaiser Imola Torino Otranto." E al signor Makito Akai, vietnamita, tocca estrarre dalle mutande le sue banconote, per dimostrare che è in grado di mantenersi.

Sono i nuovi controlli di Schengen, ma in quel vuoto assomigliano a un relitto della guerra fredda, paiono immagini e rumori di un confine estinto, di quando Trieste luccicava come una stella polare al capolinea di undici fusi orari di comunismo.

Scendono gli agenti, salgono altri tre passeggeri, si accendono gli accumulatori, sulla stazione torna il silenzio. Nessuno direbbe che per questa frontiera deserta passano settantamila clandestini l'anno, il doppio di quelli strombazzati sulle coste pugliesi. Attorno a noi trenta viaggiatori si affaccenderanno cinque bigliettai, dodici poliziotti e dodici finanzieri di quattro diverse nazioni, un cuoco e un cameriere delle Ferrovie ungheresi, quattro macchinisti su altrettanti locomotori e un numero imprecisato di capitreno, capistazione e addetti alle pulizie. Un surreale atto di fede in un corridoio che si chiama desiderio.

Trieste è a soli cinque chilometri in linea d'aria, ma paiono già mille. La mia città non c'è più, è sparita dalle carte geografiche. O forse è solo altrove. Si è spostata più a oriente, là dove si concluderà il nostro viaggio, in un villaggio sperduto di nome Záhony, dove il Tibisco segna il confine con l'Ucraina e dove presto finirà l'Unione Europea. Benetton è già lì a produrre braghe di tela. Anche spedizionieri e trasportatori sono arrivati in massa da quelle parti dopo che è stato cancellato il confine fra Italia e Austria.

Si riparte, la carrozza ristorante geme rollando, si inclina in modo impressionante, gira tra il Monte Nevoso imbiancato e la landa carsica gialla, ventosa. Sino al confine ucraino sono novecento chilometri, come andare a Napoli. Ma il tem-

31

po netto di percorrenza, compresi i trasferimenti da stazione a stazione e l'attesa della coincidenza, sarà doppio: diciassette ore. Devi fartele tutte, non c'è alternativa. Guai se quel binario non ci fosse. Dopo la guerra dei Balcani, in questo spazio in bilico tra Eurolandia che nasce, la Iugoslavia estinta e l'Urss che non c'è più, l'unica superstite sembra essere questa cara, vecchia linea asburgica.

Prima della Grande Guerra il rapido per Budapest impiegava otto ore e mezzo. Basterebbe mantenere la velocità di allora: ma nemmeno quella è possibile, troppi confini. Oggi lo stesso viaggio dura quasi undici ore. Infinitamente peggio per i treni merci: sette giorni contro i due d'anteguerra, un'eternità. Al punto che i prodotti del Nord Italia si preferisce farli arrivare a Budapest via Monaco. Economicamente è una follia. Ma il viaggio, almeno, dura "solo" quattro giorni.

Le due contadine si addormentano in simultanea, il convoglio si inclina, cerca già lo spartiacque con il Danubio. Solo un atto di fede può farti credere che questo binario sia veramente la carta che l'Italia gioca per aprirsi un varco sull'Est, l'ultimo disponibile fra il disastro dei Balcani e l'affondo del sistema-Germania verso oriente. Nulla, nel tuo viaggio, ti sveglierà dal letargo per dirti: questo è l'ultimo treno per la nostra *Östpolitik*, lo sbocco strategico delle industrie padane, la chiave su rotaia del più importante corridoio subalpino del continente, il Barcellona-Marsiglia-Milano-Kiev, architrave est-ovest della nuova Europa dei trasporti.

A Bruxelles parlano di modernizzare la linea, hanno un progetto ambizioso, roba da migliaia di miliardi. Ma se a nord delle Alpi l'asse ferroviario Parigi-Monaco-Budapest è già finito, se Vienna già lavora per rettificare la gloriosa linea del Semmering e porsi come centro e snodo delle grandi strade per l'Est, a sud delle Alpi il "Cinque" resta un pio desiderio. E Trieste, via terra, resta il capolinea del nulla.

Vagone ristorante, un dondolio quasi erotico, mixato a un sommesso acciottolio di stoviglie, al parlottare di una coppia slovena, alla neve e agli abat-jour. Il Mediterraneo è dietro l'angolo, ma il cameriere parla ungherese e il paesaggio è già bielorusso, quasi mongolico. A Logatec, sul vecchio *limes* romano, le foreste si fanno più fitte, gli abeti rimpiazzano le querce, aumenta la neve tra gli alberi. Piccole stazioni, casette forestali, dirupi.

Poi, un tuffo nella nebbia lubianese, spessa, triste, palafitticola. Stagni gelati, legnaie, comignoli. Tutto è coperto di brina. E nella piccola Praga del Sud il treno si svuota per far posto a una fauna diversa: più giovani, più giornali, più libri, più zainetti e telefonini. Un meticoloso controllore parla inglese con sussiego, una spilungona con occhiali, pelliccia e basco prende il posto delle due contadine. Poi il treno riparte in un borbottio smorzato, perfora la nebbia nelle gole della Sava, verso i vapori e le miniere del Crni revir, il bacino nero. Un posto dove non batte mai il sole.

Sosta nella bruma; il cartello dice Pragersko, un posto dimenticato nella valle della Sava che segna il bivio Vienna-Budapest. Il vagone si è svuotato di nuovo a Celje, i sopravvissuti dormicchiano, fuori dal finestrino solo luci cimiteriali, passaggi a livello chiusi e i fari delle auto in attesa. Poi la notte inghiotte il bruco illuminato che prende la direzione est, viaggia cieco nella pianura, rallenta ancora. Solo il rimbombo ci avverte che stiamo passando il ponte in ferro sulla Drava e arriviamo a Ptuj. Un nuovo collo d'oca? "No, è il collo della gallina," ghigna un passeggero indicando la mia carta geografica. È vero, la Slovenia ha la forma di una grassa gallina. E la Drava ne segna il collo.

Si riparte, le curve diminuiscono, la velocità aumenta, il bruco si surriscalda, fiuta gli spazi magiari. Da queste parti, a Natale, i paesi si accendono di fantastici lumini da presepe, ma stavolta è notte fonda. A Cakovec nuova sosta nel nulla, la scritta "Cro-net" sul telefonino avverte che tra qui e l'Ungheria c'è di mezzo la Croazia. Diavolo, penso, sto respirando la sacra aria croata. Rivedo Franjo Tudjman, l'uomo che conquistò l'indipendenza dalla Iugoslavia. Era il 1990, la guerra pareva lontana, lui non era ancora presidente. In un'intervista mi parlò per mezz'ora del mare croato, delle bellezze croate, della terra croata, del sangue croato. Poi dilagò per cinque minuti sull'aria croata. A quel punto capii che la vecchia federazione era spacciata. Quei pazzi si sarebbero divisi anche il cielo.

Un altro confine, altri controlli, altro cambio motrice, altro tempo perduto. Fuori è ancora peggio, le strade sono un dedalo infernale, curve a gomito dove si ingolfano centinaia di camion. Proprio per questo Lubiana e Budapest stanno lavorando insieme allo scopo di riattivare una linea ferroviaria diversa, che consenta di evitare la Croazia quando Slovenia e Ungheria entreranno insieme in Europa. La via d'uscita è poco più a nord, sulla cresta della gallina. Oltre Murska Sobota, dove da decenni dormiva una linea asburgica tagliata dai comunisti iugoslavi ai tempi della rottura con Stalin.

"Molim, pasport." A bordo non c'è più nessuno, ma dal fondo del vagone spuntano gli uomini blu della polizia di Zagabria, con cappello e distintivi alla Chicago Boys. È un controllo che non serve a niente, se non a segnare il territorio. Fra mezz'ora vedrò le mimetiche verdi degli ungheresi. Ho la sensazione di trovarmi in un vortice di nazioni che si guardano con poca simpatia. Un nuovissimo manifesto a colori esalta le bellezze croate, il mare croato, la terra croata. Ma nella semioscurità appare solo la forma strana del paese. Non è più una gallina. È un alligatore. Con le mascelle spalancate sulla Bosnia.

Ed è lì che nel dormiveglia, nel silenzio del vagone immobile, lungo le griglie dell'aria calda, incurante della polizia e della geopolitica, compare il primo clandestino. È un topolino in perlustrazione. Mi vede e si ferma. Capisco subito: sono fra lui e tre briciole sopravvissute alle implacabili pulitrici delle Ferrovie slovene. Non mi muovo. Lui esita, mi esamina attentamente, poi torna indietro senza fretta, sparisce in una fessura. Decido che è femmina e che può chiamarsi Marica: perché no, come quella poverina che ha sposato un poco di buono. Un bel nome da operetta, adatto al valzer e alle terre dell'ex Impero. Marica non ha bisogno di passaporto: forse viaggerà con me sino a Budapest, forse è nata e morirà a bordo di questo treno dell'Est.

Un carillon annuncia Murakeresztúr. Siamo in Ungheria. I vagoni si riempiono di gente ciarliera. L'ungherese non ha niente dell'*Homo sovieticus*. Non rumina in silenzio; lo si vide nella rivolta del '56. Ascolto il fluire di quelle parole dall'espressività arcaica, quella gamma infinita di fonemi che spezzano la continuità dello slavo fra Trieste e il Mar di Barents. Mi chiedo dove vada questo popolo di perfezionisti e ricamatori, dotato di un'incredibile capacità di arrangiarsi e di una straordinaria ingegnosità. Non saprei dire se, di questi tempi, il suo marchio identitario così forte sia un vantaggio o un intralcio.

Il *Drava* riparte, divora orizzonti, cerca la strada fra interminabili convogli merci incrostati di brina, accelera verso il Balaton. Nel dormiveglia le frontiere si accavallano, si confondono. Fuori solo scambi, binari morti, nemmeno una luce, niente: si materializza il vuoto creato dalla guerra iugoslava e dal crollo sovietico. Ma si va. Quando scoppiano le guerre, il treno è sempre l'ultima cosa che smette di funzionare.

Sono passate le nove di sera, gli spazi si dilatano, il tempo rallenta. Fuori il buio è compatto. La demografia magiara è opposta a quella caotica dell'Italia delle cento città. Niente galassie disperse: Budapest è una solitaria supernova in mezzo al nulla. Passa Székesfehérvár, alle dieci e mezzo il finestrino si illumina, cominciano la luci arancioni della città.

Ci si affianca il rapido da Vienna. È pieno all'inverosimile. Mentre il Corridoio Cinque dorme, tra Budapest e Vienna ci sono una ferrovia veloce e un'autostrada finita: il mondo tedesco cerca con determinazione l'Oriente, e i soldi dell'Europa privilegiano il Nord. Alle undici, all'arrivo alla stazione Keleti, il benvenuto te lo danno energici poliziotti in giubbotto antiproiettile. Qui la criminalità fa sul serio, l'abilità dei ladri è leggendaria. Nel '93, alla partenza del treno per Belgrado, davanti alla biglietteria un compunto signore si appropriò della mia valigetta sovrapponendovi la sua, priva di fondo.

Budapest, mattina del secondo giorno. Nevica sulla capitale dell'intemperanza. La gente esce insieme a una corrente di aria tiepida dalle scale mobili della metropolitana che sottopassa il Danubio, invade il maxicentro commerciale Mammut presso la stazione Nyugati. L'ottanta per cento della gente vi entra solo per scaldarsi o guardare; i prezzi sono troppo alti. Ma il venti per cento spende talmente tanto da far prosperare la grande distribuzione come in nessun altro paese ex comunista. I poveri sono più poveri e i ricchi più ricchi di prima.

Zsolt Báthory, laureando in finanza internazionale, mi spiega come stanno le cose. "Gli indicatori macroeconomici sono migliorati, ma sopra le nostre teste. Per usare una metafora potrei dire che le cifre fioriscono, ma la gente appassisce. Così in tanti rimpiangono Kádár e le sicurezze del comunismo al gulasch." E poi incalza: "Dipendiamo dall'Occidente. Anche le joint-venture con le aziende occidentali non ci aiutano a crescere: servono solo a tenerci sotto controllo, a mantenerci in stato di dipendenza".

In via József le zingare infreddolite mi chiamano, fanno sberleffi, sono le sole non ancora sigillate negli appartamenti dal nuovo sesso via telefono. La città è avvolta, protetta dal suo inverno pannonico. In questa stagione persino la mafia russa e albanese è in letargo, i ladruncoli sono spariti da via Váci. Sulle cupole ottomane del Király Fürdö, il piccolo bagno turco seminascosto vicino a via Fö, i vapori caldi filtrano dalle tegole e si mescolano a quelli freddi delle brume. Sotto le transenne della sinagoga maggiore in restauro trovo la casa di Theodor Herzl, ispiratore del sionismo.

In via Frankel, sotto la Collina delle rose, da un magnifico cortile interno con ballatoi fine secolo e scale di ferro a spirale spunta un ragazzo Down, mite e gigantesco come un Golem. Mi guarda, immobile, e sorride. Il gelo incrosta le vetrine del glorioso caffè New York, con le sue colonne tortili burrose, le decorazioni di zucchero filato e marzapane; oggi è diventato un museo, il biglietto costa duemila lire. Nessuno va più a berci il caffè; eppure, è sempre tutto apparecchiato come se stesse per cominciare un pranzo di gala, come se il tempo si fosse fermato al giorno dell'inaugurazione, quando Ferenc Molnár gettò nel fiume le chiavi del locale perché non potesse più essere chiuso.

"Qui c'era un bordello, lì i suonatori tzigani. Qui, in piazza Mátyás, nel '44 seppellivano i morti dei bombardamenti. E lassù al quarto piano, dietro quelle finestre illuminate, abitavo io." Ottavo distretto, le dieci di sera. Lo scrittore Giorgio Pressburger, ebreo ungherese che scrive in italiano, cerca a piedi nella nebbia le luci fioche del suo quartiere. Poco è cambiato dal '56, quando fuggì all'estero. È l'altra faccia della capitale: non quella turistico-letteraria dei cinquecento caffè, ma quella proletaria, sordida, dimenticata. "La lettura consolatoria delle belle famigliole ebree borghesi non mi piace affatto, in Europa c'erano milioni di ebrei poverissimi, mia madre al posto delle stringhe delle scarpe aveva fili di ferro."

Parla di Budapest ma potrebbe parlare della sua città adottiva, Trieste, degli stereotipi e delle amnesie che anch'essa coltiva dentro la sua anima proletaria. L'Ottavo distretto, quello della via Pál, crogiolo di ebrei e tzigani, operai e poveracci, non fu solo il primo a rivoltarsi ai comunisti. Fu anche il primo a soffrire del nazismo. Pure a Trieste tanti ebrei poveri finirono ad Auschwitz, ma di loro poco si sa e pochissimo si dice.

Tutto mi ricorda casa. Le facce, i caffè, l'architettura, le librerie, i quartieri operai fine Ottocento, il mescolarsi delle culture, le birrerie. Tutto, tranne il fiume, che a Trieste non c'è. Per questo Pressburger lo cerca, ha bisogno di stargli continuamente vicino, nel suo pied-à-terre della riva destra, sotto le alture di Buda. "Mi chiedo sempre cosa possa darmi con più forza il senso dell'infinito: l'eterna staticità del mare o l'eterno, inquieto fluire del fiume."

Terzo giorno, stazione Nyugati, sei del mattino: si riparte, destinazione Záhony, ai confini dell'Ucraina, ex Unione Sovietica. Manca più di mezz'ora, ma i vagoni dell'Intercity per Debrecen-Nyíregyháza sono già pieni di pendolari, una massa quieta che legge, chiacchiera, mangia, studia, ride, fa parole crociate, dormicchia, aspetta al calduccio. Fuori il Danubio si gonfia di vapori, le vie odorano di brioche fritte, la grande città si è rimessa in moto. Si parte, e all'improvviso ti accorgi che il Corridoio Cinque fra Trieste e Budapest era una linea morta che solo qui si sveglia, riprende slancio, ridiventa un flusso denso di persone, merci e storie da raccontare. Il deserto dei tartari sembra essere indietreggiato a ovest. Verso l'Italia.

Si va nella nebbia, la città si dirada, l'alba accende tutte le tonalità del grigio, par di fluttuare in un bicchiere di Pernod, in un cocktail di acqua e orzata. Brina e bruma: non neve e betulle come in Russia. Qui l'inverno non ha il bianco che ti acceca e ti perde. Lampioni, ultime fabbriche, fattorie, poi è la pianura, il grande nulla che inghiotte uomini e cose. Non un campanile, un animale, una casa interrompono la monotonia. Solo pali del telegrafo gelati, canneti gelati, prati gelati e un cielo senza orizzonti. Il treno sta diventando il mio ritmo, la mia scrittura, il mio modo di essere.

Poche poltrone più in là, voci familiari emergono dal borbottio ostrogoto. Due veneti. Tutto come da copione. Parlano di *schei* e, come secondo argomento, di *tose*. Sembrano indifferenti al paesaggio, la loro vita è un triangolo di dollari, fiorini e lire. Sono tecnici Benetton e vanno a Nagykálló, ai confini di Ucraina e Romania, dove l'uomo dei pullover ha spostato il grosso della produzione. Benetton fa rima con *paròn*, e per lui gli operai veneti costano troppo. Così "delocalizza", ovvero trasloca: in Ungheria, dove per un buon tecnico seicentomila lire al netto sono una pacchia.

I due non guardano oltre il finestrino, avvertono che la pianura è un sonno dei sensi. Una ragazza in maglia grigia accoccolata sulla poltrona ha soprassalti che la svegliano a intervalli regolari. Si passa il Tibisco a Szolnok, da dove nel '56 i panzer sovietici tagliarono come burro la pianura verso Budapest.

Dicono che qui cominci l'Est, ma fuori non succede niente. Niente punti di riferimento, niente cartelli indicatori, niente pietre miliari. Non c'è nemmeno un argine: qui i fiumi fanno giri insensati, si perdono in acquitrini, in labirinti di canali. Il treno piega a nord-est, la velocità aumenta, le carrozze gemono. Nel dondolio il letargo è generale. Il silenzio, completo.

Mi si siede di fronte una giovane donna atletica, legge una rivista in inglese. È l'unica abbronzata in un treno abitato da figure pallide, quasi evanescenti. Si chiama Michelle ed è istruttrice di aerobica in un fitness center di piazza Moszkva a Budapest. Non ha più nulla di magiaro, neanche il nome. I suoi allievi appartengono alla gioventù aggressiva, carrierista e depoliticizzata che oggi domina l'Ungheria. I tempi nuovi hanno il suo volto.

Mi guarda come un liberal-chic fuori dalla realtà, mi spiega amorevolmente che il fitness non è riflusso nel privato. È solo voglia matta di bello. "Il comunismo è stato la morte dell'estetica. E così, alle generazioni che accettavano il grigiore in cambio della sicurezza sociale oggi ne succedono altre, disposte a rinunciare alle loro certezze in cambio di un po' di bellezza." Esteticamente, il distacco generazionale è impressionante. Specie d'inverno. C'è una discriminante infallibile: il cappello. Dai quarant'anni in su, lo portano tutti, donne comprese. Sotto i quaranta, nessuno.

Forse proprio la voglia di bello salva dall'orgasmo primordiale del guadagno questa Ungheria prima della classe dei paesi postcomunisti. Per qualcuno il mercato avrebbe ucciso politica, cultura, vecchi caffè, editoria; persino la speranza, che sotto il comunismo almeno non costava nulla. Eppure, nonostante i pessimisti, il livello culturale resta sopra la media europea. In questo treno, è rassicurante vedere quanta gente legge.

Stazione di Szolnok, treni di contadini che tornano da Budapest carichi di sporte. Ridono, bisticciano, ce l'hanno con la capitale ingrata che li frega sempre sui prezzi. In un treno simile incontrai Jucika. Era l'estate del '94, ci conoscemmo in un vagone così pieno che l'intero contado magiaro pareva transumare con borse piene di lardo e aglio. Lei era lì, e mi raccontò la sua storia.

Tre volte la settimana Jucika si svegliava all'alba nella sua casetta di Tápiógyoerye, un minuscolo villaggio a est del Danubio. Riempiva la sporta di paprika, patate, erba cipollina, e se ne andava soletta su un sentiero tra gli albicocchi a prendere l'accelerato delle 5.05 per Budapest. Sessantacinque anni, cento dollari di pensione al mese, andava in città a lavorare come domestica. Era una donna forte, dagli zigomi larghi, gli occhi grigi pieni di luce. E la luce, laggiù in mezzo alla *puszta*, esce prestissimo dai campi di grano.

"Sono figlia di un servo della gleba," esordì, e mi raccontò dei miserabili inverni nel feudo, in otto in una stanza, poche patate per sfamarsi e niente acqua in cortile. Le cose per lei cominciarono ad andare meglio solo dopo il '60, con il comunismo al gulasch; si sposò, ebbe un campo suo, si costruì una casetta con l'acqua corrente e si sentì una regina. Ma durò poco.

Negli anni ottanta, disse, il sistema fece bancarotta, i prezzi salirono e arrivò una novità: il mercato. "Ieri maledicevo i comunisti, oggi i capitalisti," disse Jucika, e sputò per terra. Ma subito rise di se stessa, imbarcata in quell'avventura: "Che potevo fare? Ho riacceso la stufetta a legna, e ho preso il treno per Budapest". Mi salutò alla stazione Keleti; e quando se ne andò tra la folla pensai che il fiumefemmina che amavo aveva il suo volto. Era una piccola, indomabile contadina pannonica.

A Debrecen il volto nuovo del "Drang nach Östen" – la spinta tedesca verso Est – irrompe sul binario 1 sotto le spoglie dell'Eurocity *Béla Bartók* in partenza per Francoforte. Arriva a Vienna in sette ore, a Monaco in dodici. Dall'altoparlante, una voce femminile ti dice "Herzlich willkommen", ma è come se ti sussurrasse "Offrimi una birra, straniero". Dentro sei già in Germania: caldo avvolgente, atmosfera *gemütlich*, vagoni e carrozza ristorante tedeschi, steward poliglotti, orari dettagliati su dépliant. Vi trovi tempi, distanze chilometriche, coincidenze per ogni dove, numeri e indirizzi utili, breve biografia di Bartók compositore. "Alles in Ordnung": sai persino che puoi arrivare a Esslingen alle 23.19 partendo da Plochingen alle 23.09 dal binario 10. Qui, ai confini del nulla, ti senti già a Ovest; l'opposto della frontiera di Opicina, dove alle porte di Trieste sei già perduto nel profondo Est.

Come sono lontani il *Drava* semivuoto con le contadine infagottate e la topolina Marica a bordo. Il *Béla Bartók* lancia un messaggio chiaro: il tedesco che lavora all'Est non è solo, ha alle spalle un sistema-paese, fatto di banche, assicurazioni, ministeri, trasporti, logistica. L'italiano, invece, lavora nel vuoto anche se fa miracoli: se non appartiene a colossi come Fiat o Enichem, è dimenticato dal suo paese. Da Minsk a Priština le nostre burocrazie all'estero troppo spesso restano mondi autoreferenziali, confinati alle capitali, chiusi nelle loro abitudini e nei loro organigrammi romani, attenti più ai sussurri di palazzo Chigi che alla voce delle frontiere. A Belgrado come a Kiev gli ambasciatori tedeschi, olandesi o spagnoli una volta alla settimana invitano a pranzo tutti i conterranei che abbiano qualcosa da dire, ascoltano e prendono appunti. In casa Italia non ho quasi mai trovato la stessa abitudine.

Le carrozze si svuotano, i pendolari si perdono nella pianura. Sale a bordo una fauna diversa, più di provincia, personaggi che sembrano usciti da un romanzo di Josef Roth o da un film di Andrzej Wajda, soldati Švejk, rocciosi metallurgici, zingari color pastello, ragazzotte di campagna, studenti carichi di libri, un manipolo di allegre infermiere e deliziose, compunte vecchine mitteleuropee. Poi si riparte verso nord tra foreste rigogliose di vischio, ferme nella nebbia come armate in attesa.

Pál Straner, un ingegnere ferroviario di Budapest che sotto il comunismo ha studiato a Dresda, definisce il Corridoio Cinque "ein Traum", un sogno bellissimo, ma sempre un sogno, almeno per ora. Mi apre davanti la carta ferroviaria Thomas Cook dell'Europa: il tratto fra il Balaton e la Slovenia, quello che farebbe la differenza, non è neanche segnato. I flussi seguono altre direzioni. E poi, dopo lo sfascio del Comecom, il traffico dall'ex Urss è crollato e – secondo le stime della Berd – non tornerà ai livelli di un tempo prima del 2007.

Quarto giorno: Záhony, confine ucraino. Qui, nel nevischio, muoiono tutti i binari, le merci vengono trasbordate, scendono i passeggeri. A Záhony si cambia perché a Záhony cambia tutto: lo scartamento dei treni, la lingua, il clima, le regole, la vita, il tempo e lo spazio. Oltre l'ansa del Tibisco non c'è solo il gomito settentrionale dei Carpazi, le ultime montagne d'Europa prima dei lontanissimi Urali. C'è il disastro sovietico nella sua forma più paradossale: la fame del paese più fertile d'Europa, l'Ucraina. Dieci anni fa esportava acciaio più di Francia e Inghilterra messe insieme. Un quarto del prodotto sovietico era ucraino. Oggi più niente. I campi sono incolti, il carbone fuori commercio, manca persino l'acqua. Il potere è in mano alla dittatura e alla mafia. E Kiev è più allo sbando di Mosca.

Roberto Sarcià è un italiano che ha i confini nel sangue. A Záhony dirige una ditta di logistica. È giovane, si è fatto le ossa fra Tarvisio e l'Austria, in mezzo a spedizionieri e albergatori. Parla russo, ungherese, tedesco, inglese e sloveno. Ha girato tutta l'ex Urss, ha seguito all'Est i cantieri del Made in Italy, viaggiato con carichi su gomma fino ad Alma Ata. Ha imparato che, in questo mondo di nomadi dove le frontiere si somigliano, spesso funzionano regole antiche, fatte di brindisi ad alto tasso alcolico e vigorose strette di mano, ma anche competenze moderne in continuo aggiornamento: proiezioni di spesa su computer, vendita di noli, triangolazioni va-

43

lutarie. Quando il confine italiano con l'Austria è stato abolito, non poteva venire che qui, a Záhony.

"Una volta," racconta, "fare affari con l'Est era facile: si lavorava su poche ma enormi partite, bastava avere i contatti giusti nei ministeri. Oggi ci sono piccoli contratti e tantissimi privati, occorre molta professionalità. Noi abbiamo investito nel momento giusto e nel posto giusto: ora le cose non possono che migliorare." Un grosso carico di frigoriferi è in partenza per le repubbliche centroasiatiche. Un viaggio infinito: imballaggio e stivaggio devono essere a prova di furto e usura. Fuori nevica e nella mensa surriscaldata della ditta una signora in camice bianco serve birra e salsicce ai camionisti, randagi anch'essi come due cagnolini che aspettano, fuori dalla porta, il loro boccone.

Macché mausoleo di Lenin. Il più impressionante monumento al defunto Impero sovietico è il centro di smistamento treni fra Ucraina e Ungheria, sul gomito del Tibisco, a Záhony. Ci vogliono due ore per girarlo tutto in automobile. I riflettori bucano l'alba, illuminano montagne di carbone, centinaia di chilometri di binari, rampe, sollevatori, silos, depositi. Ogni cosa è colossale, fuori misura, da gulag. Tutto per novantacinque millimetri. Quelli che segnano la differenza con lo scartamento sovietico. Poi, alla fine, scopri che questa immensità è alimentata da un unico binario. Pensi che sia folle, che sia come riempire il mare con un contagocce. Ma il senso c'è. O meglio, c'era. Grazie a quell'unico cordone ombelicale, nulla sfuggiva alla polizia sovietica.

Reticolati, pastori tedeschi di guardia, fischio di treni che si perdono nel nulla. Nell'aria di nuovo Birkenau, l'immensità desertica dei totalitarismi. Cielo grigio, uomini-formiche al lavoro, riflettori, garitte di guardia, binari inghiottiti da enormi depositi, piccoli block in legno, altoparlanti che recitano ordini in lingue incomprensibili, foreste lontane. Tira vento dai Carpazi, il Tibisco si increspa; fa un freddo da colbacchi, o forse da cosacchi. Un freddo umido e cane. Dopo un po', devi correre nel bar dei camionisti ad accumulare calore. E la tua vita diventa un pendolo continuo tra freddo e caldo, due gemelli che si chiamano Hideg e Meleg.

Ha una faccia gentile il capitano István Tory, comandante del distaccamento militare ungherese che pattuglia la frontiera di Záhony. Mi porta sopra il ponte sul Tibisco, segnato a metà dalla linea rossa oltre la quale c'è l'Ucraina. Sono un po' matti dall'altra parte, sparano per un nonnulla. Tempo fa, se il capo della finanza era ubriaco, il confine addirittura chiudeva e la gente si attaccava al tram. Sul fiume grigio passano autobus e vecchie Lada stipate di gente ingrugnita. Non so davvero come faccia quel ragazzo, con una paga di centocinquanta dollari al mese, a sorvegliare un confine dove la mafia governa un traffico miliardario di auto rubate, droga, denaro sporco e carne umana.

A Záhony ritrovi le auto rubate in Italia, a Trieste le ragazze ucraine passate a Záhony, e il cerchio si chiude. L'Europa è una groviera dove la mala scava tranquillamente le sue gallerie; le frontiere esistono per le polizie e le magistrature, non per un crimine organizzato che ha reclutato in blocco i vecchi servizi segreti comunisti. Nevica fitto, ci rifugiamo nella casamatta di confine. "Una volta," racconta Tory, "passò di qui una Mercedes sospetta proveniente dal vostro paese. Chiedemmo informazioni alla polizia italiana, ma la risposta arrivò così in ritardo che nel frattempo l'auto era potuta ripartire." Così il traffico illegale aumenta – ecstasy in uscita, coca in entrata –, mentre i transiti legali su strada scendono a picco. Nel '96 passarono per questo ponte dieci milioni e mezzo di persone, oggi meno di due. Domani, forse, sarà peggio.

Quinto giorno, cinque del mattino. Traverso il ponte a piedi. Farà venti sotto zero. La polizia ucraina non capisce cosa ci faccia lì. Due agenti bestemmiano, mi aprono il sacco con aria cupa. Ci trovano dentro libri, una macchina fotografica, appunti. Mi guardano come una bestia rara. Succede così tutte le volte che di lì passa un semplice viaggiatore. Chi non contrabbanda non infrange leggi, dunque non è ricattabile, e perciò non ha mance da sganciare. Li guardo tranquillo, ma non troppo, sennò mi prendono per un provocatore, si incazzano e sono dolori. Aspetto due ore la restituzione del passaporto. Non hanno altro da fare, forse vogliono prendermi per sfinimento. Ma in Ucraina impari presto la pazienza.

Arranco verso la stazione di Chop, semideserta, persa nel grigio dell'alba. Basta quel pezzo di strada per morire di freddo. E quando arrivi è vano cercare una stufa. C'è solo un'immensa carta delle ferrovie dai Carpazi allo Stretto di Bering. Occupa una parete intera, con migliaia di fermate scritte minuziosamente in caratteri cirillici. Per farcele stare tutte hanno dovuto stamparle in verticale, minuscole.

Quella carta ti dice che lì comincia una rete infinita, vasta undici fusi orari, quindici repubbliche e trentadue compartimenti nazionali; una flotta ferroviaria immensa, la cui capacità di trasporto nell'89 era due volte e mezzo quella americana. Immense anche le locomotive: le mitiche Lugansk, lente ma capaci di tirarsi dietro cinquantadue vagoni a otto assi ciascuno. Più potenti, dicono, persino delle vaporiere che conquistarono il Far West alla fine dell'Ottocento. Funzionano ancora, fra gli Urali e la Mongolia. Ma metà di quelle straordinarie macchine è parcheggiata nei depositi. Le lasciano lì non per conservarle, ma solo per spolparle e rifornire il parco macchine di pezzi di ricambio. Così va in rovina il patrimonio ferroviario più grande del mondo.

Chop. Un monosillabo secco, brutale come un comando. Certe località minori sono capaci di riassumere, in un semplice scambio ferroviario, i grandi snodi della geopolitica. A Zidani Most, in Slovenia, si gira per Vienna o per Belgrado. A Stara Pazova, in Serbia, devi scegliere fra Zagabria e Budapest. A Briga, in Svizzera, sei al bivio tra le Alpi di lingua italiana, tedesca e francese. A Chop comincia il mondo sovietico. La più grande rete del pianeta.

Un altoparlante annuncia l'arrivo del treno. Distinguo solo il nome Leopoli. Vedo gente con enormi valigie che pattina sul gelo della banchina, avvolta in piccole nubi di vapore. Poi un convoglio strapieno esce dalla penombra, frena, vibra tutto, si ferma con lentezza infinita in una rete di scambi e pali del telegrafo. Si aprono centinaia di porte e, in silenzio, una folla esce da entrambi i lati, perdendosi nel bianco senza fine. A Est le porte non hanno la sicura, si possono aprire anche in corsa. Mi siedo di fronte a una donna, mi sento più sicuro.

Si parte all'alba, ora fra qui e la Russia ci sono solo i Carpazi. Le rotaie tagliano un territorio ricco e distrutto, un paesaggio di campi incolti, neve dura come marmo, carbone fuori commercio, fabbriche dismesse, un paese stremato da mafie onnipotenti e menefreghismo occidentale. È l'Ucraina che va in malora, aumenta le tasse sulle importazioni e le restrizioni doganali (non più di un chilo per prodotto a persona), taglieggia i frontalieri chiedendo per il passaporto quasi il triplo di uno stipendio medio. Sessanta dollari contro ventiquattro.

Per chi va a Kiev da Chop c'è un treno comodo – si fa per dire – il *Tisza Express*. Ma questo vecchio accelerato è mille volte meglio. Vedi molte più cose. Avverti che su questa frontiera tutti i flussi rallentano, tranne quelli illegali: droga, donne, auto rubate. È un gelido imbuto dove tutto passa e tutto cambia. Lo scartamento dei treni, il tempo, lo spazio, le regole. Persino a Sarajevo, sotto le bombe, la vita valeva qualcosa. Qui no, i sorrisi amari della gente ti dicono che sei alle porte di un mondo dove l'individuo non conta più niente. Ecco cos'è l'Est. La tua vita appesa a un timbro, a un lasciapassare, alla pietà di un funzionario.

Il convoglio si ferma in piccole stazioni, lascia entrare nello scompartimento uomini silenziosi dall'espressione impenetrabile, rumorosi contadini con grappa e salsicce, odore di aglio e carbone. Ti dondola fra abeti anemici, casermette giallo Asburgo, block veterocomunisti, verso gli ultimi scambi gelati sul Dnestr. Ti spinge in quegli spazi kafkiani dove comanda solo il tempo, e il volere di invisibili monarchi.

Eppure, che strano. Anche qui, all'ultima frontiera, nei lunghi inverni dell'Altro Mondo, là dove i fiumi perdono direzione e finiscono i tuoi binari, ti senti a casa. Avverti qualcosa che ti appartiene. Che cosa? Un triestino risponderebbe subito: l'essere alla periferia di un Impero che non c'è più, quello asburgico. Ma questo imprinting, ti chiedi, come ha fatto a sopravvivere al grande gelo dei regimi? Perché nomi antichi come Moravia, Banato, Oltenia, già abbondantemente scomparsi dalle mappe mentali dei cittadini della nuova Europa, hanno conservato il loro fascino? Cosa avvicina, oggi, l'austriaco del Burgenland all'abitante della Bucovina? Solo quel vecchio Impero? Perché l'europeo si tuffa così avidamente in Singer o Kundera? Perché cerca quei sogni, quei boschi, quei lumini fantastici, quell'affollarsi di ombre e quel turbine di manoscritti scomparsi nella tormenta dei totalitarismi?

Si riparte con cigolii spaventosi, il treno grida come un branco di maiali affamati. Miseria, freddo, foreste fitte. Nemmeno un comignolo che fuma. Bivio per Drohobycz, poi la motrice sovietica punta verso nord, rimbomba sul viadotto che scavalca il fiume Dnestr, i finestrini si incrostano di gelo. Sei alla periferia dell'Impero asburgico, ma è come se a catturarti fosse una polverosa ragnatela di ex imperi. Turco, tedesco, russo, austroungarico. Non una nazione, ma un vortice di nazioni che si affannano a riempire, scontrandosi malamente, un vuoto sovranazionale. Un dedalo di confini che toccano il culmine dell'insensatezza e della precarietà. Nel quale però riescono a mimetizzarsi, non si sa come, i villaggi sognanti di Chagall, i comignoli colorati di Kandinskij, le stradine semibuie di Bruno Schulz. "Posti magnifici," scherzava quest'ultimo prima di finire ucciso in mezzo alla strada da un ufficiale delle SS, "ma messi in quella posizione a loro rischio e pericolo."

L'uomo davanti a me è un ruteno. Un mantice che russa in modo fenomenale, un lungo fischio al naso e poi un gorgoglio bronchiale spaventoso, roba da miniere gallesi. Si è cucito sul cappotto lo stemma del suo paese-che-non-c'è: un orso rosso in campo giallo a strisce color oro. Di tutti i luoghi con il nome da operetta lasciati sull'atlante storico dalle macerie della storia, la Rutenia è, se così si può dire, il più perfetto. Gli abitanti sono detti anche "russini" o "russi subcarpatici". Sono ex boscaioli e vivono in sei nazioni: Slovacchia, Polonia, Ucraina, Romania, Ungheria e Serbia. Appartengono a tutti questi paesi e contemporaneamente a nessuno di essi.

Il nostro viene da Uzhorod. Mi spiega con irruenza che la sua gente vuole un territorio sovrano autonomo, "contro il governo totalitario di Kiev". Ma quando gli chiedo di definire quel territorio, non sa rispondere. I ruteni non sono mai esistiti come libero stato. Sotto i nazisti divennero Ungheria, sotto i comunisti Unione Sovietica, oggi sono parte dell'Ucraina. Esattamente come gli ungheresi in Serbia, vivono peggio sotto un padrone piccolo che sotto il vecchio Impero. Capisco che il treno sta passando un invisibile confine, quello tra cattolicesimo e ortodossia, il prolungamento della frontiera della Drina tra Bosnia e Serbia. I ruteni sono un compromesso fra i due mondi. Sono greco-cattolici. Uniscono la liturgia greca alla teologia romana. Per questo sono odiati da tutti. Sono ortodossi per i polacchi e cattolici per gli ucraini uniati. Comunisti per gli slovacchi e fascisti per Kiev. Per tutti sono dei diversi. Come gli ebrei.

Il treno perfora il gomito dei Carpazi, le montagne sembrano attorcigliarsi su se stesse, dando forma a un labirinto. È il cuore della Galizia, ultimo confine dell'Impero asburgico. Il controllore mi dice di stare attento, ieri hanno rapinato uno straniero. "Pericolo, pericolo," ripete, e i compagni di viaggio annuiscono in modo così lugubre che comincio a dubitare anche di loro. So che qui poche assicurazioni al mondo accettano di coprire i tuoi rischi.

In questa terra magnifica l'Olocausto fu spaventoso, il collaborazionismo entusiastico, la repressione sovietica atroce. E oggi tornano i demoni: la xenofobia aggressiva, l'etnonazionalismo, l'antisemitismo. Qui la destra ucraina invita Le Pen a trionfali raduni. Il capo dell'ultradestra francese ricambia e proclama: "Je suis chez moi!", mi sento a casa. Si inaugurano monumenti ai collaborazionisti, li si inondano di fiori. Si riabilita il battaglione Nachtigall, le SS ucraine che, con il nome dolce di "usignolo", macellarono donne e bambini. E il campo di prigionia di Janowska, un posto tetro dove furono fucilati migliaia di ebrei, continua a funzionare come carcere. Come niente fosse.

La stazione di Leopoli è piena all'inverosimile. Ma non è una ressa festosa, è una processione lenta, guardinga, dolente, di gente infagottata come palombari. Ritrovo il *Tisza*

Express, lo prendo al volo e subito tutto cambia. L'onda dei Carpazi è finita, la velocità aumenta, il treno taglia le foreste con rettifili pazzeschi, infiniti, metafisici. A volte si ferma in mezzo al nulla, senti il rumore di uno sportello che si apre, ne vedi scendere qualcuno. E quel qualcuno va, prende una direzione sconosciuta in mezzo ai campi immobili, sotto un cielo basso senza vento.

Annotta. Finiscono le casette gialle, i segni rassicuranti dell'ex Austria-Ungheria. Il controllore è ubriaco fradicio, barcolla, non riesce a bucarmi il biglietto. In compenso mi alita in faccia. Il mio vicino mi spiega che è spesso così, d'inverno. "Quello che spappolerebbe il fegato di un tedesco," aggiunge, "per un russo è assolutamente normale." Poi arriva il cuccettista, mi chiede sgarbatamente settanta dollari di supplemento per un letto orribile, ma la cifra è pazzesca, dico che non mi serve, preferisco continuare sveglio e seduto. Qui non si sa mai.

Fuori nessun lumino, nulla. Il buio è totale, solido come una pietra. In situazioni simili tramontano presto le romanticherie alla Graham Greene. Emergono prepotenti le regole della sopravvivenza. Le riepiloghi. Primo, distribuire soldi e documenti nel maggior numero possibile di nascondigli: tasche, cintura, mutande, calzini. Secondo, mai stare da soli nello scompartimento, è meglio la seconda classe. Terzo, tenere pronte per ogni evenienza sigarette e banconote di piccolo taglio. Quarto, niente valigia e mani libere; nelle stazioni succede di tutto. Uno zaino e basta. Insomma, viaggiare leggeri ed esigenze al minimo.

Sosta a Ternopil'. Che bel nome. Cerco da mangiare e da bere, ma non c'è niente di niente. Ristoranti, bar, carrelli, sono cose dell'altra Europa. In fondo a un vagone trovo solo un samovar collettivo che distribuisce acqua bollente. Un vicino mi offre una tazza e una bustina di tè. Ricambio con un panino ungherese. L'ucraino mi racconta che da qui a Kiev il suo paese è cattolico, anticomunista. Poi diventa bolscevico e ortodosso. Mi sembra di essere di nuovo in Croazia alla vigilia della guerra con la Serbia.

Alba del sesto giorno, il treno sale e scende nell'onda lunga ucraina, fila come un panzer fra macerie di guerre, deportazioni, massacri, piani quinquennali e il Far West della privatizzazione. Taglia un universo traslucido color zinco e verde pallido, inframezzato da chiazze di neve. Un mondo di acque e marcite, risorgive e fiumi senza direzione, come una laguna di Venezia moltiplicata per mille e congelata dall'inverno. È difficile capire come la pesante rotaia a scartamento sovietico non sprofondi in questa terra molle sempre in bilico fra banchisa e palude.

Nello scompartimento entrano spifferi spaventosi, mi intabarro più che posso. Di fronte a me, sotto una reticella gravata da due sporte immense, una cinquantenne in camicetta è immersa nella lettura di un libro. Quando alza gli occhi, vede che la guardo con sconcerto. Non capisco come faccia a non tremare. "*Me-no-pau-za!!*" scandisce ridendo, e spera che la spiegazione sia sufficiente. Rido anch'io, riesco a comunicare con il mio serbo elementare. Lei è altrettanto sconcertata dal mio abbigliamento. Mi spiega che qui è meglio non sembrare stranieri, per evitare rapine.

La donna in camicia accetta il mio cioccolato con modestia d'altri tempi, sorride, prende la borsa di finta pelle, saluta, sparisce nel gelo di Zhmerynka. Le ucraine sono straordinarie. Ne vedo spesso a Napoli, sul lungomare di Chiaia. Sono badanti, almeno così le chiamano nel Nord Italia. Badano ai nostri vecchietti in cambio di un modesto stipendio e un tetto in famiglia. Si ritrovano a decine, la domenica mattina, nelle ore di libertà. Respirano la salsedine, addentano golose frutta mediterranea, si passano i pacchi-regalo da spedire a casa, parlano avidamente la loro lingua dopo giorni di reclusione. I vecchietti le adorano, sono materne come nessuno.

Materne e infelici. Nel quartiere Soccavo, la sera, le vedi alle finestre, dietro le inferriate dei primi piani. Osservano la gente che passeggia con uno sguardo che dice: vorrei, ma non posso. Escono pochi minuti al giorno, per vuotare 'a munnezza. Certo, stanno meglio che in patria. In Ucraina non tornerebbero nemmeno per morire, dicono che nei loro ospedali si crepa come cani. Ma lo sradicamento è terribile. E dietro l'apparenza di quella seconda vita italiana protetta da casa e famiglia, subito traspare la precarietà di una condizione reclusa, non paritaria. "Se il nonno muore," ti dicono, "se io mi ammalo, chi aiuta me?"

A Caserta le trovi in piazza Vanvitelli, assediate dai maturi dongiovanni del posto in un triste bolero di scarpe lucidate. Su di loro, come sulle polacche, già fioriscono leggende. Si dice che concupiscano anziani, che si mangino eredità e rovinino famiglie. In realtà accudiscono bambini, fanno deambulare infartuati, puliscono vecchi rimbambiti di cui nessuno è disposto a occuparsi. Si fanno un mazzo tanto per mandare soldi ai figli che hanno dovuto lasciare in patria. Rinunciano alla loro famiglia per salvare quella italiana.

Per capire l'Ucraina devi scendere in posti sperduti come Lyubymyka, Zytomir, Novohrad, insieme a contadine stremate che tornano a casa dal mercato con sporte di cetrioli invenduti. I loro uomini si ubriacano tutti. A Brobky ne vedo di stecchiti già fuori dalla stazione. Russano sulla terra gelida, in mezzo a cocci di bottiglia. Dimitri, un professore di letteratura con il colbacco di astrakan, mi spiega in un pittoresco inglese che "qui lo stipendio medio è di venti dollari al mese, nel senso che i ricchi ne guadagnano diecimila, gli altri zero". E descrive i nuovi giovani "globali" in coda ai McDonald's postsovietici. Un branco aggressivo che mangia hamburger e odia l'America. Una miscela incendiaria, un cocktail postmoderno di xenofobia, noia, odio e provocazione.

"La va così," sorride, "nelle lande del Dnepr", il fiume che secondo il poeta romantico Taras Ševčenko "andava arrossato di sangue polacco ed ebreo". Le cifre dell'economia migliorano, ma il crollo delle garanzie comuniste ha avuto effetti gravissimi. Soprattutto in provincia, lo spaesamento da globalizzazione è incomparabilmente più forte che in Occidente. Non te ne accorgi subito, perché la miseria è ruminata con sopportazione biblica. Da noi si dice "piove, governo ladro"; qui no, persino l'oppressione è destino, piaga che scende dal cielo. Ma proprio nel fondo di quella sopportazione e di quel silenzio fermentano i miti di superiorità razziale, risvegliati da antiche leggende.

"Perché non scende con me a Kalinyvka?" chiede Dimitri, dopo avermi raccontato a lungo della sua dacia in collina, in mezzo al bosco. Avrà cinquant'anni, ed emana una calma non comune. Sorride, fuori c'è un bel sole freddo, le betulle disegnano ombre parallele come denti di un pettine. Accetto.

Traversiamo una foresta di binari, poi un bus anni quaranta ci porta a Torbiv, un paese a dieci chilometri, verso est. Poi ancora a piedi, nel bosco, per venti minuti, fino a una casetta bianca e azzurra annunciata da lontano dall'abbaiare di un cane. Non riesco a evitare che la moglie di Dimitri mi tolga le scarpe. Si chiama Ana, è molto più giovane del marito, un gran sorriso e guance come mele.

Che meraviglia. La casa è un unico ambiente più cucina, ma confortevole e piena di vecchi libri deliziosamente impolverati. Sopra il letto la foto dei genitori di lui, morti entrambi, in abito contadino, seduti su quello stesso letto. "Ho avuto la casa da loro e l'ho rifatta con le mie mani," racconta Dimitri. Tè, distillato di mirtillo, minestrone sul fuoco, temperatura da sauna, la stufa di coccio che crepita in un concerto di fischi, botti, scricchiolii... "Sono le anime della casa," dice ridendo l'uomo. "Forse sono quelle del bosco," suggerisce il mio spirito forestale.

"Questi boschi mi hanno salvato la vita," racconta il professore. "A Kiev, cinque anni fa, mi avevano diagnosticato un cancro, non avevo speranza. Allora ho pensato alle dodici fonti di mio nonno. Dodici, come gli apostoli, nascoste nel bosco. Me le aveva fatte conoscere tutte, e avevo annotato su un quaderno le proprietà benefiche di ognuna."

Dimitri decide quindi di lasciare la casa e ritirarsi *nel* bosco per vivere *del* bosco. Per sei mesi, da aprile a ottobre, si nutre di bacche, funghi, piccoli animali, e dell'acqua delle fonti. Ogni giorno percorre venticinque chilometri solo per abbeverarsi. Dorme dove capita, all'aperto. Un po' alla volta diventa parte della foresta. Vive con le volpi, i tassi, le api. E, incredibilmente, il male scompare.

"Non solo sono guarito, sono anche diventato migliore," racconta. E così, quando mi scodellano il minestrone, succede che il distillato di mirtillo, la stufa e il racconto hanno già cominciato a produrre fantastiche allucinazioni. Vedo volare sopra di me i violinisti di Chagall, il vecchio padre barbuto di Bruno Schulz, i sogni di Chaim Potok, i fantasmi di Isaac Singer. La sera partirò alticcio, dimenticando di annotare il suo indirizzo.

A Vasilkiv il treno si è riempito di pendolari. Gente dura, taciturna. Dopo un po' realizzo che mi guardano, tutto lo scompartimento mi guarda. Anche la donna che ho accanto. È per il mio zuccotto di lana. Assomiglia a quello di un ebreo.

A Budapest mi avevano avvertito: non farti notare. La donna mi fa segno di seguirla, mi accompagna nel corridoio, prende il copricapo con un gesto tenero, me lo rimette in tasca. Poi si avvicina l'indice al naso, per far capire che non è aria. Andiamo a sederci altrove. Fuori esplode una luce desertica, quasi tibetana. La piana è coperta di acque gelate, mille laghi oblunghi color nickel.

Siamo in Ucraina, la grande madre dei pogrom. Cominciarono già nel 1113. Sotto Hitler divennero sterminio e fecero due milioni e duecentocinquantamila morti. Ma di ebrei ne rimasero ancora, e oggi qui sopravvive la più grande comunità dell'Est: trecento, forse cinquecentomila anime, disperse fra i Carpazi e il Mar d'Azov. A Kiev – la Gerusalemme dell'ortodossia russa, la città magica di Bulgakov – è nata Golda Meir, la donna che divenne primo ministro d'Israele.

Oggi, con la miseria, torna la leggenda dell'ebreo sfruttatore, oste imbroglione, bieco capitalista o bolscevico. Con la *glasnost*, la trasparenza voluta da Gorbačëv, anche il nazionalismo è tornato a galla. Svastiche, "Heil Hitler", aggressioni antisemite. A Kiev, Luts'k, Leopoli, Nikolajev. E poi le opere di Dimitrij Dontsov, fondatore del fascismo ucraino, che ricompaiono in libreria. E la libellistica che si scatena, con il periodico "Politica e cultura" che propone di cancellare Israele.

Sera color mandarino, pioggia leggera, chiazze di neve e acque grigie, poi Kiev si annuncia da lontano con le cupole d'oro e la statua della Vittoria, altissima, opprimente, isolata come un razzo cosmico davanti al Dnepr largo come un mare. Il treno vibra tutto come a Trieste, si ferma con lentezza infinita, plana nella vecchia stazione piena di gente, di annunci, odore di minestrone e cipolla. Ma oltre quella cortina olfattiva orientale, la città-madre della Russia è una metropoli che imita l'Occidente, congestionata dalle auto di lusso dei nuovi affaristi e della nuova mafia, popolata di donne di un altro pianeta. Alte, bellissime.

Incontro il regista ebreo Aleksander Schlayen, presidente del comitato antifascista. Un uomo straordinario, vitale. Mi avverte con occhi febbrili: "Qui rischiamo una Chernobyl nazionalista. Al suo confronto la Iugoslavia sarà stata un gioco da ragazzi. C'è un'aggressività antica, scritta nella nostra storia," spiega. "Da qualche anno i nazionalisti sono usciti dall'ombra. Già nell'88, con l'emigrazione dei primi ebrei, si è sfiorato il pogrom. Da allora le cose vanno di male in peggio." Chi finanzia i fascisti? "La diaspora negli Usa, che passa fondi agli ultras per tenere l'Ucraina lontana da Mosca."

Per farmi capire, mi portano a vedere un'altra Chernobyl ancora, quella della memoria. Un altro sarcofago sigillato, sovraccarico di energia negativa. Sorge in periferia, in un posto che nessuno nomina volentieri: Babi Yar. Lì, dove finisce il viaggio, sull'orlo di una scarpata di betulle coperta di neve, gli *Einsatzkommando* sterminarono trentatremila ebrei in soli due giorni.

Stasera piove sul gigantesco monumento sovietico in bronzo e sulla rampa di cemento con gli eroi morituri a pugno chiuso. Sul prato fra le betulle dove a primavera i bambini giocano a palla, la strage fu consumata così in fretta che molti caddero vivi nella fossa e la terra si mosse per giorni. Oggi, nulla rivela che quelli non furono eroi, ma bestie macellate. Niente dice che nove assassini su dieci erano ucraini, non tedeschi. Soprattutto, nessuna scritta ricorda che le vittime erano ebrei. Per l'Urss non esistevano etnie né religioni.

Alla fine, racconta Ryszard Kapuściński, il comunismo era diventato un treno sgangherato senza più rotaie, un treno cieco e immobile che qualcuno faceva dondolare per dare ai passeggeri l'illusione del viaggio. Con il crollo del regime nulla cambiò. Proprio l'anno in cui la storia avrebbe dovuto mettersi a correre si rivelò l'anno in cui la storia si fermava, con grande stridore di freni, come un vecchio, squinternato convoglio. È da allora che gli eventi sembrano diventati illusione e incantesimo, ci ammaliano e ci impediscono di capire, nascondendoci la verità. Anche qui, sulle sponde del Dnepr.

Il viaggio può salvarci. Il nomadismo lento, lo sguardo diagonale dal finestrino, il dialogo vis-à-vis nello scompartimento, l'ascolto di voci deboli, la fatica, la condivisione. Non abbiamo alternative per orientarci fra queste montagne di impressioni, scariche emozionali, stati d'animo, frammenti di voci, schegge di immagini da luoghi troppo piccoli, oppure, all'estremo opposto, conversazioni troppo grandi, scontri di opinioni in libertà nel cielo rarefatto dei talk show. Per non isolarci nell'afasia, schiacciati fra localismi zoppi e pestilenze globali, chiusura nelle piccole patrie e nostalgie di imperi impossibili.

inverno 1999

CHIAMIAMOLO ORIENTE

Berlino-Istanbul in treno

Metti una sera d'inverno a Berlino, una locanda, una birra e una meta fantastica. Istanbul. Sul tavolo, una carta geografica con il percorso. Una linea vagabonda a cavallo dei Carpazi, fra isole chiamate Moravia, Galizia, Slovacchia, Transilvania, Moldavia, Bulgaria. Cent'anni fa quello era l'Oriente del "nostro" mondo. Oggi è solo Est, una sigla che marchia le periferie della politica e della mente. La mappa parla chiaro. Il Muro è caduto, ma un pezzo d'Europa si allontana da noi, va alla deriva in un labirinto di frontiere, secessioni, disastri bellici e ambientali. Lo stiamo perdendo. Il nostro mondo rimpicciolisce. Persino Trieste diventa un non luogo nella geografia mentale degli italiani.

La birra trema, è la *U-Bahn*, la metropolitana che sferraglia sotto la locanda. Penso che nessun check-in, nessun duty free mi farà entrare in quell'Europa profonda. L'aereo non avvicina un bel niente. Mi serve il treno. Ma non il calduccio di un Intercity: sarebbe come giudicare l'Italia dal Pendolino. Devo imbarcarmi su linee minori, sapendo che d'inverno il cuore del continente può diventare anche una Transiberiana, che è finito il tempo dell'*Orient Express* e delle romantiche donne inglesi.

Non è facile partire da qui. Non c'è nessun capolinea. Ai tempi del Grande Freddo ce n'erano due, e non erano un fine-corsa qualsiasi. Erano le due facce della fine del mondo. A ovest la Zoologische Garten, a est la Östbahnhof. Oggi, senza più il Muro che li divide, i due terminal sono stati riconvertiti in stazioni di transito della stessa ferrovia. Una delle tante, come Tiergarten, Bellevue, Alexanderplatz. Fermate a singhiozzo lungo la Schnellbahn, la vecchia sopraelevata in mattoni che ricollega le due metà del pianeta.

Schnell vuol dire veloce, ma la velocità non sta nei treni. Si concentra nelle stazioni: nella fretta con cui si sale e si scende, nel risucchio delle masse a ritmi da film muto. Berlino è un non luogo: nessun marciapiede per dirsi addio, nessuna pensilina dove ti senti arrivato, nessun cartello con la scritta "Benvenuti". Vicino al Reichstag cresce la nuova stazione centrale, ma il complesso da binario morto resta così forte che la metropoli ha quasi paura di ridiventare il grande fine-corsa della Germania. È come se smarrisse il centro di se stessa nell'esatto momento in cui si riscopre al centro d'Europa.

Berlino non è più quella del primo Wim Wenders. Ulrich Edel non potrebbe più girare il suo film sui "ragazzi dello zoo". Il mondo che gravitava attorno a quella mitica stazione è diventato un cronometro implacabile. Nell'atrio, il tabellone delle partenze non finisce mai, elenca quattrocentocinquanta treni al giorno. Immagini una stazione sterminata, e invece ecco la sorpresa. Sali alle banchine e trovi quattro binari. Pensi di aver sbagliato posto, torni indietro, chiedi dov'è lo zoo, e la gente ti dice che sì, è proprio quello. Allora capisci che sei nel più fantastico collo d'oca delle ferrovie d'Europa. Zoologische Garten inghiotte un treno ogni due minuti. Dunque tutto, intorno, è un meccanismo a orologeria. I ritardi non sono contemplati, manderebbero in tilt la Germania.

Ma non è solo la Germania che si ingolfa là dentro, è il mondo intero. I treni ingoiano fiumi di turchi, indonesiani, bengalesi. Con quella scansione implacabile, la stazione diventa l'allegoria di un paese che si sforza di assorbire i conflitti con l'efficienza della propria macchina. Ma è anche il luogo che svela la bollente demografia tedesca. Altro che Italia. I musulmani, per esempio, sono tantissimi. L'otto per cento della popolazione. Al binario 7 è in partenza per Monaco un treno di tifosi, giovanotti biondi con la sciarpa dell'Amburgo intonano cori: ma di tedesco non c'è altro. Il resto è Alien.

È l'ultima sera, si leva il vento, l'Altrove già ti chiama con il profumo di kebab dei ristoranti turchi di Kreuzberg. Che quartiere incredibile. Sei già a Istanbul, Baghdad. Nelle edicole i giornali italiani scarseggiano, ma quelli mediorientali ci sono tutti. E attraverso le vetrate dei call center vedi agitarsi nelle cabine fez marocchini, turbanti pakistani, fazzoletti grigi di donne anatoliche. Fuori c'è la coda, le telefonate si pagano in anticipo. Al minuto, fanno 0.58 marchi per il Marocco, 0.62 per l'Egitto, e il costo cresce con la miseria dei paesi.

Ad Amburgo l'esperienza è ancora più estrema. La parola di Allah può fulminarti a cinquecento metri dalla stazione centrale, sbucare fra prostitute e discoteche gay, inchiodarti davanti a un chiosco di frutta e verdura. Ieri, all'angolo tra viale Adenauer e Lindengasse, ho visto uscire una preghiera tra caschi di banane e un frigo di gelati. Mi chiamava in una porticina seminascosta, verso un corridoio, fino a un tramezzo con scarpe allineate. In fondo, nella penombra, tuonava l'imam degli afghani. Arringava il popolo esiliato, trapanava rabbioso il silenzio.

Il trenino tedesco corre avanti e indietro sulla sopraelevata, alla ricerca di un pretesto, di un punto di partenza qualsiasi in questo infinito tapis roulant. Sull'acqua color ferro della Sprea passano chiatte e anatre, una luce fredda arroventa le mille gru della città-cantiere. È allora che il vagone

61

improvvisamente si svuota e una voce ti scuote dal torpore. "Friedrichstrasseee!" Eccolo il capolinea! Friedrichstrasse! Perché ti era sfuggito? Perché non ti eri accorto che la fine del mondo c'è ancora, sulla linea d'ombra del Muro?

Ma certo. Partirò da qui. A Friedrichstrasse cambia tutto, la sua stazione resta un mitico capolinea. Lì il tempo si è fermato. Come trent'anni fa, una Germania scende e un'altra Germania sale a bordo. Diversi vestiti, diversi bioritmi, diverso reddito. Diverso perfino il parlare: tedesco classico a oriente, tedesco americanizzato dall'altra parte. La sera, la Cortina di ferro si riforma e i due flussi si dividono. Quelli dell'Ovest escono per divertirsi, quelli dell'Est rincasano per andare a dormire. Già alle nove di sera fra le due città cessa ogni comunicazione. Sul metrò restano solo i balordi e un vuoto da far paura.

Piove, un tipo chiuso nel suo impermeabile cammina in silenzio, con meticolosa precisione, lungo la linea che segna il percorso del vecchio Muro. Sembra una spia comunista disoccupata. Forse è nostalgico, forse è matto, o forse solo spaesato dalla fretta con cui i suoi concittadini seppelliscono la loro storia. A Potsdamerplatz hanno cancellato così bene il Muro che persino un berlinese stenta a vedere dov'era. Non è solo il vuoto, è la fretta di riempirlo. La febbre edilizia che divora la metropoli con un furore sanitario radicale, da disinfestazione.

Schnell, sofort, presto, immediatamente. Sotterrare il passato, fare tabula rasa. Le generazioni postmoderne guardano alla loro città terribile come a un luogo qualsiasi, con la stessa indifferenza con cui noi guarderemmo a Milano. La storia che ha cambiato il mondo dov'è? Ti restano solo i nomi leggendari delle stazioni. Potsdam, Penzlauer Berge, Spandau, Charlottenburg. O le destinazioni dei treni: Varsavia, Stralsund, Hamburg-Altona.

Si parte. Piove gelato sulle periferie color mattone, sui vecchi block del socialismo reale, sugli abeti magri e sugli stagni del Brandeburgo. Istanbul, si parte: il treno corre verso sud, taglia un mondo piatto, prussiano e senza colore, e quel mondo prussiano rinnova la percezione del grande vuoto berlinese. Con Haider che va al potere in Austria, ti chiedi cosa potrà nascere dalle viscere della provincia tedesca piccoloborghese, dagli stessi notabili e piccoli industriali che settant'anni fa fecero salire Hitler al potere.

"Più che un vuoto politico, è il vuoto della politica." Il treno vola in un silenzio felpato e Matthias Greffrath, giornalista della "Die Zeit", spiega che, dopo un secolo di fallimenti della politica, oggi i tedeschi credono solo nell'economia. La politica è destabilizzazione, l'economia rassicurante normalità. Anche per la gente di sinistra. "Lo stesso cancelliere Schroeder considera la politica un service dell'economia. Prende atto che in Germania l'orgoglio dell'identità si fonda, più che su Goethe, sulla Deutsche Bank."

Ma se la politica si riduce a efficienza, modernizzazione, allora la democrazia diventa "regolamento condominiale, un foglietto di manutenzione che ti dice quando pulire le scale di casa, come buttare le immondizie nei cassonetti". La Germania è così, un silenzioso assenso a regole fisse, a tacite gerarchie dettate dai poteri forti. Ed è in questo minimalismo politico che si apre un altro vuoto: di memoria. "C'è un pensiero fisso in ogni tedesco: 'Abbiamo sgobbato talmente per ricostruire questo paese, che oggi possiamo anche dimenticare l'Olocausto'," ghigna Greffrath.

Cielo pesante, le prime vigne e le prime colline, il ponte sull'Elba, le guglie e le cupole di Dresda, nere su un tramonto viola. Tanto Berlino nasconde la sua storia, tanto la Firenze del Nord la asseconda e la ostenta. Dresda non gratta la patina di carbone dalle sue facciate, conserva la sua fantastica archeologia industriale fine Ottocento, ricostruisce fedelmente il proprio centro polverizzato cinquantasei anni fa dagli Alleati in due sole notti d'inferno.

Nell'aria c'è già la Boemia, e le sue muffe asburgiche preservate dal comunismo. Comincia un viaggio di tremila chilometri all'indietro nel tempo. Nevica pesante, il treno costeggia l'Elba infossato in una valle da fratelli Grimm. Boschi, comignoli, locande, rocce a picco. Grandi chiatte a motore escono dalle montagne con la luce rossa a prua, scendono dal cuore minerario d'Europa, vanno verso Amburgo.

A Bad Schandau, dopo il ponte in ferro, si sosta per il cambio motrice. Dal finestrino vedo la gendarmeria tedesca che scorta cinque extracomunitari in un ufficio. Curdi, saprò poi. Ne beccano tanti, fra i boschi dei Sudeti. Arrivano a Praga facilmente, poi la mafia li smista. Intanto è salita a bordo la polizia ceca, nello scompartimento il silenzio felpato finisce, irrompono la lingua slava e l'odore dell'Est. La cipolla, lo smog giallo sporco della lignite.

Notte boema. Continua a nevicare, un surreale carillon similsovietico scandisce il nome del luogo. Ústí nad Laben. Ha un suono sinistro. È come se ti dicesse: prova a scendere qui, straniero, dove non scenderebbe nessuno. Sullo sfondo, le luci di immensi impianti industriali. La piazza della stazione è piena di barboni e giovinastri incollati a macchinette mangiasoldi. Odore forte di gomma americana e zuppa troppo grassa, socialismo e mercato. Questa brava gente, dicono, ha costruito un muro attorno al campo nomadi, in periferia. Un bel ghetto, con gli zingari al posto degli ebrei. Da vedere assolutamente.

Scuoto un tassista dal suo torpore alcolico. Un albergo, prego. L'auto parte a razzo fra due file di casermoni tetri, dopo appena due chilometri si inchioda davanti a un piccolo hotel. Sessanta marchi, urla l'energumeno a motore acceso, sessantamila lire. Bell'inizio. Urlo a mia volta che non glieli do e accenno a uscire, ma le portiere sono bloccate. "Adesso ti riporto indietro e ti faremo capire cos'è il mercato," grida il tassista minaccioso. Quel salto al plurale è la cosa più allarmante. Significa che da qualche parte ci sono dei rinforzi. Cerco una resa onorevole, trenta marchi. Ci accordiamo per quaranta.

In albergo, una rossa alla reception spiega che ho avuto fortuna: "A Praga è anche peggio, qualcuno ha installato un impianto per dare la scossa sotto il culo ai passeggeri troppo fiscali. E la polizia è d'accordo". Viva il mercato! Chiedo gli orari dei treni e scopro che a est di Praga tutto diventa improbabile: tempi, regole, coincidenze, prenotazioni. In compenso, gli ottocento chilometri sino alla frontiera ucraina costeranno meno del taxi, quarantamila lire. Ci siamo, il viaggio comincia davvero.

Stazione di Praga, la neve è diventata pioggia, il palazzo presidenziale di Hradčany sbuca dal grigio. Václav Havel, murato là dentro, chissà come la vive questa sua Europa che perde se stessa. L'ho conosciuto a Pirano, in Istria, nel '95. Girava in jeans, esplorava il porticciolo e le calli senza scorta. Davanti a un bicchiere di malvasia, l'uomo venuto dalla periferia dell'Europa disse che l'Europa tutta era una periferia, un fantastico *finis Terræ*, la penisola del tramonto. Lo diceva persino l'etimologia: l'accadico *Erebu*, che vuol dire "calar del sole".

"Questo è il luogo," avevo annotato ascoltandolo, "dove le identità si addensano e non hanno alternativa fra la guerra e la coabitazione, fra l'autodistruggersi e l'essere spazio unitario di spirito e di civiltà. L'Europa è un arcipelago, con le diversità interrelate al punto che l'assenza di una sola di esse provocherebbe un crollo globale. Uno stomaco capace di digerire popoli e culture, senza farne mai un meticciato informe."

Piazza Venceslao, fra orde di turisti e imbroglioni. Bevo un tè troppo zuccherato, mi aggrappo a un venditore di ombrelli. Pare l'unica persona viva in un esercito di replicanti. È moldavo, si segna con la croce parlando della sua terra. Ecco, già voglio scappare. Dov'è l'Europa? Non qui. Questo postaccio fa orrore. Devo cercare a oriente. E se ha ragione Havel, se davvero l'Europa è il luogo dove i popoli si addensano, allora anche i muezzin di Sarajevo sono Europa, anche i monasteri sui monti della Moldavia, anche i villaggi sperduti degli ebrei bielorussi, anche il fulvo microcosmo oltre i Tatra. Anche Istanbul.

Ma certo, il fulgore della sera contenuto nel nome "Europa" non è una metafora di morte, decadenza. È solo un invito alla quiete, alla meditazione, dopo la frenesia del giorno. Questo nostro vecchio mondo non sente più la grandiosità unificante del suo mito fondativo. Forse per questo l'Unione già rischia di perdere pezzi a pochi anni dalla caduta del Muro. Brancola come il gigante d'argilla costruito da un rabbino in una soffitta della vecchia Praga.

Compro dei panini da un ambulante alla stazione, riparto sotto un cielo basso. Il treno scava verso est, si affianca nuovamente all'Elba, entra in foreste fitte finché il paesaggio si distende di nuovo, annuncia gli spazi del Nord. È la Moravia, grandiosa terra di mezzo. Da qui vennero i nonni della mia nonna materna. Il vecchio nacque a Friedental, un posto minuscolo che oggi ha cambiato nome. Poi emigrò a Trieste, divenne ingegnere navale dell'imperatore e morì a Lissa nel 1866, abbattuto da una cannonata della flotta italiana.

Riprende a nevicare senza vento, poi il treno si ferma di nuovo. "Olomouc", leggo a malapena il nome sopra la stazione. Un posto fuori dal tempo, il nome mi incuriosisce. Scendo, prenderò il prossimo treno, tanto per Cracovia c'è tempo. Fuori, la sorpresa. Riecco l'Europa che cerco: un labirinto di viottoli in selciato, turisti zero, gli inequivocabili segni dell'identità ebraica e tedesca accanto a quella ceca. Il traffico è bloccato, anche i tram sono fermi, e nemmeno i miei passi fanno rumore mentre scendo in piazza Dolní, verso la fontana barocca coperta di bianchi pinnacoli.

Mi perdo fra taverne e caffè, vado a scaldarmi in un museo, mi innamoro di una donna in nero con boa di struzzo, dipinta nel 1907 da Oskar Heller. Occhi straordinari. E poi la contadina nuda di Alja Beran. La coscia sinistra, fredda e grigioazzurra, esprime tutta la nostalgia dei colori che cova in questo mondo in bianco e nero popolato di chiese, priorati, canoniche e campanili.

Al caffè Palác, una cameriera pallidissima dai capelli corvini mi porta una birra offrendomi del vischio con un sorriso. Ricordo tutte le cameriere che mi hanno servito una birra in allegria. Una in particolare, a Danzica, fine anni ottanta. In una città dove non sorrideva nessuno, lei rideva come una matta. Occhi azzurrissimi. Bionda, magra e forte.

Una volta, nelle valli attorno a Olomouc, le notti d'inverno erano così luminose anche senza luna che si poteva leggere alla luce delle stelle. Milioni di stelle. Me lo raccontò Frida, una morava di lingua tedesca. A Trieste fu lei, ottantenne, a parlarmi di quel mondo perduto. Negli anni della guerra dei Balcani prendevo lezioni di tedesco a casa sua, in una stradina della città vecchia. Era malata, si muoveva a fatica, ma era la donna più straordinaria che abbia conosciuto in vita mia. Non viaggiava mai, eppure ogni sua lezione era un viaggio favoloso. Era il simbolo perfetto della città multinazionale che amavo.

Ah, le stelle di Olomouc... *Sternenlicht,* disse, con gli occhi pieni di luce, quasi masticando quella parola detta nella nostra comune lingua franca, e raccontò dei ragazzini che andavano a scuola pattinando sui canali gelati nella semioscurità dell'alba. È morta da anni, lasciando un vuoto tale che i suoi allievi si sono ritrovati una setta semiclandestina di orfani. Chiedeva cifre irrisorie, riteneva che un buon insegnante non dovesse chiedere all'ora più del prezzo di un chilo di pane buono. Cercavo di ricambiare in altri modi, per esempio raccontandole in pessimo tedesco i miei viaggi nella Iugoslavia in frantumi.

Sul comò accanto al tavolo teneva un vecchio coniglietto di pezza, moravo anch'esso. Era il suo feticcio, ma anche uno strumento di comunicazione nel rapporto con gli allievi. Quando non poteva rampognarci direttamente, si lamentava con il coniglio. Un giorno, poiché insistevo oltre il lecito a voler tradurre un pezzo di Brecht, di cui non capivo il significato scabroso, si girò dalla parte di Codacorta (così lo chiamava) e mi diede una lezione. "Insomma," gli disse, "spiegalo tu a questo signore che Brecht è Brecht. E io sono una signora." ("Brecht ist Brecht, und ich bin eine Dame.")

Era lei la mia Europa.

Rollio, letargo, foreste, neve. Sembra di essere lontani da tutto, e invece la carta ferroviaria – la fedele Thomas Cook dalla copertina rosso fuoco – rivela che il centro del Centro Europa si sta avvicinando. A Petrovice, bivio per la Slovacchia e la Polonia, passano i treni fra Vienna e Varsavia. Gli stessi binari gelati portano in Siberia, ad Auschwitz e alla Madonna Nera di Częstochowa. Al grande vuoto tedesco si sostituisce un pieno, un vortice in cui soffia forte la storia.

Oltre i finestrini, scorre un mondo dove tutto sembra accaduto l'altroieri, dove la storia ha l'impronta indelebile dei cingoli di un panzer, dove i treni merci hanno ancora l'odore di bestiame umano e i capannoni il colore dei gulag. Noi europei d'Occidente non possiamo immaginare che nel Centro

Europa le memorie brucino anche per mezzo millennio. I boemi ricordano la battaglia della Montagna Bianca, i serbi quella di Kosovo Polje, gli ungheresi Mohács. Non vittorie ma disfatte, sulle quali costruire risentimenti e rivendicazioni.

Il treno entra in Polonia mezzo vuoto. Il controllore non capisce che ci faccia, a bordo, con quel tempaccio, un italiano solo e con lo zaino. Fuori crepitano dei botti, dev'esserci una festa fra i Monti Tatra e la pianura. Spade di raggi laser saettano nel buio, colorano il turbinio bianco. Discoteche semibuie come chiese, punteggiate di lumini vermigli, con processioni di ragazzine adoranti; chiese illuminate come discoteche, nuovissime, spaziali, miracolate anch'esse dal "fattore W" e dai miliardi giubilari. È una cuccagna la Polonia, a fronte della tenebra e della miseria ucraina. È una pacchia, una baraonda quasi mediterranea persino rispetto alla Boemia. La ruvida, taciturna efficienza dei cechi sembra già una cosa dell'altro mondo.

Nevica fortissimo, presso un autoporto pieno di camion fermi un cartello surreale indica l'imbarcadero per Stoccolma, mille chilometri oltre, a Stettino. E allora, in quel punto preciso fra i monti della Slesia e i Tatra che gli atlanti chiamano Porta Bohemica, in quel punto equidistante da tutto e al centro di tutto, il tuo treno malconcio comincia a sentire la solitudine che si fa più profonda, il tempo che si dilata, il grigio che prevale sui colori, un grigio in tutte le tonalità che annuncia, oltre la Vistola gelata, le grandi scenografie di cartone, i fondali Potëmkin del regime defunto.

Cracovia, sabato sera, concerto rock. Nella piazza del mercato, la più grande del Centro Europa, sono pigiati in cinquantamila. Una nuvola di palloncini decolla sopra la città di Wojtyla, si arrampica nella neve che scende, poi raffiche di bengala volano fra le guglie barocche, e la massa compatta ondeggia, pattina su uno strato di gelo e cocci di bottiglia, preme sulle vie laterali, inspiegabilmente bloccate da cordoni di polizia, poi sfonda, dilaga nella città delle cento chiese. L'alcol si mescola all'incenso, il rock duro alle litanie, giovani che si baciano finiscono addosso alle suore, ai preti, ai chierichetti, ai fedeli che escono dalle chiese strapiene, e questa mescolanza esprime tutta l'ambivalenza del cattolicesimo polacco, severo e gaudente.

Ha facce antiche la gente di qui, le stesse che trovi nei fantastici soffitti a cassettoni del Castello reale. Donne dagli zigomi già tartari, uomini dagli occhi acquosi, bambini ancora pronti a incantarsi per una fiaba, vecchi con la storia scritta sulle rughe. Gli studenti e gli operai esprimono tutta la forza vitale del Centro Europa che bussa a Occidente, alla porta dei ricchi. Ma il nuovo incalza, trionfa la cucina cinese, e persino i turchi, con i loro chioschi di kebab, si godono una sottile rivincita sulla sconfitta di Lepanto, sull'iconografia che in tante chiese li scolpisce come bestie senza Dio. I leggendari stabilimenti di Nowa Huta raccontati nei film di Wajda sono sempre più terra di nessuno: oggi risplendono le insegne luminose di Ikea, Toyota, Castorama, Carrefour.

Turbina il nevischio, forma soffici meringhe sopra i palazzi cinquecenteschi. Dall'alto della chiesa di Mariacki, l'icona di un papa ancor giovane, energico, diventa l'amuleto della nuova cuccagna, la certezza che rassicura, il "fattore W" che ha sconfitto il comunismo e tiene a bada la millenaria invadenza tedesca e russa con lo stendardo di Roma. È un esorcismo collettivo, il riaffacciarsi alla storia di uno stato da sempre in balìa dei venti, pericolosamente in bilico fra steppe russe e potenza tedesca, e che ora torna in Europa da protagonista.

Nel cuore più antico di "Papalandia", nella grande città giubilare, la fine del millennio ha avuto un sapore straordinario. Per il popolo dei campi (*polje* significa appunto "campo") è stato il trionfo del Grande Polacco a Roma, il riscatto su un secolo terribile che qui ha dato il peggio di sé: lo sterminio su scala industriale, il grande gelo comunista. E poi, invece, il miracolo: quel papa nato proprio nel luogo della morte della speranza, a trenta chilometri da Auschwitz.

Un uomo prega completamente disteso sul marmo della cattedrale, braccia larghe e faccia a terra. La sua è una dedizione assoluta, cadaverica. Sopra, un soffitto gotico punteggiato di lumini multicolori riproduce una favolosa volta celeste. Vista da qui, tra legioni di chierici ossequiati e ben nutriti, Roma sembra solo la modesta succursale della potenza secolare della chiesa polacca. Mentre l'ortodossa Belgrado langue fra le rovine, e il suo anno 2000 è solo il termine di un decennio di distruzioni, la cattolica Cracovia, città di re e poeti, con guglie e cupole rimaste intatte nei secoli, alza nuovamente il proprio vessillo sulla nazione.

Mattina di sole, partenza per la Slovacchia. Per un tratto il paesaggio è ondulato, quasi piatto. In lontananza ecco delle colline coniche basse, isolate in mezzo alle foreste, i fiumi, le oche, le radure, i comignoli. "Sono i *kopiec*," mi spiega un passeggero, tumuli artificiali eretti a ricordo dei caduti. Punteggiano il paesaggio da qui alla Bielorussia. Gli innamorati vi salgono per baciarsi e non hanno idea di cosa ci sia là sotto.

Anche la Lituania è segnata da una miriade di convessità. Dislivelli di pochi centimetri, un metro al massimo. Sotto, sono sepolti migliaia di ebrei. Per anni, raccontano, la terra continuò a gonfiarsi, sfiatò, illuminò persino la notte di pallidi fuochi. Poi i corpi trovarono pace e la terra cominciò a cedere, disegnando il perimetro della mattanza con impressionante fedeltà. A Verdun, in Francia, dopo la più spaventosa battaglia della Grande Guerra, impercettibili rigonfiamenti indicano ancora i tumuli di caduti senza nome. L'Europa cammina, senza saperlo, su montagne di cadaveri.

La donna che ho di fronte è magra e forte, sui trentacinque, capelli biondo cenere, occhio azzurro baltico percorso da impercettibili trasalimenti. Non distoglie lo sguardo dal paesaggio, quasi se lo beve. Vedo le foreste e la neve che le scorrono nell'iride. Il colore delle pupille le cambia continuamente, passa dal turchino all'intensità diafana e acquosa della neve che si scioglie. Forse anche lei è una migratrice inquieta. Le offro mandorle tostate, le accetta con entusiasmo, comincia a parlare. È incuriosita dalla quantità di quaderni ni che mi porto dietro.

Viaggia spesso. E il viaggio, dice, mette i polacchi in uno stato di grande euforia. Penso a Karol Wojtyla, a Ryszard Kapuściński, Adam Mickiewicz. O Jan Potocki, che due secoli fa raccontò il più memorabile viaggio di un europeo sul Caucaso. Per Kapuściński, il nomadismo oggi assurge al ruolo di redenzione, unica lettura possibile di un lavoro – il giornalismo – sempre più imbrigliato dal profitto, dalle lusinghe del virtuale e dal bombardamento dei primi piani che rendono superflua la verità.

Il treno si attorciglia su se stesso, entra nelle prime montagne verso Zakopane. Nevica con il sole, senza vento. Neve bagnata, splendente, dal finestrino si sente odore di legna umida. Tra viaggiatori succede, ci si raccontano cose anche intime, tanto non ci si rivedrà mai più. Il paesaggio che scorre lateralmente offre loro un nastro su cui incidere le loro voci narranti, e lo scompartimento crea la necessaria cassa di risonanza, lo spazio chiuso perfetto, quasi un sito dove chiudersi filtrando solo ciò che interessa della realtà.

Ora la donna dai capelli biondo cenere racconta di quando era bambina, in Masuria. Accenna un'antica ninnananna imparata dalla madre. Poi parla della sua slitta, di quando si buttava dall'unica altura del villaggio. Era un percorso a velocità matta fra pietre appuntite, con contropendenza e caduta gambe all'aria, quasi sempre nel fiume ghiacciato. "Solo anni dopo, da adulta, grattai quella neve e trovai un cimitero ebraico."

Slovacchia, montagne tetre, riprende a nevicare. La vecchia motrice sovietica arranca nella tormenta, pare che le scoppi il cuore. Il vento sibila fra un vagone e l'altro, crea un vortice che intasa la passerella di neve gelata, impedisce il passaggio anche al controllore e trasforma le toilette in un'esperienza siberiana. Lentamente, il tempo cambia scala, si allunga, rallenta. Sui giunti delle rotaie i treni dell'Ovest battono un doppio colpo veloce, fanno tu-tun tu-tun, tu-tun tu-tun. Quelli dell'Est battono colpi singoli, pesanti e distanziati. Un ritmo che addormenta. Tun. Tun. Tun. Tun.

Negli scompartimenti, le fessure sotto i sedili pompano aria artica o rovente, senza vie di mezzo. Così, il viaggio diventa una contorsione, uno slalom tra la sauna e il Polo Nord. Fuori, nessuna luce. Solo le foreste dei Tatra, gli abeti stracarichi, qualche segheria, gli spettacolari meandri di un fiume chiamato Váh. Sulla strada parallela alla ferrovia si concentra tutto il traffico di questo paese lungo e stretto, schiacciato fra Polonia e Ungheria. Migliaia di camion fermi nel gelo, la luce intermittente degli spartineve in azione.

A ogni sosta, un esercito di donne con pellicce, stivali e colbacchi irrompe trascinando borse, zaini, pacchi di ogni tipo. Si ride forte, ci si passa la bottiglia della grappa. Le introversioni praghesi paiono lontanissime. Lontane come quella notte irreale del 31 dicembre 1992, quando cechi e slovacchi si staccarono senza gioia, ma anche senza sangue. A Bratislava si alzò l'inno nazionale *Za Tatrov sa blyská* ("Sui Tatra era tutto un saettare di fulmini"), mentre sul Danubio crepitavano i botti e il ghiaccio scendeva lento verso il Mar Nero.

Le nove di sera, Košice, la città di Andy Warhol, il profeta della Pop Art. Arrivo in ritardo, esco di corsa, cerco di prendere al volo l'ultimo treno in partenza per l'Ungheria. Ma scivolo, cado, perdo gli occhiali nella neve e resto come una talpa imbecille in mezzo alla stazione deserta, senza poter leggere il tabellone degli orari. Che fare? Il termometro luminoso segna meno diciotto, ma sembra molto peggio. In questi spazi continentali il freddo è solido. Non è quello fine della montagna. È un blocco umido che pesa, ti entra nella trachea come una spada. Non te ne difendi coprendoti, ma solo accumulando calore al chiuso.

Nella tormenta, in quelle stazioni abbandonate da Dio, ti rimangi all'istante tutta la spocchia con cui hai guardato serbi, russi o bulgari far ressa nei supermarket dell'Occidente. Riabiliti persino il vituperato cellulare. Qui non è più una nevrosi esibizionista. In tasca, il trillo del diavolo diventa un grillo amico. Il tuo unico legame con il resto del mondo.

Non ci sono più treni, ma devo ripartire subito. Due amici mi aspettano oltreconfine, in Ungheria, per portarmi a una festa contadina. Offro cinquanta dollari a un tassista, lui scatta sull'attenti e parte a razzo. Parliamo io in serbo, lui in slovacco, e funziona benissimo. Il cielo si squarcia, la luna piena inonda le colline innevate e la linea nera delle foreste. Siamo completamente soli, la nostra auto e una lepre lontana sono le uniche cose in movimento nel paesaggio immobile.

Alla frontiera i finanzieri stanno dormendo, dobbiamo bussare. Guardano a lungo nel mio bagaglio, senza nemmeno una parola, poi fanno segno di andare con un impercettibile movimento del collo. Il tassista mi scarica davanti alla stazione di Hidasnémeti, pochi chilometri oltre. Il termometro segna meno venticinque, dentro c'è una luce, in sala d'aspetto trovo due vecchi. Non vanno da nessuna parte, anche lì non ci sono più treni. Si scaldano soltanto, accanto a una stufa a legna, e mi guardano come se fossi matto.

Lajos Szabó, un piccoletto con una parlantina bestiale, saltella felice nella neve verso la rimessa dove ha appena macellato quattro maiali. A Tiszavasváry, sul Tibisco, nel profondo Est dell'Ungheria, una luna enorme sovrasta l'impressionante allegoria della pacchia magiara in mezzo alla grande quaresima dell'Est. Giù una grappa a stomaco vuoto e poi via con salsicce, salami alla paprika, sanguinacci, grasso fritto, gelatina con cartilagini, crauti alla pancetta, gulasch e fagioli, stinchi, lardo pepato e un'infinità di altre cose.

In casa c'è mezzo paese che mangia, beve e canta dalle tre del mattino, l'ora gelida in cui è cominciata la macellazione. Uno zingaro grasso alla pianola suona ormai da venti ore, ci mette tutta la straziante allegria della Pannonia. Suda, beve e canta senza fermarsi un attimo. Le donne servono a tavola, non interferiscono in questa festa di soli uomini, tutti posseduti da un'ilarità primordiale. Lajos si incazza perché sono italiano però non voglio cantare. Lo zingaro grasso ride, accenna il motivo di *Azzurro*. Allora gli vado dietro. Lajos stava per offendersi, ma adesso è felice.

Si stappa del Tokaj, si fa il trenino, si esce nella notte chiara e la neve fresca ha orme di lepri. C'è qualcosa di folle nel modo con cui gli iperattivi ungheresi si bruciano la vita. Unisce fisarmoniche e balalaike. Slavità e Padania.

Püspökladány, mattina di sole freddo in mezzo alla *puszta* di Hortobágy, a sud-ovest di Debrecen. In una stazioncina asburgica in legno di abete chiedo un biglietto per la Roma-

75

nia, ma l'impiegato si sente in dovere di avvertirmi che è meglio non fidarsi. "Brutta gente." Penso che nel 1914 le Assicurazioni Generali, nate a Trieste, facevano metà dei loro affari a est di Vienna. Oggi è rimasto meno del dieci per cento. I sondaggi dicono che nel Nord Italia il rumeno o il bulgaro sono sentiti come più stranieri di un nigeriano o di un vietnamita. Ecco come allontaniamo le culture europee. E ne accettiamo altre, distanti anni luce, solo perché si adattano meglio alle nuove schiavitù.

Riprende a nevicare, parto per la Transilvania con l'impressione di andare in capo al mondo. Invece, è ancora la cara vecchia Austria-Ungheria. Turbina soffice su palazzine Jugendstil e Secessione, campanili a bulbo e casette giallo Asburgo. Intanto, sul treno, la polizia mi requisisce il passaporto senza dare spiegazioni. Il convoglio entra in valli lunghe e piene, dopo Oradea rallenta, fuori ci sono soldati che puliscono la strada ferrata. Uno di loro, con un'occhiata furba, lancia una palata di neve fresca verso i finestrini semiaperti e mi prende in pieno. Ride felice e rido anch'io, la frustata fredda mi ha svegliato dal torpore. Ride pure il poliziotto che mi restituisce il passaporto. Non dimenticherò mai quella faccia da bambino in grigioverde.

Notte rumena a Cluj Napoca, nel cuore dei monti di Transilvania. Nevica talmente che non partono nemmeno i taxi dalla stazione. Sui marciapiedi il ghiaccio, impastato con lo smog, diventa viscido come una saponetta, ma la gente ha una speciale abilità nell'affrontarlo pattinando con le scarpe. Vecchi e bambini scivolano in un irreale silenzio nel più bel paesaggio barocco della Mitteleuropa; sulle guglie a cipolla, la neve sembra panna su una torta di meringhe. Ovunque, lumini che paiono natalizi e invece sono nazionalistici, gialli, rossi e blu. Qui la gente non ha di che campare, ma il patriottismo si vende a chili. Tutto ha i colori della bandiera. Persino le panchine dei parchi.

Nei saloni del Continental, un albergo con enormi saloni, stucchi stile Impero e l'odore socialista dei vecchi termosifoni surriscaldati, c'è una gran festa da ballo. Al pianoterra volteggiano seni e sederi, c'è un'allegria collettiva sconosciuta in Italia. Tre, quattrocento persone cantano infervorate la stessa canzone. È la baraonda dei Balcani che ti dà il benvenuto, con tutta la sua carica vitale di innocenza-incoscienza. "A Capodanno hanno lavorato e adesso fanno festa," spiega il portiere cercando di superare il frastuono. "Cantano bene!" grido. "Sono solo ubriachi," risponde lui e, mentre il coro riattacca più forte, ti guarda come il violinista sul *Titanic* che affonda.

A mezzanotte e due minuti, puntuale come la morte, il treno Timişoara-Iaşi spunta lentissimo nella neve, passa sugli scambi squinternati delle Ferrovie rumene, stride, sfiata, si arresta davanti alla stazione di Cluj Napoca nel più assoluto silenzio. Lo chiamano *Foame*, il treno della fame. "Prendilo, se vuoi capire il nostro mondo," mi aveva detto una dottoressa di nome Joana. È il treno degli ultimi degli ultimi. Dalle terre più povere dell'Est, porta i contadini moldavi verso la Iugoslavia, a lavorare i campi dei serbi che, a loro volta, vanno a lavorare in Italia.

A bordo nessun rumore: ma il treno non è vuoto. È solo un treno che dorme. In quella tradotta ferma nel gelo, avvolta nel suo stesso vapore, senti il sonno animale di un popolo, l'odore dei corpi esausti, il fiato che si condensa come in un ovile. Apro la porta di uno scompartimento e nella semioscurità vedo un numero imprecisato di occhi spalancarsi nella mia direzione. È una famiglia intera: madre, padre, nonni, un mucchio di bambini. Che ci fa a quest'ora un tipo ben vestito, dicono quegli sguardi, su un treno simile? Può portare solo guai. Così mi fanno posto in silenzio. Sono loro che hanno paura, non io.

Si riparte. Smette di nevicare, la luna si alza sulla Transilvania, getta una luce fosforica sul paesaggio collinare. Dal bosco si levano cento fili di fumo che la brezza piega tutti dalla stessa parte. Segnano la costellazione dei villaggi, l'ultima fiaba di un mondo contadino che muore. In una notte simile passa la paura, persino nella terra dei vampiri. La donna che ho di fronte canta una ninnananna, mi fa sentire più sicuro che alla stazione di Milano. Sono con brava gente, infinitamente paziente e ingenua. Forse proprio questa ingenuità e questa pazienza spiegano lo stupro dell'Est.

I miei moldavi si lasciano sfruttare docilmente. Guadagnano tremila lire al giorno, e per quelle tremila lire fanno su e giù duemila chilometri. Per loro anche il disastro iugoslavo è una pacchia. Mangiano qualsiasi cosa, dormono ovunque. I loro bambini non piangono mai; ti osservano in silenzio, con la serietà di piccoli animali nella sala d'aspetto di un veterinario. Offro del cioccolato, racconto il mio viaggio. Il gruppo sente la fiducia dello straniero e la ricambia vegliando su di lui mentre scivola in un sonno senza sogni.

Albeggia, il treno accelera, scende verso le larghe valli della Moldavia, il gruppo si sveglia, entra in agitazione come se avesse passato una frontiera invisibile. Dopo i Carpazi gli orizzonti cambiano scala, diventano russi. Comincia anche la povertà vera. Sul treno della fame salgono ambulanti, preti in cerca di chissà quale elemosina. Un mutilato irrompe nello scompartimento, espone un'orrenda ferita alla gamba sinistra e tende la mano. Negli occhi ha un lampo d'orgoglio, quasi di minaccia. Quella ferita è la sua unica ricchezza; guai se guarisse.

"Qui guadagnano solo i furbi," dice Costantin, il vecchio della famiglia, "siamo un popolo che non merita niente." Poi mostra i calli che si è fatto zappando nel fango serbo. Gli chiedo dei bombardamenti della Nato. Paura? Lui ride di cuore.

"Non abbiamo mai guadagnato tanto. I serbi erano in guerra o imboscati in Ungheria. Purché gli lavorassimo la terra, ci lasciavano tutte le patate." Si arrotola una sigaretta, l'accende. Poi guarda verso il gran lago di luce dove muore il Danubio.

Il comunismo è finito, dicono. Ma quando il treno per Bucarest lascia la Moldavia per cercare il Sud in un deserto bianco dove non c'è anima viva, in un nulla dove le uniche montagne sono le ciminiere del feudalesimo industriale rosso, allora è come se Ceausescu fosse ancora vivo, come se ti guardasse ghignando mentre viaggi sperduto nel disastro dell'Est, nella sua transizione verso il niente. Il tuo spaesamento è la sua vittoria finale.

Gabriela è infermiera, ha capelli corti e mani da violinista. Guadagna centomila lire al mese, una paga da fame. "Non voglio emigrare," dice, "le mie radici sono qui." Ma quelle radici fanno male. Celano il Grande Imbroglio, l'industrializzazione forzata dello stalinismo, le privatizzazioni-truffa del postcomunismo, il mercato che svuota le campagne più in fretta dell'economia di piano. Risultato: oggi la Romania non ha più industrie né terra. Il genocidio di una cultura.

Neve, vento forte. A est dei Carpazi Berlino diventa lontanissima, scompare qualsiasi segno asburgico. In quel nulla, Bisanzio già ti cattura, il dondolio diventa un narcotico, un oppio che ti inietta fatalismo e senso della fine. Ma ecco la sorpresa. Proprio quando già senti la preghiera del muezzin, riemergono dalla polvere del tempo i segni di un altro Impero: quello romano.

Dinsoreanu Manasse, professore di biofisica, mi elenca con orgoglio i nomi latini delle città della Dacia. "Tra Cluj Napoca e Turdu," racconta, "ci sono ancora strade con il marchio della legione Gemina." La macchina del tempo adesso viaggia più veloce. Da dove viene, chiedo, questa lunga memoria dei Balcani? Il professore dà una risposta folgorante: "In un simile crogiolo etnico solo la storia antica può unirci". Il segno indelebile degli imperi nasce dalla volatilità di tutto il resto.

Per noi italiani senza memoria, invece, la romanità è diventata roba da turisti. "Ah, l'Italia," sospira il biofisico, e racconta dei mercatini romani. "Che comunicativa, che fantastica rilassatezza, che gioia di vivere! Ma era trent'anni fa, amico mio. Oggi è finita, anche voi non cantate più, avete buttato via la vostra anima."

Bucarest, stazione Nord. Nevica come undici anni fa, quando ammazzarono il Vampiro e la Romania credette di esser libera. Stessa miseria di allora, stesse ragazze negli alberghi, stessi affaristi stranieri con la corte di faccendieri locali. Poche le differenze: i prezzi al posto delle code, le insegne di McDonald's, i macchinoni della nuova mafia che spadroneggiano nella neve con quattro ruote motrici. "Maledetti," ringhia il tassista. Ieri i privilegi della nomenklatura erano più immaginati che vissuti. Oggi la ricchezza è sfacciata, incita a scellerate nostalgie. "Iliescu bandito, Costantinescu bandito, Ceausescu mai bandito." I nuovi "satrapi" gli paiono peggio persino dell'ultimo vampiro comunista.

La Romania è talmente scassata che non ci sono nemmeno i soldi per sgombrare le strade dalla neve. L'autista accelera, frena, bestemmia, si impantana, pattina a vuoto. È insegnante, sciopera contro gli stipendi da fame e per qualche giorno ha subaffittato un taxi sperando di raggranellare un po' di denaro. Taglia i concetti con la mannaia: "Bucarest è bianca, tutto il resto nero". Spiega che sotto, nelle fogne, ci vive della gente. Barboni, bambini, rintanati come nel film *Underground*. Cani randagi si muovono a branchi nella tormenta, nulla ti dice che appena l'altroieri la città aveva una grande borghesia che parlava francese, teatri lirici e café-chantant.

Candida nel turbinio senza vento, illuminata da un lampione come un'ex Lili Marleen, nel centro di Bucarest una donna di nome Roxana apre la porta della sua villetta liberty sopravvissuta alla ruspa comunista. "Entri la prego," e mi svela un mondo incantato. Mobili in mogano, orologi a pendolo, argenteria, migliaia e migliaia di libri. Era la casa dei suoi genitori, requisita dai pretoriani di Ceausescu. La democrazia gliel'ha restituita, ma subito il mercato gliela toglie. "Non ho i soldi per mantenerla. Venderò tutto. Poi Dio vedrà."

Si riparte. L'Intercity più lento del mondo fischia nella pianura bianca, viaggia in un'aureola iridescente verso il sole basso, cerca l'ultimo ponte sul Danubio in un finimondo di argini, alberi radi, corvi e pali del telegrafo. Si chiama *Bosfor*. Va da Bucarest a Istanbul e percorre cinquecento chilometri in venti ore. Una media di venticinque all'ora. Le ultime alture, gli ultimi villaggi con i covoni coperti di neve, le galline e un cane che abbaia. Poi, è il Grande Fiume che scende dalle Porte di Ferro, incurante delle guerre e dei veleni che attraversa. La sua via maestra ridicolizza la tua stupida circumnavigazione. "Bastava seguirmi," ti dice dalla sponda bulgara, e il treno passa come al ralenti sull'acqua grigia che fuma, tracciando piccoli gorghi.

"Attento ai bulgari," ti dicono i rumeni, esattamente come gli ungheresi dicono di loro. E raccontano di stranieri rapinati, lasciati in mutande sulla strada. Ma alla frontiera di Ruse la polizia è corretta, persino allegra. "Italia? Viva!" L'intesa è istantanea. Senti di entrare in un paese dal tessuto sociale meno stressato, con meno tensione etnica. Fa un freddo boia, il *Bosfor* riparte con uno scossone verso la spina dorsale dei Balcani, la coda di scorpione dei Carpazi. Ti inghiotte un buio totale, la motrice diesel ansima in salita tra muraglie di neve, soldati che spalano, boschi da briganti e stazioncine con incomprensibili scritte in caratteri cirillici. Il segnale di campo scompare dal telefonino.

Il vagone perde quota sotto le stelle tra scossoni micidiali, si avvita su se stesso in piccole valli chiuse, spara verso il bosco raffiche di scintille e sequenze di lampi come una lanterna magica, accende fotogrammi in bianco e nero. Nella cuccetta leggo *Manol e i suoi cento fratelli*, un romanzone di Anton Dončev sulla resistenza bulgara al dominio ottomano. Racconta la storia di un paese di indomabili montanari. L'unico, mi disse Gabriele Nissim, che sotto Hitler protesse gli ebrei "per non perdere l'onore".

Un giovane di nome Florentin dormicchia guardingo nella cuccetta accanto. Ha ventiquattro anni, sta andando a Istanbul con la moglie. È rumeno, biondo, ha zigomi larghi, occhi tristi da vita precaria. Parla turco, inglese, bulgaro. "So fare tante cose," dice guardandosi le mani, "ma trovare lavoro è impossibile, non resta che andare all'estero, comprare e rivendere." Florentin, nomade per forza, scarta un involto di polpette fatte dalla madre, stappa un vino della Dobrugia. "Mangia e bevi," mi esorta come fossi suo padre, "devi viaggiare." Poi si riaddormenta, e il suo sonno esausto ti spiega perché i rumeni scappano da clandestini. Non ne possono più. E spesso sono i migliori.

Alle due del mattino la Turchia si annuncia con le luci dei duty free e il ritorno dell'alfabeto latino. Ti senti a casa, e invece è qui che cominciano i guai. Il treno è parcheggiato nel buio, aspetti che la polizia monti a bordo, ma non succede niente. Sale soltanto un gattone rosso, il gatto dei poliziotti. Fa la questua nei vagoni con la spudoratezza di chi è conscio delle sue amicizie altolocate. Allora scopri che sei tu che devi scendere, fare la fila davanti a uno sportello, a notte fonda. Fuori è una scena che nessun ambasciatore vedrà mai: freddo da Cecenia, passeggeri in processione, un lento corteo di gente con bambini addormentati in braccio, come a Birkenau. Oltre un vetro, al calduccio, l'onnipotente polizia turca.

Facile arrivare a Istanbul con un bel passaporto dell'Unione Europea. Per quelli che non ce l'hanno sono dolori. Li dividono in due file, e a sinistra mandano chi ritengono degno di "attenzioni supplementari". È una fila con poche speranze, lo capisci da una donna che piange in silenzio. Cosa succede? Risposta: "Problem, problem". Significa che qui tutto è incerto, tutto è nelle mani di Allah.

Eccoli i Balcani, la loro rassegnazione e la loro paura atavica. Le guerre, l'idea "militare" di cittadinanza, la resa al comunismo e al capitalismo, il peso di un'entità inoppugnabile come il destino. Tutto l'Est che hai attraversato acquista senso solo qui. Anche il tuo lungo periplo attorno alla Iugoslavia in guerra si rivela per quello che è. Solo una parentesi che racchiude Bisanzio.

"Si faccia il visto," fa il poliziotto sornione. Dove? "Fuori," risponde indicando vagamente un punto nella notte. Vado nel vento, trovo una casermetta con le finestre buie, forse è lì. Busso; dopo due minuti apre un agente insonnolito che afferra il passaporto e richiude la porta a chiave. Ancora vento, buio, gelo polare, silenzio. Poi si socchiude uno sportello, una mano aperta e una voce escono nello spiraglio di luce: "Cinque dollari". È fatta, ora manca solo il timbro.

Nel frattempo, per qualcuno si è messa male: la donna in lacrime è stata respinta, anche Florentin e la moglie vengono portati in un ufficio. Non li vedrò più. Seconda sorpresa: il vagone non c'è, l'hanno staccato. Che succede? Solita risposta: "Treno problem, vagone problem". Di nuovo la tentazione del fatalismo islamico. Poi ti avvertono. Hanno trasferito il mio bagaglio in un altro vagone. Quale? Non si sa. Intanto il treno parte, finalmente, con tre ore di ritardo.

Corre verso l'alba sul lungo piano inclinato che porta ai confini dell'Asia.

Niente annuncia Istanbul, la Tracia è un deserto di pietre e vento. Quel deserto, che protegge Bisanzio da terra, è anche la metafora del muro di Lepanto che ancora ci divide dalla Turchia. È un muro che si fa più alto e spesso, nonostante le buone intenzioni di Ankara e Bruxelles. Una volta a Istanbul c'erano greci, armeni, ebrei, una borghesia commerciale che faceva rete con la Mitteleuropa e rendeva tutto più vicino. Le pulizie etniche del ventesimo secolo hanno rotto questo equilibrio. E Istanbul, città europea, oggi diventa più asiatica, subisce un pauroso inurbamento dalle montagne anatoliche.

Come davanti alle case liberty della Transilvania, ai minareti di Sarajevo, ai monasteri della Bucovina o alla decaduta grandezza della Moldavia, anche qui quella sensazione di deriva e di fuga che ti ha accompagnato per tutto il viaggio. La certezza che nonostante gli aerei, Internet, la globalizzazione, l'alta velocità e il turismo di massa, torna ad aumentare la distanza tra noi occidentali e questo che fino a ieri era il nostro mondo. Ed ecco il vento che inghiotte il nostro vicinissimo Oriente.

Sono su un *Orient Express* che non è un espresso e non è nemmeno Oriente. In Europa l'Oriente non c'è più, l'hanno bombardato a Sarajevo, espulso dal nostro immaginario, poi l'hanno rimpiazzato con un freddo monosillabo astronomico: "Est". Ma l'Oriente era un portale che schiudeva mondi nuovi, l'Est è un reticolato che esclude. "Quando mi presento come europeo d'Oriente," mi raccontò un giorno Aydin Uğur, professore di comunicazione all'Università di Istanbul, "mi godo lo smarrimento nei miei interlocutori dell'Ovest. Pensano che l'Oriente stia solo in Asia."

Lo sento forte questo smarrimento, mentre il convoglio

scende a precipizio sul Mar di Marmara. Di nuovo quella percezione che, dietro alle reti planetarie, emerga la verità del territorio, spuntino etnie inquiete, i Balcani, il Caucaso maledetto, la povertà del postcomunismo, l'oblio. Sento che l'Europa perde un pezzo di se stessa. Oggi noi occidentali sappiamo di Istanbul, Odessa o Sofia infinitamente meno di cent'anni fa, quando nessuno parlava pomposamente di Europa e di allargamenti a Levante.

Il treno sferraglia sotto gli ultimi minareti, attraversa odore di cuoio e grigliate, rallenta fra le mansarde in legno di Sultanahmet, curva a sinistra sotto il Topkapi, e il Bosforo pieno di neve ti viene addosso con il brivido di un fiordo scandinavo punteggiato di moschee. Asia ed Europa ti girano attorno, si confondono oltre il ponte di Galata mentre i freni già stridono nella stazione di Sirkeci.

Sei arrivato e ti chiedi: ma come, tutto qui? Davanti hai pochi binari semideserti, quattro tassisti che dormicchiano sul volante. Possibile che l'Europa finisca così banalmente, così in sordina? Invece sì, è tutto vero. Sirkeci è l'inutile capolinea di terra di una millenaria città di mare. L'hanno costruito solo per noi, turisti da *Orient Express*. E così il cerchio si chiude. In una stazione-giocattolo, come a Berlino.

C'è una strana simmetria tra la partenza e l'arrivo del viaggio. A Berlino un muro invisibile che non si riesce ad abbattere; qui un ponte che da secoli indica con naturalezza la strada fra due mondi. Ma sulla sponda asiatica, a Üsküdar, l'universo ferroviario ti riserva un'altra sorpresa. Tutto si ribalta e ti ritrovi di nuovo al punto di partenza. Se la stazione europea sul Corno d'Oro è una stucchevole miniatura dell'Asia, ecco che l'asiatica, immensa stazione d'Oriente è in perfetto stile europeo. L'ha fatta costruire Guglielmo II, per ingraziarsi il sultano alla vigilia della prima guerra mondiale.

Ed è proprio in mezzo a quel Liberty, sotto l'occhio del Kaiser di tutte le Prussie, che senti per la prima volta la calda corrente della Grande Madre dei popoli, l'Asia. Alla stazione di Üsküdar arrivano armeni, turkestani, kirghisi, curdi, azeri. Tre quarti delle lingue che incontri sono estranee al turco di Istanbul. Üsküdar è la sintesi di un paese che in meno di un secolo ha dovuto diventare nazione unitaria dalle ceneri di un impero, e che forse solo oggi comincia a riflettere sulle sue straordinarie diversità.

Ultimo traghetto, una balaustra sul Mar Nero, oltre la vecchia fortezza di Anadolu Kavağı. Eccolo, grigio, compatto, con la sua riva che racconta la digestione del tempo, la corrente dei popoli. Mercanti di pellicce del Grande Nord, pescatori greci della Colchide e soldati micenei, pastori turchi, schiave circasse, guerrieri vichinghi e nomadi delle steppe ucraine. E poi ancora cavalieri cosacchi, contadini rumeni, battellieri del Danubio e pastori della Dobrugia. Una massa senza fine: montanari georgiani, calderai armeni, naviganti genovesi, boscaioli bulgari, goti, sciti, sarmati, iranici, mongoli, tedeschi, ebrei, tatari dell'Orda d'oro e banditi alani d'Oriente.

C'è uno sconfinato silenzio su questa tavola compatta, non punteggiata da isole, dove i detriti di mille migrazioni e invasioni si sono depositati per almeno quattromila anni. Racconta Neal Asherson che la riva stessa, "consunta e silenziosa", parla "della pazienza delle pietre, della sabbia e dell'acqua che hanno accolto tanta umana inquietudine e le sopravviveranno". Una voce ascoltata da Erodoto a Rostovtzeff, percepita da Puškin e Mickiewicz, Lermontov, Tolstoj e Mandel'stam. Puoi sentirla anche tu. Basta avvicinarsi con rispetto ai suoi suoni deboli. Misurarsi con "un'estensione temporale di livello geologico".

Fa freddo, il traghetto lancia un segnale lungo nella nebbia del Bosforo, torna a Istanbul, intercetta odore di friggitorie. Sul ponte di Galata, centinaia di pescatori curvi su un mare che ribolle di vita. Vita nomade anch'essa, governata da leggi immutabili. Un flusso di storioni, tonni e delfini, milioni di tonnellate di acciughe che ogni anno, alla stessa data, varcano gli stretti, passano davanti al Corno d'Oro per circumnavigare il Mar Nero, la camera stagna del Mediterraneo. Il mare più separato del mondo.

Quella corsa instancabile è anche la fuga da uno spazio anossico e tenebroso. Sotto i duecento metri, il Mar Nero è privo di vita, è il più colossale serbatoio di acque morte del mondo. L'assenza di grandi venti e di aperture con gli altri mari blocca il ricambio e obbliga la vita a concentrarsi, a pullulare quasi, tutta in superficie. E a ingolfarsi periodicamente in quell'unica via d'uscita. In quel collo d'oca dove tutto si imbottiglia.

Tramonto incendiario su Beyoğlu. Dalla riva opposta, a Balat, mi imbarco su un barchino solitario che fa la spola in quel braccio di mare dimenticato e poco illuminato di Istanbul. A bordo c'è posto per non più di dieci persone. Il pilota fuma, a prua pulsa una piccola luce rossa. Alla mia sinistra, il vecchio, glorioso ponte di Galata, trasferito qui anni fa dalla sua sede originaria, all'imboccatura del Corno d'Oro. È grandioso, arrugginito, imperlato di umidità, con i mitici lampioni liberty spenti da anni. Dicono che bloccasse le correnti, così l'hanno smontato in tre parti, spostato due chilometri più a ovest e sostituito con un brutto ponte in cemento per lasciar "respirare" quel pezzo di mare chiuso. Ma anche spezzato conserva tutta la sua nobiltà.

Sopra non c'è nessuno, tranne una coppia di innamorati che hanno scavalcato le transenne, si sporgono nel vuoto, si baciano, ci salutano. Sono sospesi in un diaframma di luce aranciata violento, quasi straziante. Sento una voce che mi bisbiglia qualcosa nella semioscurità, mi gira attorno come un rondone, mi sfiora, sparisce. Sento, anche, un odore dimenticato. Un impasto di mele, latte, vaniglia e rose. Languore, una tremenda nostalgia della lentezza, del ritmo carovaniero. Forse è il *Nur*, la percezione dell'energia cosmica, di cui mi hanno parlato i sufi in una piccola moschea di Fatih. Voci di anatre, di tassisti turchi che litigano in turco, del fiume d'auto che passa il ponte Atatürk, risucchiato dalla collina di Pera, verso Taksim. Il Corno d'Oro amplifica ogni rumore. Il fischio breve dei traghetti, la gente che esce dalle moschee. Come amo questi rumori. Odore di nafta, pesce e carbonella. Prime stelle.

Imbarcadero di Karaköy, ultima corsa ai traghetti per l'altra sponda. Sotto il cielo inondato da una luce morente giallo-rosata la gente fa ressa tra montagne di pesce azzurro, urla di venditori e nuvole di gabbiani. Guardi la notte che viene dall'Asia e resti inchiodato sulla riva, incapace di partire per quell'Altrove così a portata di mano. Allora pensi che le tue novantacinque ore di treno, i controlli di confine, le attese e le coincidenze mancate nella tormenta sono servite solo a capire tutto questo. Ma sì, chiamiamolo Oriente.

Odore di pane arabo e pesce affumicato del Nord. Il Bosforo è un fiume di fiumi, un ventre buio dove scorrono insieme il Don, il Dnepr e il Danubio. Navi nere vanno e vengono sulla strada d'acqua. Oscurano, passando, le luci dell'Asia. Cormorani in formazione transitano a pelo d'acqua, ripenso a Kreuzberg, Berlino, ma sento improvvisamente la vicinanza di Venezia, con il suo Fondaco dei Turchi. L'Altrove lancia un segnale intermittente, con un piccolo faro. Si chiama Kandilli Feneri. Da mille anni è lì nella corrente, a sorvegliare quell'infinita processione di navi, pesci e uomini.

inverno 2000

LJUBO È UN BATTELLIERE

Il Danubio su chiatta

Il fiume d'Europa esce dalle montagne insieme alla tramontana, verdegrigio nella sera d'aprile, gonfio e regolare come un nastro trasportatore, si sdoppia ai lati di una lunghissima isola, cerca tra i pioppi le prime luci di Budapest. Aspetto sull'argine il battelliere che domattina mi porterà nei Balcani, a vedere il Danubio dopo i bombardamenti Nato. In realtà, parto anche per chiudere un conto con me stesso.

È tutto come tredici anni fa qui a Szentendre, quando il mio basco volò dall'argine con una lunga parabola e navigò tra formazioni di anatre verso l'Isola Margherita. Poco prima, una zingara mi aveva letto la mano, fulminandomi con un surreale avvertimento: "Non andare a Novi Pazar, signore. Ti ammazzeranno, signore, in un bordello". Domandai spiegazioni, ma non me ne diede. Chiesi almeno di pagarla, ma non volle, e questo aumentò il mio allarme. Mi offrì solo un consiglio. Per addormentare il sortilegio, disse, butta il cappello nel fiume, signore.

Lo feci all'istante. L'esorcismo non mi veniva imposto solo dalla brutalità della profezia, ma anche dalla sua circostanziata esattezza. Perché il bordello? e soprattutto, perché Novi Pazar? Mai sentito nominare, quel luogo. Corsi a cercarlo sulla mappa, e l'inquietudine passò. Stava lontano da tutto, infrattato nella Serbia profonda. Non avrei mai avuto occasione di andarci. Mai, stupida zingara.

Invece l'occasione venne. Altroché se venne. Scoppiò la guerra dei Balcani, e quei posti riempirono i miei taccuini, la mia testa e il mio stomaco. Sfiorai più volte Novi Pazar – un buco infame popolato da una minoranza turca dedita al contrabbando –, e ovviamente badai sempre a non entrarci. Evitandolo, accadde che lentamente una stupida certezza subentrasse in me. Pensai che ovunque, fuori da Novi Pazar, sarei stato salvo, invulnerabile. Conclusi che la vecchia, con quella maledizione, aveva voluto solo proteggermi.

Nell'ottobre del '91, a Osijek, un colpo di mortaio polverizzò un muro a trenta metri da dove mi trovavo, ma buttai il berretto nella Drava e i mortai tacquero. Nel marzo del '92, a Sarajevo, sulle rive della Miljacka, un cecchino sfiorò me e Azra, una collega bosniaca, ma anche lì buttai il cappello dal ponte e ripresi a passeggiare con perfetta incoscienza. Fra il 1991 e il 1996 molti miei baschi finirono nel Mar Nero e per prudenza mi tenni sempre vicino ai fiumi. Tutta la guerra era stata una circumnavigazione di Novi Pazar.

Ora voglio chiudere quel periplo di un decennio, quella stagione giocata a rimpiattino con una zingara. Torno al fiume protettore e padrone dei miei cappelli. Sull'imbarcadero il bicchiere di Tokaj scorre freddo, libera i pensieri, schiude il segreto di questa corrente che esattamente qui, fra cigni e turisti, costruisce la sua metafora più grandiosa. Prende la direzione delle guerre – il sud-est – nella città dove è cominciata la fine del comunismo. E la libertà è diventata disincanto.

Il barcaiolo aspetta fumando in cima a un moletto. "*Dobra večer*", buona sera. È serbo il nostro uomo, si chiama Ljubomir, e non fa solo il battelliere come suo padre. Nei nuovi tempi grami vive anche di piccolo contrabbando in queste terre di frontiera. Viene da Negotin, l'ultimo paese iugoslavo sul Danubio, l'unico oltre la stretta dei Carpazi. Un grosso villaggio piantato ai margini della pianura sarmatica, nel punto dove la corrente maestra si infila nelle praterie fra Romania e Bulgaria, in un dedalo di pioppeti, marcite e paludi popolate di migratori.

Una volta, quasi tutti i battellieri ungheresi venivano dalle terre slave. Era slavo anche il più ardente patriota magiaro, Sándor Petöfi, all'anagrafe Aleksandar Petrović. Era slavo Miloš Crnjanski, che in Ungheria raccontò la saga del soldato Pišević nel suo romanzo *Migrazioni*. Oggi i segni di quell'antica presenza arrivano fino nel centro di Budapest, in piena via Váci. Sono le tracce delle diaspore in terra asburgica, in fuga dal turco. I nuovi venuti li ritrovi negli stessi luoghi, tra piazza Kálvin, via Kecskeméti e la chiesa di via Szerb.

Drina, la barca. Dieci metri di ferro, un motore minimo, una plancia minima. Sistemo la roba sottocoperta, accanto a due cuccette a castello. Odore di ruggine, limo, vernice. Inventario del sacco: una radiolina a onde corte per esplorare la notte, una candela, due maglioni, un mazzo di carte triestine, un sacco-lenzuolo da globe-trotter, un paio di stivali di gomma, due quaderni di appunti, *Danubio* di Claudio Magris. Impossibile fare a meno di questo libro. Suggella una storia completamente finita, la Mitteleuropa prima della caduta del Muro, ma non puoi farne a meno. Resta indispensabile come un portolano.

Un viaggio sul Danubio può cominciare benissimo a Trieste. Appunto con Magris che torna a casa la sera, soletto fra i platani, rasente i muri sulle strade male illuminate del colle di San Vito, con borsa da lavoro e cappello blu amburghese, invariabilmente frettoloso, braccato come Bohumil Hrabal sul selciato della vecchia Praga. Magris burlone e imprendibile, triestinissimo battitore di bettole e silenzi, infaticabile costruttore di trincee per difendere la sua privacy. Magris che ghigna dietro una fetente segreteria telefonica installata solo per scoraggiare i messaggi. O dietro una birra clandestina, acciambellato come un gattone nella penombra di un caffè.

Il campanile della chiesa ortodossa di Szentendre batte le sette di sera, l'ora della birra e delle taverne. Musiche zingare, il vento di tramontana si calma. Lontano, Budapest fluttua come in un bicchiere d'acqua verde, il barcone è un *U-Boote* adagiato sui fondali del Mare Pannonico. Penso che senza i disastri del secolo appena finito non sarei mai entrato nella sua parte più vera e clandestina. Non avrei scoperto gli argini e la campagna, l'acqua che dilaga tra salici e canneti. Non avrei confuso mito, realtà e immaginazione; non avrei sentito migratori urlare nella notte, non avrei visto matrimoni con la banda sulle rive, la statua di Lenin viaggiare su una chiatta, isole galleggianti come nel finale di *Underground*. E ancora bivacchi di soldati, cavalli liberi nel grano, calessi affondati nel fango. Cadaveri nella corrente.

Ultima sera a Budapest, piazza Vigadó. Vera Gyurey, specialista di cinema centroeuropeo e moglie di István Szabó, regista di *Mephisto* e *Sonnenschein*, racconta il suo Danubio. Un luogo di eccessi e iperboli, un concentrato di simboli che la modernità comprende sempre meno. Per questo, dopo la guerra in Iugoslavia, che si è accanita soprattutto sulle memorie e i luoghi dell'appartenenza, Vera avverte non solo una crisi del Danubio, ma un collasso dell'idea stessa di fiume.

"In un momento in cui rinasce l'ossessione del sangue e della terra, è ovvio che si dimentichino le acque," spiega. Ed ecco i fiumi uscire dall'immaginario collettivo, l'ecumene delle acque femmine venir corrosa dal "machismo" del guerriero balcanico, dai nazionalismi ex sovietici e dalle chiusure populiste delle piccole patrie impaurite dal Globale.

"Qui è cambiato tutto tranne i giorni della settimana," ride lo scrittore Peter Esterhazy scuotendo la sua foresta di capelli in un bar sul Lungofiume Belgrado. Vuol dire che l'Ungheria è un paese dove l'oggi si brucia all'istante e l'ieri non vale più niente. Poco più in là due ragazzi tubano su una panchina vegliati dalla statua in bronzo di Imre Nagy, impiccato dopo la sfida al Cremlino del '56. È a grandezza naturale, nel punto più alto di un ponticello che simboleggia la transizione. Ma della rivolta che incendiò l'Ungheria quei due innamorati non sanno quasi più niente.

I martiri del '56 sono stati dimenticati. Erano comunisti, e oggi non si deve dire che c'erano comunisti buoni. Il vecchio Miklós Vásárhelyi, che evitò la forca per un pelo, è stato quasi scordato dal Palazzo. E la vedova di Pál Maleter, l'ufficiale che fece ammutinare le caserme e sul quale Montanelli scrisse pagine commoventi, non viene più invitata alle cerimonie. Il Cinquantasei è out, trionfa il Risorgimento. I veri patrioti portano la coccarda tricolore, la ostentano come la tessera del Fascio.

In piazza Vörösmarty, candide vecchiette e ragazzi dalla faccia pulita offrono chincaglieria irredentista e riedizioni di pamphlet antisemiti d'anteguerra. Poco lontano si è appena concluso un comizio serale di István Csurka, un grassone che piace perché non si è mai compromesso. Csurka parla chiaro. Chiama i nemici "ratti comunisti", "ebrei che comprano la nostra terra". Gli rispondono ovazioni, inni alla Transilvania perduta. Risento l'inconfondibile borbottio sommerso del proletariato rancoroso e deluso.

Mi raccontano che stanno trasformando in museo il palazzo che fu sede della polizia fascista e poi stalinista. La chiameranno "Casa del terrore". Una macchina costosa, tutta luci e suoni funebri, dove l'Olocausto ungherese (seicentomila morti) è ridotto a dimensioni irrisorie, le malefatte comuniste prevalgono tre a uno su quelle naziste, l'idea di liberazione scompare, e l'intervento russo giganteggia come atto liberticida. Tutto è concepito per portarti a un'unica conclusione: il fascismo è morto, il comunismo no. Dunque, il nemico sta a sinistra.

Mattina di sole bianco. La città luccica, sfiata vapori. Ljubomir fuma, prepara il caffè turco, carica a bordo un bidone di acqua fresca, molla gli ormeggi con gesti misurati e sapienti, senza dire una parola, motori al minimo solo per governare l'assetto. Istantaneamente tutto cambia, il tempo diventa una moviola. La corrente crea una dimensione lineare perfetta. Il barcone costeggia l'Isola Margherita, passa davanti al parlamento, l'immensa Westminster con le guglie e le vetrate tardoasburgiche dove nell'89 fu spenta la prima stella rossa della costellazione comunista mondiale. Si va.

Quel palazzo sotto il quale nell'89 si radunarono in cinquecentomila a dire che il regime era finito, oggi è vuoto come un castello incantato. Con la destra al potere non serve più, funziona solo una settimana su tre. La finanziaria si approva un anno sì e uno no. Le commissioni non contano nulla; non possono indagare nemmeno su certi appalti che avrebbero arricchito la famiglia del premier Viktor Orbán, grande amico di Berlusconi. Sui muri i manifesti dicono: "Prima i fatti, poi le parole". Decide il Capo, è lui l'unto del Signore. Il resto non conta niente.

Sulla riva sinistra, a un filo dalla corrente in piena, un tram passa sferragliando accanto al pilastro del ponte delle Catene, e per superarlo diventa anch'esso un sommergibile, scende a quota periscopio, riemerge dopo cinquanta metri. Il fiume preme sulle murate di protezione, due metri sopra le rotaie, ma gli ungheresi non si scompongono. Hanno con l'acqua una dimestichezza unica. Passano a piedi come niente fosse accanto ai pioppi sommersi, portano il cane a far pipì a un centimetro dalla battigia, sguazzano sopra l'imbarcadero dei battelli-ristorante. La barca va, passa in silenzio sotto il ponte in ferro chiamato Libertà, poi accelera nella strettoia sotto il Monte Gellért, sbanda nei gorghi. Ma Ljubo ritrova l'assetto, punta deciso sulle terre inquiete del Sudest.

Visto da qui, il massacro balcanico non sembra affatto l'ultima delle vecchie guerre. Diventa la prima del terzo millennio, l'esordio di un'instabilità nuova, planetaria. Quando le truppe sovietiche se ne furono andate, l'Ungheria chiese l'ingresso nella Nato pensando all'inizio di una stagione di pace e sicurezza. Ora sente che l'ingresso nel Patto ha segnato solo l'inizio della grande inquietudine. L'Ungheria non è l'Italia; a separarla dalla turbolenza iugoslava non c'era di mezzo il mare. I magiari non sentivano solo i bombardieri partire, ma anche le bombe cadere. La notte, tonfi lontani indicavano con precisione la topografia del caos. Sombor, Subotica, Kikinda.

Nella capitale il fiume è ancora pieno di vita: crociere in partenza, andirivieni di battelli "sons et lumières", ronzare di cineprese, miagolare di violini. Ma basta un solo meandro, passare il ponte Petöfi e arrivare all'Isola di Csepel, che tutto finisce. La darsena del porto fluviale deserta, la scritta "Freeport" in quattro lingue, i reticolati, la sterpaglia. Il silenzio è tale che, sulla chiatta *Z 416*, il marinaio Gabor si prende uno spavento boia quando sente i nostri passi a bordo. Esce seminudo in coperta, armato di pistola, non capisce che siamo lì solo per vedere. Grida, ma poi si calma. Intanto, fra i canneti a riva, il custode del porto fluviale, Ferenc, è talmente solo che due giorni fa l'ha morso persino il suo cane, un nero Rottweiler. Ce lo racconta ostentando un'orrenda fasciatura al polpaccio destro.

Oggi sulle chiatte non sventolano più vessilli nazionali ma mutande stese ad asciugare. I barconi non sanno di mercanzia, ma di minestrone. Gemono nella corrente, legati a tre a tre fra le acacie. Sembrano vuoti. Invece, sottocoperta c'è gente che dorme. Marinai ucraini, tedeschi, moldavi, ungheresi, rumeni, bulgari. Un circo internazionale che russa, esiliato in un fiume senza tempo, in un silenzio dove senti persino il tuffo del luccio a pelo d'acqua. Le radioline di bordo dicono che presto ricostruiranno i ponti. Ma i marinai pannonici continuano a fare la siesta. Sanno che qui il tempo ha un'altra dimensione.

L'embolo creato dalla guerra sull'aorta d'Europa è perfettamente radiografato su un pannello negli uffici della Compagnia di navigazione ucraina, che governa la più grande flotta sul Danubio. Una linea nera orizzontale indica il chilometraggio della via d'acqua. La distanza si misura dalla foce: e poiché i numeri partono da sinistra, anche il Mar Nero lo mettono a sinistra, al contrario che sulla carta geografica.

Sotto la linea, centinaia di rettangolini mostrano giorno per giorno la posizione delle chiatte. Quelle a motore hanno nomi di città: *Kalinin*, *Vienna*, *Dnipropetrovs'k*. Le altre, solo numeri. Il grosso si concentra in due punti, forma due ingorghi, uno a sinistra e uno a destra del tratto serbo del fiume. È un grafico, ma sembra una cartella clinica. Attorno ai ponti abbattuti – Bačka Palanka, Peska, Novi Sad – le imbarcazioni bloccate dalla guerra paiono grumi arteriosi di un'aorta.

Il responsabile dell'ufficio è grosso come un orso carpatico. Quando ragiona sulla mappa fluviale, ci picchia sopra la zampaccia per ribadire i concetti. La cosa che lo fa disperare è il destino della direttrice Mar Nero-Mare del Nord attraverso il canale Reno-Meno. La nuova via era stata aperta nel '92, spalancando all'ex Impero sovietico straordinarie prospettive d'affari. Ma proprio allora il fiume è andato in tilt, con la guerra e gli embarghi internazionali. Da allora, non ha più toccato i livelli dell'87, quando l'Est non prometteva ancora cataclismi.

La chiatta scivola in silenzio, cerca il fondo della Pannonia, si perde in un dedalo di acque segrete, popolate di migratori, aquile pescatrici, cormorani'e cigni neri. A destra e a sinistra solo canneti, ciottoli, limo, boschi di querce e acacie. Il sole picchia su un paesaggio mutevole, quasi marino, instabile, detritico, sabbioso. Ljubo stappa il vino italiano che gli ho portato. È contento: non ci sono zanzare, il tempo tiene, la stagione è fresca.

Allora si lascia andare. Attacca una canzone: *Cavalca Marko Kraljević sul verde monte*. Racconta della caccia alle oche, dei tramonti rosso sangue nell'acqua verde dei canneti. Conosce ogni segreto delle terre umide che si chiamano Banato, Baranja, Slavonia, Vojvodina. Ormai siamo entrati nell'altro mondo. La corrente è già più regolare, più verde, solitaria, pulita. È il segno dei tempi. Le fabbriche paleosocialiste hanno chiuso, la guerra ha fatto il resto.

Scende la sera, cormorani, silenzio. Povero fiume, lo vedo solo in occasione di catastrofi, travolto da eventi più grandi di lui. Eppure, mi offre sempre immagini straordinarie. In dieci anni mi ha mostrato chiatte di contrabbandieri nel novilunio, nevicate di fiori di ciliegio, nubifragi di pianura, persino il tuffo silenzioso dell'airone notturno. E poi ponti di barche calpestati da soldati, pastori all'abbeverata, greggi immensi nel grande nulla della Dobrugia, dove il sole esce color dell'argento dai canneti del Delta.

Conosco a memoria il Danubio. Quando lo sorvolo, mi basta un'occhiata dal finestrino per dare un nome a ogni minimo affluente. Ratisbona, l'urto contro la Selva Boema, la curva a sud-est verso le prime vigne e quel piccolo stato a forma di pignatta che si chiama Austria. La confluenza con l'Inn, la corrente che ridiventa rettilinea solo per poco, fino all'ansa di Schloegen, dove sbanda di nuovo e torna indietro con un incredibile meandro a forma di U. Poi la stretta della

Wachau, Vienna, la Südbahnhof – la stazione del Sud, con il suo odore di fritto e bestiame, birra, aglio e scompartimenti di seconda classe – che annuncia i Balcani. La luce che si fa più gialla, i comignoli che portano fumo solforoso.

Dopo le luci di Baja, un imbarcadero, accanto un traghetto vuoto. In mezzo ai boschi, il fiume è una strada buia segnata da piccoli fari rossi, la barca è un'astronave sospesa in una fioca nebulosa. Sulla riva c'è un vecchio zingaro che ci aiuta a tirare gli ormeggi. Ha occhi e capelli grigio ferro, un magnifico profilo greco. Si chiama Orhan e viene da Prizren, Kosovo. C'è una locanda lì vicino, lo invitiamo a mangiare. Ordiniamo quello che c'è, birra e salsicce. Lui mastica lento, parla con una mitezza per me nuova.

È profugo dal '99, dai giorni della pulizia etnica. Ma gli ungheresi, figurarsi, non gli danno i documenti per restare. Dopo le bombe sono tornati a casa serbi e albanesi, gli zingari no. A Orhan la pace non ha portato nulla. Gli ha già portato via suo fratello, qui a Baja. Lo hanno sepolto da poco, e al funerale, per tagliare il filo tra vivi e morti, hanno rotto cento bottiglie d'acqua. "Si fa per prudenza," spiega, "non vogliamo che l'anima cambi idea. L'anima ha sete, riuscirebbe a tornare anche per un solo goccio d'acqua."

Orhan parla nove lingue. Turco, rumeno, serbo, albanese, russo, slovacco, arabo, inglese e olandese. È arrivato in Ungheria con sedici parenti dopo una fuga di duemila chilometri a piedi e in autobus attraverso cinque frontiere. La sua odissea comincia dopo i primi massacri, quando tenta di raggiungere Belgrado tagliando dalle montagne ma i serbi respingono lui e i suoi, prendendoli per albanesi. Allora gli sbandati cercano rifugio in Albania, ma li cacciano anche da lì, prendendoli per serbi. "Tornate dal vostro Milošević!" gli urlano alla frontiera.

Allora bussano alla Macedonia, dove altri rom aspettano nella terra di nessuno. Ma di notte, sotto la pioggia, le guardie sparano sull'accampamento. Così, alla cieca, per farli desistere. Muoiono in tre, di cui un bambino. Allora, a piccoli gruppi, quelli di Prizren ripartono. Fanno un altro giro, attraversano a piedi la Serbia del Sud, entrano di notte in Bulgaria dalle parti di Leskovac. E quando da lì, passata la Romania, arrivano al confine ungherese, ecco l'ultima beffa. "Voi rifugiati?" li deride la polizia. "Uno senza terra non può essere profugo."

Fuori si sentono i colpi leggeri della corrente sulle fiancate della chiatta all'ormeggio. "Dovevo andarmene prima," sussurra Orhan. "Già negli anni ottanta avevo capito che quelli si sarebbero ammazzati fra loro. Le razze bastarde sentono con anticipo la follia dei puri. Noi rom non abbiamo mai fatto una guerra da quando abbiamo lasciato l'India mille anni fa. Non conosciamo l'odio. Ma è proprio per questo che la società ci rifiuta. Oggi, chi non si schiera è perduto. Non interessiamo neanche ai giornali, siamo troppo complicati. La gente ha bisogno di storie semplici. In bianco e nero.

"Ci dicono che non abbiamo senso dello stato. Ma se senso dello stato significa ammazzare per un pezzo di terra, certo che non ce l'ho, e non mi interessa neanche averlo. Per questo in ogni guerra siamo perdenti, per questo siamo sempre in fuga. È toccato ai miei nonni, ora tocca a me. Mi sono detto: non uccidere e non farti uccidere. Me ne sono andato, con figli e nipoti, per le montagne. Scappavamo dalla guerra, ma ci sputavano addosso. E ora sono stanco. Ho bisogno di pace."

Si va a dormire, sulla corrente è sospesa una bruma bluastra. La pavoncella urla rauca, di notte fa paura. Nel 1879, durante il suo viaggio venatorio sul Danubio, Rodolfo d'Asburgo paragonò il suo grido a quello delle streghe nella notte di Walpurga, sul Monte Bocken. La *Drina* è sempre più un sommergibile nella corrente. Sottocoperta, la radiolina capta una vecchia canzone tzigana. Ci infiliamo in cuccetta, sotto una montagna di lana infeltrita.

Secondo giorno. Mi sveglia il fischio di una chiatta che sale verso Budapest. Esco in coperta, trovo Ljubo che lancia un sacco e urla frasi incomprensibili all'altro battelliere. La barca che passa si chiama *Szabadság*, libertà. È una chiatta d'altri tempi, nessuno chiamerebbe più così un'imbarcazione. Libertà è un nome fuori moda. A dieci anni dalla caduta del comunismo, le nuove parole d'ordine sono "sicurezza", "identità", "conservazione", "memoria". Oggi l'Ungheria è il solo stato europeo ad avere un ministero per la Conservazione delle tradizioni nazionali.

Ma la politica, racconta Ljubo, ha perso la faccia. A Budapest come a Belgrado, il nuovo pluralismo pare alla gente meno interessante persino del vecchio partito unico. Agli astuti maneggioni sono semplicemente succeduti giovani arroganti. "Anche qui la politica è di chiacchiere a vuoto, sembra un circo, ma più confusionario e bugiardo del circo vero." Risultato? "La gente è stufa, ma non si indigna, non protesta più. Se ne fotte. Si limita, ogni quattro anni, a mandare a casa il governo. E a scegliere il suo opposto."

Mohács – la città dove nel Cinquecento gli Ottomani sfondarono verso Budapest – è annunciata da lontano da un monte a forma di cono e dai resti di vecchi mulini su barche. Quando nel '91 Serbia e Croazia in guerra chiusero l'autostrada, passare di qui divenne obbligatorio. Per accorciare il percorso, fu ripristinato un traghetto. Andava e veniva stracarico, trenta volte al giorno. Sbarcava biciclette e Mercedes, camion e cavalli. Vi transitava un'umanità incredibile, il mondo di ieri si mescolava al Duemila. Profughi e businessmen, contadini e troupe televisive. Nelle attese, fra una birra e l'altra, si raccoglievano storie straordinarie.

In quei boschi di pianura, specie sulla riva sinistra, era facile perdersi nel dedalo delle scorciatoie. Una notte di novembre venne una nevicata precoce. Turbinava fitto, guidavamo a passo d'uomo; finché, d'un tratto, i fari illuminarono un cervo. Un maschio adulto, maestosamente immobile in mezzo alla strada. Per un istante lunghissimo ci guardò quasi dentro il parabrezza, poi, come al ralenti, girò il suo palco di corna e con un colpo di garretti si tuffò nel buio.

Si entra nel mondo "ex", nei brandelli della Iugoslavia, e dopo il ponte di Batina, fra Sombor e Beli Manastir, il fiume inventa un'altra metafora. Smarrisce la strada, si divide in decine di bracci laterali, sembra voglia sbugiardare apposta ogni chilometro di quel confine sanguinosamente ristabilito fra Serbia e Croazia. Non un poliziotto, non una motovedetta, niente. Un cartello arrugginito indica 1400, i chilometri che mancano al Mar Nero. Sfioriamo Apatin, un posto dove gli svevi insegnarono ai serbi e agli ungheresi a fare la birra buona. Ljubo spegne il motore, la corrente accelera all'esterno dei meandri, forma piccoli gorghi. Vento tiepido e polline, l'acqua fangosa comincia a fumare. Il silenzio è rotto dal volo di un falchetto.

Da qui, nel '45, furono espulsi centinaia di migliaia di tedeschi. Nel '91 toccò ai croati e ai serbi. I primi furono buttati a ovest, i secondi a est. Quando andò bene, gli uni andarono ad abitare nelle case degli altri, ma nessuno fu felice di questo. Oggi sui muri della croata Osijek, poco più a ovest, si legge ancora: "Tudjman, ridacci i nostri serbi", a dire che i nuovi venuti, i croati, sono anche peggio. Dall'altra parte del fiume, nel '91, un profugo serbo sistemato nella casa di un croato espulso mi spiegò così la follia del tutto: "Non so chi abitava qui. So che ha lasciato tutto esattamente come me:

terra, maiali, legna. Forse ora è nella mia casa. Lui si lamenta lì, io mi lamento qui. Non capisco perché. Ma non chiamatelo destino".

Confluenza con la Drava, quella che portò il mio secondo cappello, buttato a Osijek nove anni fa, durante un bombardamento serbo. L'acqua è molto più verde di quella del Danubio, per alcuni chilometri le due correnti restano cromaticamente separate nello stesso alveo. Intanto imparo a tenere la barra. Ljubo si tuffa nel motore a dar olio ai giunti, resta a lungo con il sedere per aria. Mi lascia solo anche sul meandro di Dalj, il più spettacolare prima delle Porte di Ferro. Terreno magnifico, boschi immensi ai due lati, un faro rosso alla confluenza, un popolo di aironi cinerini, falchetti, nibbi, corvi, nottole, anatre.

La guerra è finita, ma c'è sempre aria di retrovia. Il bang di un jet – croato? serbo? della Nato? – fa tremare i vetri della cabina. Su questa linea di confine la guerra è una categoria metafisica. Nel '92 lo scrittore belgradese Vladimir Arsenijević vide "migliaia di richiamati, armati di pistole ad acqua, sotto un cielo di aquiloni e aerei di carta, marciare per autostrade e sentieri, passare a nuoto i fiumi della separazione, entrare nei mari tagliando con i visi l'azzurra superficie, trovare nei fondali le loro spose con le alghe nei capelli".

La terra delle acque fluttua attorno al barcone, le quinte del paesaggio si spostano continuamente come in un trompe-l'œil. Scopro che Ljubo la pensa come me, dice che quella non è stata una guerra etnica, ma di montanari contro la pianura. Dinarici contro pannonici, pastori contro mondo fluviale. Se salgo in piedi sulla cabina del timone vedo, oltre le querce, lontano nel sole, bianche nel verde elettrico dell'erba medica, le casette della Vojvodina.

In *Liuto e cicatrici* il serbo-ungherese Danilo Kiš scrive che la casa era un non luogo, un diaframma appena percettibile fra il mistero dei polverosi libri paterni e il mistero della pianura, un luogo di transito fra la geografia del paesaggio e la geografia della mente, fra le osterie nei campi e la memoria di un padre terribile che fino all'ultimo, prima di morire in un lager, cercò di racchiudere in un unico volume tutti gli orari ferroviari del mondo.

Ora l'utero dei Balcani profuma di acacie, comignoli, legna e letame. Il fiume lo riempie e lo feconda, cerca già gli ultimi affluenti, va regolare a sud-est tagliando un territorio dolcissimo. Tutto sembra avvertirti che sei alle porte del mondo del disordine e che, se vuoi entrarci, lo fai a tuo rischio. "Da sempre," scrisse Endre Ady, "noi ungheresi abbiamo guardato a occidente": le idee venivano da lì, scendevano dalla sorgente. Eppure, lamentò, "sempre abbiamo dovuto soccombere a forze spinte da oriente, forze che risalivano il Danubio controcorrente".

Ma il Danubio ha la memoria lunga, e dice anche il contrario. Troppo spesso il male è venuto dalla parte "nobile" d'Europa. Mauthausen è sul Danubio austriaco, Dachau in Baviera. A Belgrado i corpi degli ebrei ammazzati arrivavano da nord-ovest: dalla Croazia, lungo la Sava, e da Budapest. Oggi è proprio qui, a Sudest, in Vojvodina, che resiste la società multiculturale. Nonostante le guerre, la Serbia resta un paese con l'anima aperta, rispetto a certa Mitteleuropa subalpina.

"Doana mei, Doana mei / Bist so schei, bist so schei." Trovo in mezzo agli appunti una poesia in dialetto austriaco di Ybbs an der Donau. "Doana mia, Doana mia / Sei così bella, sei così bella / Qui dentro vorrei, qui dentro vorrei / Farmi il bagno, farmi il bagno." *Doana* è il Danubio, e come il fiume questi versi elementari si riproducono all'infinito, formano una corrente, si portano dietro i detriti del secolo concluso. L'hanno pubblicata su "Augustin", il periodico dei senzatetto di Vienna. L'autore è un tale Hoemal, un barbone pure lui.

Ma sul finire della canzone tutto cambia, le rime si fanno aspre, aggressive, quasi gutturali. Ti avvertono che questo non è affatto il Bel Danubio di Strauss. "Leida zkoid leida zkoid / Wia scho oid wia scho oid..." Vuol dire: "Purtroppo è gelido / Sto invecchiando / Morir ghiacciato presto / Non piace a nessuno / Cadaveri alla deriva / È da vomitare / Restare fuori / Scrivere asciutto". Ricordi che già nel quieto microcosmo austriaco il fiume d'Europa è preludio di tragedie.

"Danubio" non va; è parola cupa. In tedesco è meglio: si dice *die Donau*, al femminile, un nome che aderisce perfettamente al suo grembo largo e quieto. Ma *Doana* è meglio ancora. Svela il segreto di un fiume che nasce alla chetichella, quasi per "una questione di grondaie": un rigagnolo basso, appartato in mezzo ai boschi del Baden, privo dei ghiacciai megalomani che orlano il Po, il Rodano, il Reno. Fiume femmina, come gli affluenti maggiori. Sava, Drava, Tisza (il Tibisco), Morava. Un gineceo di acque lente nella bruma.

"*Dòo-na*," dicono i russi del Don. E prolungano il suono di quel bisillabo materno, fatto per battellieri e canzoni. Me lo disse un amico alpino, andato a cercare su quelle sponde i segni del fronte italiano dove suo padre perse una gamba e un occhio passando su una mina. In Italia, prima del secolo infame, tanti fiumi si declinavano al femminile. Anche il Piave. Si chiamava *la* Piave, prima di essere consacrato alla patria, svuotato da acquedotti, violentato da guerre e dighe assassine.

Chilometro 1335, Vukovar. Forse nessuno entrerà mai nel mistero ultimo della sua bestiale distruzione. Hanno restaurato la chiesa sul colle; la Croazia ha sempre soldi per le chiese. Ma la città non ha più anima, nulla sarà più come una volta. Basta arrampicarsi su una delle falesie della riva destra, nell'ultimo pezzo di territorio croato e davanti, per cento chilometri, la carta del disordine balcanico ti si dispiega con evidenza perfetta, ogni minima convessità è visibile.

Qui, nel maggio del '91, passarono i primi morti. Ne vidi accumularsi quattro o cinque, urtarono contro i barconi. Nell'ultimo decennio del secolo, la morte arrivava con l'acqua, in silenzio. "Cadaveri alla deriva / È da vomitare", come nella canzone dei senzatetto di Ybbs an der Donau. Moriva un simbolo, il segno superstite dell'ecumene centroeuropea, in un continente che tornava a spaccarsi dopo la caduta del Muro.

Faraglioni cariati sulla riva destra, stormi di uccelli che gridano come indemoniati. Vedi ciò che resta di Vukovar e pensi: c'è stata una guerra tremenda. Invece no, non è vero. Nessuna guerra, solo massacro di civili. Nelle guerre vere gli eserciti si scontrano in battaglie campali. E poi, dopo la catarsi, scatta almeno un misterioso bang di energia positiva, da cui comincia la ricostruzione.

Nei Balcani non è andata così. Non c'è stata guerra, ma semplicemente "un latrocinio infinito" che ha accumulato solo stanchezza, disillusione, avvilimento e paura. Ma se non c'è stata guerra, allora non può esserci nemmeno pace, dopo. Ljubo conferma: giornali e libri di scuola sono infarciti di pregiudizi etnici, preparano già nuovi conflitti.

Ponte di Bačka Palanka, enorme e deserto check point fra Serbia e Croazia. Ljubomir fuma a poppa. La sua bocca, come quella di molti maschi della sua stirpe guerriera, ha una piega amara. Il suo nome vuol dire "colui che ama la pace".

Un'intera generazione di iugoslavi ebbe nomi simili dopo il '45. Branimir, "il difensore della pace"; Zivomir, "viva la pace"; Mirna, "la pacifica"; Miroslava, "colei che celebra la pace". A giudicare dall'anagrafe, nessun popolo europeo ha voluto la pace come gli iugoslavi nel dopoguerra.

Quei nomi sono il segno di una paura inconfessata. Quella che gli slavi hanno del lato oscuro della loro anima. Nessuno teme i balcanici come i balcanici medesimi. Scrive il rumeno Emile Cioran: in noi c'è "il gusto della devastazione, del disordine interno, di un universo simile a un bordello in fiamme". Senza contare "quella prospettiva sardonica sui cataclismi avvenuti o imminenti, quell'asprezza, quel far niente da insonne o da assassino...". E Danilo Kiš intravvide nel paese profondo un nucleo minoritario – ma devastante e inestirpabile – di aggressività. Scrisse: "È vero, siamo primitivi, ma essi sono selvaggi; se noi ci ubriachiamo, essi sono alcolizzati; se noi uccidiamo, essi sono tagliagole".

Novi Sad, spettacolare sulla riva sinistra, di fronte alle ultime colline della Fruška Gora. Prima che abbattessero i suoi ponti, il passaggio stradale sul Danubio, poco oltre la fortezza di Petrovaradin, era come un decollo, una lunga rincorsa tra i ciliegi, un volo sulle acque e sul miracolo della loro continuità in mezzo alle guerre. Oggi l'ombra spezzata del ponte grande passa sopra il battello, quasi lo schiaccia, mentre il fiume compie una lunga curva tra le colline.

Il giorno in cui la tv mostrò l'abbattimento del gigante, l'occhio del missile inquadrò il manufatto, il cerchio si restrinse, diventò un punto e, vai John, il punto si trasformò in una palla di fuoco. Finché sullo schermo apparve in basso la scritta "deleted". Nel videogioco della guerra dal cielo, la distruzione è un bottone premuto, la semplice declinazione di un participio passato. Anche la distruzione dei ponti.

Ma poi succede qualcosa che non ti aspetti. Ti accorgi che

i tronconi non sono materia inerte. Lanciano avvertimenti nel vuoto. Dicono: ogni ponte che cade è un confine in più e una possibilità di riconciliazione in meno. In questa guerra li hanno abbattuti più per sradicare i simboli dell'appartenenza che per reali motivi militari. "Ovunque nel mondo, in qualsiasi posto il mio pensiero vada o si arresti," scrive Ivo Andrić nel suo *Ponte sulla Drina*, "trova fedeli e operosi ponti, come eterno e mai soddisfatto desiderio dell'uomo di collegare, pacificare e unire tutto ciò che appare davanti al nostro spirito, ai nostri occhi, ai nostri piedi, affinché non ci siano divisioni, contrasti, distacchi."

Se la costruzione del ponte è la più sublime delle ingegnerie, il suo abbattimento è la più impressionante delle distruzioni. Un ponte che cade è come una bestia che si piega sulle ginocchia dopo il colpo alla cervice. Manda un segnale cosmico, spezza qualcosa nell'universo. Quando cadde il ponte di Mostar non fu un videogioco. Sprofondò nell'abisso, per un attimo acquistò una pesantezza che non aveva mai avuto, poi si smaterializzò nella gola della Neretva.

Rimase – e sarebbe rimasta a lungo – la parabola sospesa di un ponte che non c'era, tesa fra i due tronconi che si chiamavano. Poi, dai monti dell'Erzegovina sorse un pianeta enorme, giallo cartapesta. Solo allora si vide la data. Era il 9 novembre 1993, quarto anniversario della caduta del Muro di Berlino. Si vide che, con lo Stari Most, era franata l'illusione che la fine del comunismo sarebbe stata, per i popoli, una festa di primavera. Solo allora tacquero i mortai e abbaiarono i cani.

Tre estati prima fu proprio quel ponte a Mostar a dirmi che stava arrivando la guerra. Era sera, la brezza mediterranea entrava nella gola. Il fiume era gonfio, la settimana prima era piovuto, i ragazzini si tuffavano e poi si arrampicavano

107

per un sentierino. Già si sparava in Croazia, ma la Bosnia emanava una pace infinita. Un vecchio venditore di souvenir ci offrì un caffè sul belvedere. Sedemmo sulla panca in pietra alta sulla Neretva, mangiammo dolcetti a forma di mezzaluna, parlammo di cose leggere. Solo al momento di congedarci il vecchio ci fulminò dicendoci quasi con noncuranza: questa è l'ultima estate di pace.

Per lui il ponte non era un manufatto, come per noi e il soldato John. Era il luogo della memoria che dava senso alla vita e alla morte. Quell'incontro con il vecchio avrebbe perfettamente illuminato di senso, ai miei occhi, la successiva distruzione. La quale non fu affatto un "accidente" della guerra, ma l'azione mirata a negare ai bosniaci il diritto alla memoria. Noi fatichiamo a capire, ma l'Oriente ci ammonisce: nella nostra cultura c'è una finta razionalità, nessuna bomba può essere intelligente, e le guerre scatenano nei popoli tempeste identitarie che nessun computer può prevedere. La nostra logica nei Balcani non funziona.

Scende la sera, abbaiano i cani, Ljubomir pare dormicchiare a poppa, ma tiene il timone e guarda passare a occhi socchiusi le luci di Novi Sad. Verso Belgrado sorge un pianeta tumefatto nelle brume. Luna, *mjesec*, la luna folle dei Balcani. Un giorno chiesi allo scrittore bosniaco Miljenko Jergović se scrivere, di fronte a una guerra, non fosse inutile come abbaiare alla luna. Lui rispose che abbaiare alla luna serviva eccome. Difatti, disse, "se i cani non protestassero, la luna resterebbe sempre piena, il tempo si fermerebbe e la vita pure. Per lo stesso motivo, se non ci fosse il vento, le ragnatele avrebbero già riempito il cielo intero". Eventi cosmici dipendono da piccoli atti individuali. Questa è la lezione dell'Oriente.

Quando l'architetto turco Harjudin costruì il Ponte Vecchio di Mostar e la gente vide quella sfida all'abisso, molti dissero: non reggerà. E invece durò tre secoli. L'arco di pietra aveva dentro una forza invisibile. La sua linea ricalcava il ponte celeste che – secondo i turchi – solo i puri di cuore possono varcare per raggiungere l'aldilà. Quel ponte celeste sopravvisse alla distruzione della pietra. Per questo dal mondo balcanico, tuttora popolato di macerie, ancora oggi si leva la debole voce delle cose perdute.

La fortezza di Petrovaradin, poi l'ultimo ponte inclinato. È pieno di pescatori, facciamo fatica a evitare le lenze. La barca scivola, rimette in moto la moviola. Rivedo il ponte della Maslenica, tra Fiume e Zara, avvolto in un silenzio surreale, all'ombra del Velebit che precipita da duemila metri su un mare cobalto. L'esercito serbo l'aveva preso a cannonate, spezzando in due la Dalmazia, e tutto il traffico era affidato alla spola di un traghetto fra la terraferma e l'Isola di Pago. Un ingorgo impressionante di uomini, armi, merci e animali.

E poi il ponte di Visegrád, raccontato da Andrić nel suo libro più grande. Nell'estate del '92 era intatto, indifferente all'inferno che era diventata la gola della Drina e ai cadaveri portati dalle acque. E ancora il ponte di Bajna Basta, poco a valle, dove gruppi di banditi organizzavano i week-end di guerra. Partivano cantando, tornavano carichi di masserizie rubate. Bastava star lì per capire cos'erano i Balcani.

Attracchiamo a Slankamen, dove il fiume biondo diventa argento, si perde tra boschi e bucaneve, argini, vento e stelle. È il preludio del Tibisco, la Tisza dei magiari, smarrito in un dedalo di pozze color alluminio. Esausto, traslucido sotto la luna. E subito, da quell'impasto forte di limo, dal mormorio sommesso fuori dal tempo, ritorna l'odore delle mandorle amare. Il cianuro, che a suggello del secolo ha versato nelle vene del Grande Fiume anche l'insulto del veleno.

Ricordo quella strana notizia che tre mesi fa, nel mezzo dell'inverno, arrivò come dall'altro mondo, da lande asiatiche. Era accaduto tutto dietro casa, ma la tv non ci mostrava immagini. Solo una carta geografica, un punto con molti "se" e molti "ma". Si sapeva solo che era crollata una diga, in territorio rumeno, e tonnellate di cianuro erano finite nel Tibisco. Colpa di una fabbrica collegata a una miniera d'oro sui Monti Maramures, i più selvaggi e solitari dei Carpazi. Ma l'acqua arrivò più veloce delle notizie. Il Tibisco fumava nel gelo, i camionisti trovarono pesci morti sulle rive. Il cielo divenne inquieto, alternò sole e neve. Partii da solo in mezzo a foreste di cristallo, verso l'estrema frontiera dell'Impero defunto.

Il Tibisco è il Gange dei magiari. Per capirlo, mi bastò arrivare a un paese sperduto di nome Mindszent. Vidi un cavo d'acciaio tendersi fra i boschi delle due rive. Poi, una chiatta stracarica partì, senza bisogno di motori, mollò l'imbarcadero pieno di gente, girò su se stessa, sfruttò di traverso la corrente come fa una vela di bolina con il vento. Su un pioppo gigantesco era attaccata la direzione: "Baks 6 km, New York 7797 km". Il vecchio traghetto andava, in un silenzio impressionante. Poi rallentò in mezzo al fiume, gemette, si fermò nel tramonto.

A un segnale, da cento e cento mani volarono in acqua tulipani, garofani, rose, margherite. Non c'erano preti a bordo; il rito era spontaneo, pagano. Mindszent pareva una piccola Benares. Quella nevicata di fiori e quei mulinelli di petali dicevano che un dio era morto. Non ne pronunciavano neanche il nome, Tisza. Non volevano ammettere che era stato avvelenato il biondo Tibisco, il fiume pazzo, imprevedibile. Il fiume magiaro.

La chiatta tornò a riva, sbarcò centinaia di ragazzi e adulti. Non era un funerale *sull'*acqua: era il funerale *dell'*acqua.

Capii che l'Ungheria era costruita sull'acqua, che da quel giorno migliaia di villaggi avrebbero dormito su un letto di veleno. Mindszent, oltre l'argine, era una fila di case basse nella sera, le oche rientravano da sole nei cortili. L'avevano fondata trecento anni prima sette famiglie di pescatori. "Da allora," diceva la gente, "il fiume ci ha nutrito. I nostri vecchi raccontavano: aveva due terzi d'acqua e un terzo di pesce. Per noi è un fratello."

Su una barca tirata a riva, in mezzo alla folla ammutolita, c'erano pesci enormi. Carpe giganti, pesci siluro, una specie di storione che qui chiamano *amur*, bestie di fondale simili a code di rospo. Il più piccolo pesava sei-sette chili. Qualcuno si muoveva ancora. Avevano branchie aperte come ali di pipistrello e la bocca che vomitava lo stomaco. Un'orrida parodia di Arcimboldo.

A Szeged, poco più a sud, il funerale diventò processione. La gente sciamava in direzione delle rive, passeggiava sulla spianata verso il Ponte Vecchio, chiamata come da un ordine di mobilitazione. Si accesero candele, si buttarono altri fiori. Sugli argini un cartello diceva "176 km", la distanza dalla confluenza, ma ai battellieri che risalivano la corrente l'indicazione sembrava un conto alla rovescia per il veleno che la scendeva. Scrisse il poeta Sándor Bálint che il Tibisco è per Szeged quello che il Vesuvio è per Napoli. Oggetto di venerazione e fonte di paura. Nell'Ottocento il fiume spazzò via la città con una micidiale onda di piena. Poi gli Asburgo la rifecero più bella di prima, e dalla piena maledetta sorse uno dei più grandi esempi di Liberty in Europa.

Prima che Francia e Inghilterra riducessero l'Ungheria a un fazzoletto di terra, il Tibisco scorreva tutto in territorio magiaro. Oggi ha le risorgive in Ucraina, gli affluenti avvelenati in Romania, la confluenza con il Danubio in Iugoslavia. E l'Ungheria diventa la cloaca dei vicini. Così a Budapest la politica estera diveniva tutt'uno con l'idraulica. Le bombe su Novi Sad? Rallentano il Danubio a monte. La diga-mostro di Nagymaros alle frontiere settentrionali? Danneggia la minoranza ungherese in Slovacchia. Le sorgenti avvelenate? Ricordano che la Transilvania non è più magiara.

Risalii fino ai Maramures. L'auto filava in un paesaggio alla *Dottor Živago*, con villaggi gotici in legno, casette tipo vecchia Norvegia e l'odore alpino del pino cembro. Sui Monti Rodnei c'era l'orso carpatico. E a Sapinta, verso l'Ucraina, trovavi il cimitero che ride, l'unico al mondo dove le tombe sono decorate a festa e Cristo in croce ha l'espressione felice. Dovunque, cavalli. Arrivavano in controluce, avvolti nel loro vapore. Portavano sui carri intere famiglie. Gruppi di cinque, sei persone, con fazzoletti colorati.

"Questo era il cuore della *Dacia Felix*," mi disse Dieter Schlesak, scrittore rumeno di Transilvania. C'era un'incredibile concentrazione di leggende. Un posto magico. Una terra indomita, anche, che non si piegò ai romani, né ai nazisti e nemmeno ai comunisti; un luogo di resistenza, come la nostra Val d'Ossola. "Ci sono migliaia di sorgenti purissime," raccontò, "questa è sempre stata la terra più pulita e arcaica della Romania. Oggi la stanno avvelenando, e la simbologia dietro questo evento è terribile. È come se l'Europa colpisse la parte più sacra di sé."

Passai il confine rumeno e la vidi. Non era un Vajont. Non era un gigante di cemento tra monti arcigni. La diga che aveva avvelenato le acque di mezza Europa era un insignificante terrapieno di fango giallo. La sua bava assassina non era sgorgata da un pozzo d'inferno, ma da uno stagno gelato profondo appena un metro, ai piedi delle ultime colline dei Carpazi. Non stava in un luogo dimenticato da Dio, ma fra una ferrovia e una strada statale, in una terra benedetta di cavalli e sorgenti, casette in legno e comignoli che fumano nei boschi. I tubi che lo alimentavano non erano pipeline del terzo millennio, ma tubi arrugginiti e sforacchiati. Il suo fondale non era un sarcofago di calcestruzzo, ma una coperta di teli catramati cuciti insieme. Non aveva nemmeno il nome suggestivo che ci si aspetterebbe in questa terra di vampiri. Solo un bisillabo. *Aurul*.

L'argine fumava nel gelo, rivelava la sua oscura digestione chimica. Un bulldozer lo percorreva per compattarlo. Ma era inutile: la massa avvelenata era così viscida che ti inghiottiva le scarpe. "That's the spot," disse un tecnico straniero, ecco il luogo. Non occorreva altro, avevo davanti la spaventosa banalità del male. Non era franato nulla, non c'era stato alcun crollo. Vidi i fotogrammi alla moviola. La notte di disgelo, l'acqua al cianuro che arriva al colmo, nessuno che dà l'allarme, i centomila metri cubi che tracimano in un canale, l'odore di mandorle amare, l'incontro con il primo fiume, il piccolo Sasar. Poi, più nulla a fermare il veleno, giù nel Lapus, il Szamos, il Tibisco, il grande Danubio.

Ljubo russa, a Slankamen non c'è nemmeno un lumino, la radiolina capta le canzoni di Djordje Balasević, il Paolo Conte della Iugoslavia, un rock popolato di fiumi, ponti e migratori. "Un marinaio senza navi è cosa comune, ma un marinaio senza mare è unico al mondo" è il ritornello di *Panonski mornar*, il marinaio della Pannonia. Balasević è un'anima della Vojvodina, e la Vojvodina è anch'essa a modo suo un mare, abitato da gente quieta, opposta ai lunatici montanari che trasformarono Vukovar in un ammasso di rovine.

È il Tibisco, e non il Danubio, a segnare il fondo geometrico di questa marmitta di popoli e acque che si chiama Pannonia. È lui che impregna dei suoi sedimenti quella terra di cavalli e migratori. Corre in aperta pianura in un dedalo di altre acque, risorgive, stagni, falde, fontanili, nevi che si sciolgono, meandri abbandonati, paludi e acque di golena, in una complicatissima idrografia di piccoli e grandi affluenti. La luna sale allo zenit, sigilla un mondo quieto, contadino.

Quella notte sui Maramures la neve fresca imbiancò la valle fino alle ultime sorgenti oltre la frontiera con l'Ucraina, in quella che gli Asburgo chiamavano Galizia. "È un mondo favoloso," mi disse Joan Moldovan, poeta di Oradea, "dove la gente ti guarda ancora negli occhi e ti dà fiducia. Per questo quanto è accaduto fa ancora più male." E andammo verso una doppia fila di vecchie case in larice con in mezzo lo stradone. All'ingresso, un cartello con il nome: "Sasar".

Letame, casette dipinte in stile ucraino, fienili in legno, intarsiati come altari. Gente semplice, contadini, boscaioli. Sull'uscio, una donna con fazzoletto nero e stivali da lavoro disse che già in novembre si era cominciato a capire. Alcune mucche erano state trovate morte accanto a un rigagnolo, e quel rigagnolo portava dritto a un tubo rotto. Su quel tubo, il timbro della fabbrica dell'oro. Il risarcimento arrivò alla velocità della luce, e non se ne parlò più. A Sasar si continuò a bere l'acqua dei pozzi.

Mi sveglio di soprassalto, forse è il silenzio che mi sveglia. Profondo, assoluto. Non si sente nemmeno l'acqua che va. Esco in coperta. Nella notte fredda, la stella polare – *polarna zvezda* – pare un pianeta, brilla di una luce immobile. C'è solo una cosa che si muove. Bianca, fosforica, avanza tra i boschi e risale il fiume nero come la pece in mezzo alle luci della pianura. Nebbia pannonica, illuminata dalla luna. Un mare che dilaga, profondo tre-quattro metri, una parete fosforescente che inghiotte il Danubio controcorrente e ci cattura. Una fatamorgana che vola a pelo d'acqua, in un silenzio assoluto, e annega tutto in un fluido color anice.

C'era musica all'albergo Carpazi, nel giorno del veleno a Baia Mare. Continuava a tutto volume come niente fosse. Dai dintorni arrivavano quarti di bue e ragazze. I tecnici stranieri della fabbrica dell'oro ci vivevano alla grande. Salari da Sudest asiatico, ecologia zero, tasse figurarsi, gente ingenua, belle contadinotte di cui approfittarsi. Ma quella sera un vortice di corvi si addensò sopra il lago nero. Erano grossi come aquile, si muovevano in formazione, si sparpagliavano e poi, a un comando, si concentravano su un solo albero, a migliaia. Da lontano davano l'illusione di un'innaturale esplosione di foglie in pieno inverno. Erano gli stessi corvi di Vukovar e Grozny. Dicevano di sradicamenti e veleni.

Mattina tardi, la nebbia è passata, Ljubo mi porge il caffè turco, molla gli ormeggi. E due ore dopo, al chilometro 1170, la Città Bianca – Belgrado – già emerge dalla linea dei pioppi. La Sava ci prende di fianco alla confluenza sotto il Kalemegdan, ci spinge verso la riva sinistra. È la corrente che otto anni fa portò il mio secondo cappello, da Sarajevo, attraverso la Miljacka e la Bosna.

Sava, magnifico nome. Se tracci una linea da qui a Lubiana, lungo questo affluente che fa da spina dorsale al mondo "ex", scopri che la sua naturale continuazione è il Po e il punto di sutura è Trieste. Stesso mondo di sabbie, foschie, acque instabili e pioppeti. I triestini sanno che il Danubio è un fiume imbroglione, frequentatore impenitente di terre di confine e linee d'ombra. Così possono anche fingere che non nasca in Germania, ma dalle loro parti, proprio là dove finisce l'Adria. Sanno che in quella piccola Vienna del Sud le acque dell'Europa di mezzo raggiungono il massimo di prossimità al mare di mezzo. Quarantacinque chilometri e un trascurabile dislivello.

L'acqua mitteleuropea che arriva dai monti sopra Trieste si avvita attorno alle sabbie di un'isola circolare, deserta e fitta d'alberi. Tra la vecchia Belgrado e la spianata di Novi Beograd, le campate di cemento del Brankov Most affondano a pochi metri dalla confluenza. E per un attimo il Danubio piega a nord, cerca controcorrente altre memorie. Sente di nuovo la primavera del '91, il ponte che trema, invaso da un fiume di studenti in marcia contro un potere che li porta alla distruzione.

Che giorni incredibili. Fu l'ultima speranza in un'altra Rivoluzione di velluto. Qualcosa che fiorisse magari in ritardo rispetto a Praga e Berlino, ma con forza fantastica e travolgente. Balcanica. Poi, invece, furono manganelli, lacrimogeni, panzer per le strade. E si comprese che lì, su quella confluenza di acque e popoli, c'erano il nero e il bianco, tutto il peggio e tutto il meglio di un mondo già alla deriva. Un'isola nella corrente.

Pranziamo su una nave-ristorante sotto la fortezza del Kalemegdan. Il cuoco prende un pesce enorme, vivo, da una vasca, lo taglia in due con un colpo secco, la coda da una parte, la testa dall'altra, lo sventra, lo pulisce e butta sulla brace le due parti ancora pulsanti di vita indipendente. Ljubomir non fa una piega. Guardo fuori il fiume che rallenta, come nauseato, stanco di produrre storia. Sembra gli manchi la forza necessaria per passare i Carpazi e raggiungere il Delta.

Sulla tolda del Kalemegdan, la fortezza alta come un transatlantico sulla pianura, c'è il solito vecchio mondo di balordi, ma sempre più stinti, sempre più poveri. Rade, l'eroe della Guerra di Liberazione, con la divisa grigia e i baffi troppo gialli. Tanja sdentata che vende popcorn, Lazar il travestito, la vecchia Ljubica con i suoi centrini sul prato, Frane il mendicante, Dejan e Slavomir che suonano fisarmonica e violino. "Ballano in tondo," mi scrisse di loro Fabio, un amico, "per gli anziani e i giovani, per i loro morti e i figli mai avuti, per i cani randagi e le sirene della polizia, per i morti di fame e i mafiosi della guerra e della pace."

Belgrado. Non è cambiato niente. Milošević non governa

più, ma il nazionalismo imperversa come dieci anni fa. L'unica differenza è che ora c'è il beneplacito dell'Occidente. La chiesa che in guerra benedisse i cannoni, oggi è parte integrante del potere, più che ai tempi di Slobo. Andare al tempio, festeggiare le ricorrenze ortodosse, digiunare, battezzare è diventato un obbligo sociale. Per la prima volta, i pope e i metropoliti hanno accesso alla facoltà di Filosofia, che una volta era l'ultima trincea del pensiero laico e progressista. Oggi, gli studenti sono diventati lo zoccolo duro del nazionalismo conservatore. Ma il mondo è contento. Finite le bombe, finito il problema.

Il palazzo di Milošević, a Dedinje. La casa, oltre il giardino, sembra vuota. La polizia mi allontana, non so se per proteggerlo o tenerlo in isolamento. Nei Balcani ogni verità ha due letture. Vedo passare la figlia in automobile, dicono che rifornisca il vecchio di grappa alla pera. La gente non parla più di lui. Molti dei suoi ex fedelissimi lo chiamano "assassino". Ipocriti, oltre che voltagabbana. I Balcani hanno avuto tanti altri zelanti ingegneri della morte e degli esodi di massa. La specialità vera, inimitabile, di Slobo era un'altra: lo sterminio dei suoi stessi uomini. Li ha fatti fuori come nessuno. Tutti, con scientifica applicazione, con pignoleria maniacale. Karadzić, Arkan, Mladić, persino il suo padrino Stambolić. Morti ammazzati, esautorati o spariti nel nulla. Stojičić, Martić, Babić: collaboratori-profilattici, diceva la gente. Nomi come meteore, fedelissimi "usa e getta". Finché, come nel film, non ne rimase nessuno.

Nella Serbia truculenta delle congiure di palazzo, la sua storia è tutta lì: in quel nero elenco di collaboratori che è quasi un necrologio e ti porta dritto al nome del mandante, in fondo alla lista. Quando non ti mandava un killer, Milošević ti firmava la condanna in pubblico. "Karadzić? Una merda di gallina," disse nel '95 al mediatore americano Richard

117

Holbrooke con la brutale franchezza che piaceva agli Usa. Il senso era elementare: "Karadzić non è più un ostacolo alla pace in Bosnia. Io l'ho incoronato e io lo tolgo di mezzo". Avrebbe mantenuto la promessa. Pochi giorni e il capo dei serbo-bosniaci dalla chioma fiammeggiante – il "dottor Morte" che per tre anni aveva messo in riga il mondo – sarebbe sparito dalla circolazione.

Nella taverna dei pescatori a Skadarlija c'è una serata di musica sudamericana, ragazze altissime arpionano un gruppo di maschi italiani in trasferta. Non senti nemmeno l'eco delle vecchie canzoni per l'uomo che portò la nazione umiliata alla riscossa millenaria. Nell'89, per i seicento anni della battaglia (persa) di Kosovo Polje contro i turchi, la glorificazione del Duce raggiunse il culmine. Ma anche allora, in quei cori sgangherati fra i tavoli di Skadarlija, sentivi l'imbroglio, la fatamorgana, l'eterno illusionismo balcanico. Una sera, quell'impressione fu così forte che un amico mi disse: "Alla fine, vedrai, Slobo sarà tradito dai chierici e pagherà per tutti". Esattamente ciò che sarebbe accaduto.

Che anni furono, quelli in cui Slobodan divenné presidente e inaugurò la stagione dei raduni oceanici. Lo schema era perfetto. La stampa iniziava il fuoco di copertura, le masse manovrate premevano sul Palazzo e invocavano il Duce. Lui arrivava, le infiammava e le domava, era l'uomo della provvidenza. Non possono negarlo, i camaleonti di oggi. Un brivido percorse la Serbia. Il clima cambiò, il nome di Slobo appassionò e divise. Lui non aveva bisogno del terrore. Gli era bastato liberare l'irrazionale del suo popolo, ibernato da decenni di retorica titoista. La sua foto divenne un'icona nazionale, le vecchiette la misero accanto al lumino e all'immagine dei santi. "Tra i serbi era scoppiata una vera e propria febbre," ammette chi ha memoria, "per lui si ruppero amicizie, per lui i mariti bisticciarono con le mogli."

Stanotte lascio Ljubo ai suoi contrabbandi e vado a dormire all'hotel Moskva. Voglio risentire l'odore veterocomunista delle sue moquette, il vecchio pianista del ristorante nel soppalco, il mondo "ex" perfettamente ibernato con gli stessi tassisti, lo stesso portiere, gli stessi personaggi equivoci e le stesse puttane. Tiro tardi con lo scrittore Dragan Velikić, che evoca fantastiche immagini di Frankenstein e mister Hyde. "L'Occidente aveva bisogno di un babau e ha trovato in Milošević la sua negatività perfetta. Ma lui e la Nato si sono rivelati due facce della stessa medaglia." Velikić prende a pugni il tavolo, trabocca di energia. "Hanno sottostimato la personalità di Milošević, un uomo senza passato con i genitori suicidi, uno che non ha niente da perdere. Ma hanno anche sottovalutato la cultura nazionalista che lo ha espresso."

La notte è infame. Comincia con un pipistrello in camera. Impossibile stanarlo, vola dappertutto, devo chiamare un cameriere. Prima che arrivi, il topo volante è già scomparso. Penso che se ne sia andato, ma quando spengo la luce e sto per addormentarmi, riecco i due occhietti a spillo che mi fissano dal mazzo di fiori sul tavolo. Li prendo dal vaso, butto tutto in strada, vedo dalla finestra i fiori che precipitando si aprono a ventaglio, l'animale che si svincola e sparisce svolazzando verso Kneza Mihajlova. Ma non è finita. Cominciano rumori violenti nella stanza accanto, è una coppia un po' agitata. Prima urla tremende in russo, poi un amplesso a tutto volume. Alla fine lei piange, lui la insulta, poi la picchia di santa ragione. Richiamo il cameriere, ho paura che finisca male, ma lui dice "Nema problema". Ha ragione. Al mattino, i due usciranno abbracciati.

Quarto giorno, addio Belgrado, il fiume color fango va con lentezza impressionante verso l'ultimo grande ponte, a Smederevo. La radio trasmette *Macho serbo*, una canzone satirica di Ljiljana Sadijl che segna davvero la fine della guerra, il tonfo del maschio vanaglorioso che ha portato solo sventure. Ljubomir ride, la voce calda di Ljiljana dissolve le brume, attacca con la *Salsa de Belgrado*, un'altra satira, un'altra vendetta delle donne.

Alte colline coperte di gialle euforbie sulla riva destra, verso la Serbia profonda. Pianura sconfinata a sinistra, con la Vojvodina e gli ultimi segni di Mitteleuropa. Ljubo mi spiega che dopo Belgrado il Danubio cambia voce. Non canta più, gorgoglia. Ormai è pieno d'acqua, gli manca solo la Morava, che raggiungeremo in giornata. "Ogni fiume ha una sua voce," racconta, "dipende dalla velocità, dalla profondità, dalla stagione, dalla forma delle sponde e dalle genti che le abitano."

Smederevo si annuncia con i rottami delle sue immense acciaierie, la foresta di ruggine in cui oggi si specchia il fallimento del sistema. Non puoi capire la guerra appena finita se non capisci la genesi di simili impianti. Quello di Smederevo fu costruito, racconta Ljubo, per un fantastico errore. Un giorno Tito venne a visitare le colline della zona. Funzionari e politici gli magnificarono le splendide vigne, parlarono di *gròžde*, che in serbo vuol dire "uva".

Ma accadde che Tito, che era già sordo come una campana, capisse *gvòžge*, che invece significa "acciaio". Così disse: "Splendido! Facciamo al più presto una grande, immensa acciaieria". Nessuno, ovviamente, ebbe l'ardire di smentirlo. Sarebbe equivalso a fargli notare la sua sordità. La macchina del partito si mise in moto, e nel giro di soli due anni sorse dal nulla, sulla riva destra del Danubio, la più grande e inutile acciaieria d'Europa.

"Anche Milošević non l'ha mai smentito nessuno," ride Ljubomir. E scommette che ora molti avranno vuoti di memoria. Lubiana e Zagabria dimenticheranno di aver votato con lui, nell'89, per togliere l'autonomia al Kosovo, la polveriera della federazione. Le tifoserie degli stadi iugoslavi fingeranno di non averne determinato l'onnipotenza, persino di non avergli offerto la più sanguinaria manovalanza armata. E come l'Italia del '45, le piazze serbe, davanti al capro espiatorio, negheranno di averlo mai chiamato "Duce". Giureranno che era il distillato di una metamorfosi demoniaca, non di un consenso. Pretenderanno di non aver messo Milošević su un piedistallo, e di aver trasformato in dio un piccolo uomo senza qualità.

Ljubo ha ragione. Sta già accadendo. Il supernegoziatore Richard Holbrooke tace di averne lodato "la superba abilità negoziale". "Time magazine" nega di avergli dedicato una copertina come "Uomo della pace". Nessuno ammette che processioni di viscidi plenipotenziari, bussando alla sua porta, ne hanno moltiplicato il potere. Londra e Parigi improvvisamente non sanno più di aver "ignorato" la strage di novemila bosniaci a Srebrenica, giurano di non aver mai seriamente sperato che egli tenesse unita la Iugoslavia solo per arginare a est la nuova Germania unita. Londra e Washington oggi salutano la fine del "nuovo Hitler", senza dire che la sua carriera è stata spianata da tanti, troppi Chamberlain.

Confluenza con la Morava. Ljubo canta una vecchia canzone: "Biljana risciacquava lenzuola / candide alle sorgenti / sorgenti di Ohrid. Dalla collina scesero i vinai / vinai belgradesi". Dice Biljana: "Non voglio il vostro vino / voglio il giovane ardente / che sta davanti alla carovana / quello con il cappello di traverso / che mi guarda e strizza l'occhio".

L'ultimo affluente disegna misteriosi geroglifici sulla pianura di Požarevac, arricchisce il Danubio di altri simboli. Arriva da sud, dalla culla del mondo ortodosso, dalle grandi metafore pastorali, dalla sacralità di acqua, ombra, stelle, animali. Ljubo mi avverte che siamo vicini alla festa di san Giorgio, il 23 aprile, quando la montagna diventa verde e in Macedonia le ragazze da marito donano un serpente vivo – simbolo antichissimo di fertilità – al giovane maschio prescelto.

Porta un tango lento, la Morava. Scende dalle terre che furono di Filippo il Macedone, eppure non esprime il dio Marte croato e nemmeno le violente esplosioni umorali dei pastori-guerrieri serbi. Porta un messaggio di tragica remissività e resistenza, la ciclicità malinconica delle litanie ortodosse, il mito dell'eterno ritorno.

Požarevac è l'ultima città prima della gola dei Carpazi. Qui nacque Milošević, nel '41, e qui si cela il mistero di un uomo qualunque che divenne semidio. "Era uno scolaro studioso, riservato, taciturno," racconta Slavoljub Djukić "ma non emergeva, non faceva nemmeno sport. Per i compagni di liceo avrebbe potuto fare tutt'al più il capostazione." Mai poi entrò in scena la Lady Macbeth della sua vita: Mira Marković. La vedono ancora in circolazione in città, con i capelli esageratamente neri, un cappello calato sulla fronte come un elmetto prussiano.

È lei, dicono qui, che ha instillato in Slobo una smodata ambizione, che lo ha spinto a sbarazzarsi degli amici e a fare la guerra. È lei l'unica confidente, il potere vero. I due sono diventati la stessa persona, vivono in simbiosi. Il padre di Mira era capo del partito in Serbia, uomo di fiducia di Tito. E la zia, la bella Davorjanka, era segretaria e amante del Maresciallo. Fu con queste protezioni che Milošević si avvicinò al potere, divenne amico di Ivan Stambolić, futuro presidente della Serbia e nipote di un intimo amico di Tito. La scia perfetta per conquistare il Palazzo.

Notte a Banatska Palanka. Le Porte di Ferro cominciano qui, alla fine della Pannonia. Ljubo dice che vanno viste di notte. Oggi il fiume risplende tra le scarpate nere come la pece. Un grande plenilunio. Ma con la luna nuova, secondo lui, è ancora meglio. Il fiume si movimenta da Požarevac fino a Donji Milanovac. Negli anni ottanta passavano i clandestini in fuga dal regime rumeno. Alcuni morivano nella corrente, nel buio si sentivano i cani delle guardie di frontiera.

Oggi passano i contrabbandieri, con chiatte cariche di alcol e Coca-Cola. Ieri la paura stava sulla riva sinistra, oggi sta su quella destra, in Iugoslavia. Quello che per tutto l'Est era il paese della cuccagna oggi è sfiancato, intristito, in miseria. Da Lepenski Vir, a picco sulla corrente, la vista spazia verso un mondo pastorale intatto. Ljubo mi spiega che i transilvani parlano una lingua straordinaria, un ungherese antico che non esiste più altrove. Hanno venti vocaboli diversi per dire "slitta", e sette per dire "neve".

Non riesco a dormire, fa caldo nella gola dei Carpazi. È lo scirocco che sale dall'Egeo. C'era caldo anche nel dicembre '89, quando poco lontano da qui, in un bar di Bela Crkva, sulla strada per Bucarest, assistetti allibito in diretta televisiva all'esecuzione di Ceausescu. Tutto si consumò in poche ore. Era un teatro dell'assurdo. Il presidente arrestato, pallido, che grida al complotto; la moglie che, davanti al muro dell'esecuzione, urla ai soldati: "Per voi sono stata una madre!"; i soldati che sparano all'impazzata senza aspettare l'ordine del "Fuoco!". Tutto incredibile, inconcepibile. Una tempesta di choc.

Ma accadde che quei fotogrammi tombali "gelarono" la rivolta iniziata il 16 a Timişoara. I canti patriottici si spensero, la gente smise di sfilare, i cecchini di sparare. Fu un segnale anche atmosferico. Scese la tramontana, le strade rumene si coprirono di verglas, poi nevicò per giorni. Il Danubio ghiacciò fino al Delta e, in tanto candore, persino Bucarest sembrò bella.

In mezzo a quei cumuli di neve ridondante, quasi barocca, ci si accorse che l'evento si era smaterializzato. La televisione rumena non aveva registrato la rivolta, ma l'aveva determinata, si era sostituita a essa per disinnescarla in pochi istanti. Il gioco di prestigio aveva simulato il rinnovamento per impedirlo. L'evento era stato pilotato dalla stessa cabina di regia che per decenni aveva costruito la propaganda di regime. La televisione aveva fatto partecipare le masse all'insurrezione ma in modo virtuale, solo per espellerle dalla storia.

L'imbroglio venne a galla soltanto a fine anno. Era stato un golpe di Palazzo; il dittatore l'avevano fucilato i suoi stessi servizi segreti. Ceausescu era stato il capro espiatorio necessario a salvare migliaia di complici. E allora di colpo la terra dei vampiri illuminò le svolte politiche che avevano scosso l'Est. Si disse che forse nel mitico Ottantanove non era successo un bel niente.

Ungheria, Cecoslovacchia, Germania Est, Bulgaria. Per tutto l'89 la frana comunista aveva lasciato in bocca un sapore di irrealtà. Irreale fu l'inizio dello smantellamento della Cortina di ferro, che Budapest trasformò all'istante in souvenir da bancarella. Insincero fu il bacio di Gorbačëv a Honecker alla vigilia dell'epilogo berlinese. Illusione fu Praga, la Rivoluzione di velluto, la Moldava grigia sotto il ponte Carlo. Si vide che la gente, quasi per forza inerziale, si limitava a riempire il vuoto lasciato dal regime in fuga. Nelle masse non c'era la meravigliosa energia cinetica del '56 o del '68: eppure, tutto precipitava come i fotogrammi di un sogno. L'"insostenibile leggerezza" di quei regimi era tale che, a decretarne la fine, bastò un soffio di vento.

Ma nei viali bianchi di Bucarest, nell'ultima enclave dell'angoscia, nel regno della *foame, frig, friça*, fame-tenebre-freddo, si perse un'altra grande illusione. Nel secolo breve che finiva con un impressionante abbrivio, con accelerazioni da film muto, si vide che dietro la finzione dei regimi rossi, dietro gli evviva delle democrazie che salutavano il loro crollo, anche le rivoluzioni erano realtà Potëmkin. Si vide soprattutto che, nei Balcani, quel gattopardismo aveva un potenziale distruttivo micidiale, avrebbe mobilitato senza scrupoli masse, nazioni ed etnie.

Il Dio Serpente si infila nei Carpazi con stupefacente indolenza, la chiatta lo segue, entra in un cono d'ombra freddo, marmoreo. La corrente si è quasi fermata, la diga di Turnu Severin ha trasformato il fiume in un lunghissimo lago di montagna. Ljubo canta, è nel suo elemento. La sua bella voce bassa rimbomba, si moltiplica, si infratta nei monti, ci precede oltre una grande svolta, ritorna indietro seguendo strade misteriose in mezzo alle scarpate. "Quando partì Mileva / la montagna echeggiava / quando fu per morire / Mileva mi disse / Compagni kosovari / compagni non piangete / son caduta per la libertà."

I battellieri hanno una sensibilità speciale. Non sentono solo l'acqua, ma tutto ciò che cambia attorno a essa. "Hanno stuprato il fiume," mi disse un giorno un boemo sull'Elba. Navigava da Dresda ad Amburgo, e nella sera le chiatte avevano acceso rossi lumini. Il cielo era di una purezza straordinaria, ma lui era incomprensibilmente cupo. Qualcosa si era spezzato, diceva, e quel qualcosa non stava lassù, nell'imperscrutabile Globale. Stava dentro di noi, lo vedeva da piccoli segni. Non era solo il collasso del territorio, era qualcosa nella nostra testa. Disse solo: "I bambini non giocano più sull'acqua. Il mio fiume non è più una leggenda".

Nella gola dei Carpazi, intanto, tacciono i nomi di luogo pieni di vento, i paesi in campo aperto con le desinenze in "ovo", "evo", "ova": Stara Pazova, Smederevo, Pančevo, Opovo. Comincia, al loro posto, un allineamento di villaggi solitari dal nome secco come la fucilata del cecchino: Gradište, Golubac,

Milanovac, Golubnje. In un fiume la voce dei luoghi cambia continuamente. Millecinquecento chilometri a monte, dove il Danubio abbandona la rudezza rurale della Svevia e il campanile gotico di Ulma segna il passaggio tra due mondi, alle desinenze fangose in "ingen", "hausen", "wangen", "felden", succedono quelle ridenti e monosillabiche della bassa Baviera: "hut", "au", "fing" e "heim".

Tramonta, attracchiamo accanto a Tekija, un paese di dieci case, l'ultimo prima della grande diga che sbarra le Porte di Ferro tra Kladovo e Turnu Severin. La barca è completamente circondata da montagne, pare di essere sullo Yangtze Kiang, la scarpata sul lato serbo è chiazzata di neve. Non ci sono locande. Busso a una casa per comprare qualcosa, mi apre una contadina stupefatta. Prende pane e vino, corre in cortile e dopo cinque minuti di putiferio afferra un maialino vivo. Le dico che non serve, lei ride, non vuole farsi pagare, alla fine la convinco.

Ljubo, intanto, ha preparato fagioli e cipolla più una zuppa con un'erba primaverile che cresce nei fossati. L'ho già provata a Vienna, si chiama *Bärlauchsuppe*. Cucinando, riprende a filosofare. Gli succede sempre di sera. "Chi viaggia molto," spiega con lunghi giri di parole, "è più pronto a morire di chiunque altro." La morte è un viaggio, devi avere sempre la valigia pronta. Bastano poche cose, tanto di te non resta niente. Mi chiedo se non sia lui il mio Caronte, nell'attraversamento di questa terra di nessuno.

Quinto giorno, nubi nere, passiamo la chiusa di Turnu Severin con il temporale e lo scirocco che si ingolfa nelle Porte di Ferro come un treno in galleria, increspa a raffiche violente l'acqua del lago artificiale. All'uscita, entriamo in una nube di aironi cinerini in lotta per i pesci intrappolati sotto lo sbarramento, poi incontriamo le prime chiatte ucraine in attesa di risalire la corrente. Portano carbone dal bacino del Donec, vengono da oltre la Crimea. Ljubo mi spiega che quei marinai sono bravissimi, possono andare da Vienna a Beirut via Dardanelli senza trasbordi.

Oggi la flotta ucraina è in letargo. A Ismail, il grande porto ucraino nel Delta, migliaia di posti di lavoro sono in pericolo, tra cantieri, porto e compagnie di navigazione. Ma a soffrire è tutta l'economia dei paesi rivieraschi. La siderurgia austriaca non riceve più i minerali dalla Russia, le acciaierie magiare devono rifornirsi via terra con forti costi aggiuntivi. C'è ancora un po' di navigazione a sud-est e a nord-ovest della Iugoslavia, ma manca proprio ciò che rappresenta la ragion d'essere del fiume: il collegamento fra l'Europa occidentale e il Mar Nero. Senza questo fiume, nemmeno Rotterdam, nemmeno Le Havre, nemmeno Anversa sono più le stesse.

Simian, Bistrita, Milutinovac, la corrente è di nuovo forte, compie un'ultima spettacolare giravolta, torna a occidente tenendosi sottomonte, poi a Mihajlovac, sotto le colline minerarie della Krajina, trova l'ultimo imbarcadero serbo e la fine del viaggio. Piove, ci portano a Negotin, c'è una festa in nostro onore all'osteria del paese. Ancora zingari, ancora balli, canzoni e capretti sgozzati. Baraonda balcanica.

La padrona del locale è una bella donna bulgara, alta, solida, dai capelli corti e bruni. I suoi occhi hanno un taglio drammatico, quasi iraniano. È stranamente brusca nel parlare con gli avventori, eppure tenera nel maneggiare le cose. Quando non serve ai tavoli non tiene le mani rivolte verso gli altri, ma sempre verso se stessa, in una posizione quasi ieratica, piegate all'altezza del seno. Traversa la baraonda senza contaminarsi e senza entrare in collisione con nulla. Si accorge che la osservo e abbassa lo sguardo. Ljubo mi fa un cenno d'intesa e canta con gli amici: "Se mi vuoi bene amami / se no dimmelo chiaro / non essere sasso freddo / la testa sempre bassa / gli occhi sempre a terra".

La sera torno sul Danubio, sulla spiaggetta di Radujevac, per chiudere il conto con la zingara di Szentendre. I temporali sono passati, una luce gialla radente taglia come una lama le praterie rumene oltre il fiume. Tiro fuori un basco nero identico al primo e lo scaravento lontano. Appena si stacca dalla mia mano avverto uno strappo: non sono più invulnerabile. Ma che importa, la guerra è finita. Finita la fuga senza senso dal bordello maledetto di Novi Pazar.

Il cappello, sostenuto dal vento, compie roteando una parabola lunghissima, finisce molto lontano dalla riva. Lo vedo sparire nella conca tra Bulgaria e Romania, nuotare verso la terra più giovane d'Europa. Un immenso accumulo di detriti, roba da sette milioni di tonnellate l'anno. Tutte le storie finiscono in un delta, e lì il fiume dei miei cappelli inghiotte tutto, acque e popoli. Lì tutto si mescola, in una digestione lenta che non rivela nulla di questa strada ostinatamente cercata in un labirinto fra il mondo tedesco e il pentolone dei popoli slavi, lungo ex cortine di ferro, in bilico fra malinconie pannoniche e brume del Nord, buie foreste boeme e canneti del Mar Nero.

Non resta niente nemmeno qui, dei reticolati e dei cavalli di Frisia, niente dei totalitarismi e delle invasioni, niente delle guerre e delle pulizie etniche. C'è solo questa luce gialla stupenda sull'acqua blu nella sera. Chiudo la mia carta geografica. È un'edizione 1987, di quando incontrai la zingara. La uso da tredici anni, per viaggiare fra Trieste e il Mar Nero. Anche se da allora tutto è cambiato, resta a indicarmi la miracolosa continuità di quelle acque in mezzo all'Europa del disordine.

primavera 2000

CAPOLINEA BISANZIO

Regioni adriatiche in auto

È qui che vedi la grande fuga da Oriente. È il posto migliore. Non serve andare a Otranto e aspettare le carrette del mare. Basta venire a Gorizia centro, e attendere che le prime ombre comincino a volare oltre la grande muraglia della Fortezza Europa. Quel muro, qui, è una rete ridicola alta un metro e mezzo. Una cancellata quasi, che taglia in due la piazza di una vecchia stazione ferroviaria. Fra il Baltico e lo Ionio non esiste niente di simile. In un luogo dove i residenti devono mostrare i documenti dieci volte al giorno solo per spostarsi da un rione all'altro, i clandestini vanno e vengono a piacimento. Un salto e via.

Confine colabrodo? Sbagliato: Gorizia è un imbuto. Smette di piovere per un po' e vedo passare le prime ombre. Una lascia un pezzo di giacca scura sulla recinzione. La rete di Schengen è piena di brandelli di identità perdute, finite nel tritacarne che sradica e ti perde. In venti metri trovo: una ciocca di capelli, la scarpa di una bambina numero ventidue, un lembo di camicia, un fazzoletto da donna, un biberon, due calze di lana fradicie tra le foglie gialle, un soldatino di plastica. Mancano solo le sigarette: questo è un posto dove nessuno si ferma. Un chilometro oltre, al piccolo confine rurale del Rafut, c'è persino un albero trasformato in spogliatoio. Un noce robusto, con le radici ricoperte di indumenti. Ricorda Pinocchio, la sua notte di fuga, il grande imbroglio della vita.

Una donna passa un bambino in fasce a quelli che sono già dall'altra parte. Turchi d'aspetto, forse curdi. Il gruppo si nasconde accanto a un muro, dietro a un arbusto. La donna scavalca la rete, cambia il pannolino al bambino. Il piccolo non piange, lei sì. Disperata. Un uomo la fa tacere bruscamente. I cani nelle villette italiane abbaiano, fiutano l'adrenalina. Ma che importa, la polizia non c'è. È sommersa dagli arrivi, travolta dall'enormità del problema umanitario. Hanno il cuore tenero, gli agenti. Fanno i baby-sitter, gli assistenti sociali, gli ufficiali anagrafici. "Lo stato ci chiede durezza," dicono, "ma quando sei davanti a venti bambini, cosa fai? spari?"

Passa un'auto della polizia. Subito dopo, un'altra decina di ombre sbucano dalla pioggia. Seguono meccanicamente le istruzioni ricevute. Cercano sulla rete un punto segnato da un pezzo di tessuto giallino, poi saltano nel buio. Ora piove a dirotto, ma loro non se ne curano: almeno qui non si annega, non ti buttano giù dai gommoni. Si lasciano dietro una scia di odore forte, i cani ridiventano nervosi. Appena oltre, si tolgono di tasca un pezzo di carta – la *spremni list*, il foglio di riconoscimento sloveno – e lo strappano in mille pezzi per distruggere la loro identità. Centro metri oltre c'è un tale che li aspetta con un sacco pieno di vestiti nuovi. Raccolgo i coriandoli bianchi, leggo brandelli di nomi persiani, forse iracheni.

Il signor Roberto Rosso, un pezzo d'uomo, abita in una villetta in prima linea, di fronte alla vecchia stazione. La rete se l'aggiusta da sé; tanto, il Genio Civile non viene mai. E quando becca dei disperati in fuga, magari li nutre, li cura. Poi chiama la polizia. "Mi sono reso conto che il vero aiuto è il 113. Per loro è meglio. Almeno si rifocillano." E poi, hanno quel foglio di via che consente di restare in Italia altri quindici giorni, e magari di filarsela in altre terre di Eurolandia, per ripresentarsi davanti a un'altra polizia, di nuovo senza identità. "Li sento passare ogni notte, quando Arturo abbaia." Non ha mai paura? "No, ma ansia sì. Sento che questa cosa ci cambierà, che tutto cambierà. Guardo i miei figli e temo che domani di quello che hanno seminato i nostri padri non resterà più niente."

A un tratto un rombo riempie la notte, fa tacere anche i cani. Viene da dovunque, sovrasta la pioggia, i fulmini, i sacrari della Grande Guerra, la chiesa di Monte Santo sospesa a mezz'aria sulla piccola Berlino tagliata in due dalla frontiera che la divide dall'emisfero ex comunista. Sono i bombardieri della Nato in volo verso la Iugoslavia. Per Gorizia l'Italia entrò in guerra, perse centinaia di migliaia di vite. Oggi gli italiani non sanno più collocarla sulla mappa. E con il temporale e i bombardieri che passano in formazione oltre le nubi, la città dimezzata, costellata di luci fioche, attraversata da ombre senza nome, pare un'unica, triste, silenziosa terra di nessuno.

E allora parti in solitaria, motore al minimo, in cerca di quel rumore. Il tuo parabrezza traversa la pianura e l'ultimo sipario di pioggia fino alla base di Aviano che luccica nella notte settanta chilometri più a ovest sotto le prime montagne, pulsa in un silenzio di grilli, emana un debole ronzio di fondo, squarciato a intervalli quasi regolari dal rombo di un decollo. Basta un'impercettibile altura e puoi vederla tutta. Da sinistra a destra: il faro rosso della torre di controllo, le luci gialle del comando Nato, gli hangar visitati da Bill Clinton, uno Stealth – l'aereo invisibile – fermo nel buio come un pipistrello, i ricoveri dei jet, una luce verde intermittente, i sarcofaghi delle bombe atomiche, dappertutto uomini-formiche insonni.

La Grande Estranea pare solo l'ultima, la più orientale, delle industrie sparse sulla galassia pedemontana. È ferma nella campagna umida, solidamente piantata nel territorio. Ma è un inganno. La base di Aviano non fa parte del territorio. Non è una fabbrica. È un oggetto stellare, un'astronave. È popolata da ottomila uomini, produce ogni mese settemila tra decolli e atterraggi, ma resta sbarrata agli occhi degli uomini. Non succede solo per il "top secret" di guerra. C'è un altro muro invisibile: la rimozione. Il rumore invade la notte, ma la gente non pensa alle bombe. E se ci pensa, rumina la propria ansia in casa o nel chiuso del capannone. La guerra martella orecchie e teleschermi come mai in passato, eppure non se n'è mai parlato così poco. Molto meno che ai tempi della Bosnia. Con la guerra, ghigna il sociologo Ulderico Bernardi, "c'è ormai un rapporto più acustico che morale".

Rombano gli F16, decollano leggeri nella pianura, cercano la strada del Sudest, si infilano in un lungo fiordo chiamato Adriatico, divorano quel corridoio di mare nero fra due dorsali montuose punteggiate di luci, ti dicono che la strada che cerchi è lì, in quel mare unico al mondo, il mare in prima linea dei profughi e delle bombe. Dopo un'ora appena i caccia tornano, a notte fonda, fanno un lunghissimo giro per evitare la scarpata dell'altopiano d'Alpago, planano disegnando una specie di punto interrogativo nel cielo stellato. Passano sopra la casa di Marco d'Aviano, un energico frate che tre secoli fa divenne consigliere diplomatico di casa Asburgo e organizzò la riscossa contro gli Ottomani. Sul muro c'è una lapide dove lo si ricorda come uno che "condusse l'Europa cristiana al trionfo sulle forze degli infedeli". Anche allora i Balcani rappresentavano il pericolo. Forse non è cambiato un granché dai tempi del prete guerriero.

La seconda notte comincia dal mare, a Trieste, con i serbi immigrati che si ritrovano al bar, consumano amarezze cosmiche e un bicchiere di brandy davanti alla tv satellitare, lacerati fra l'ansia per i parenti sotto le bombe e la percezione di vivere in un paese ostile o nel migliore dei casi indifferente. Ogni sera un gruppo si dà appuntamento davanti alla grande chiesa ortodossa sul Canale, accende ceri e intona inni alla patria. Ma la maggioranza degli stranieri tace, si defila, non vuol fare politica. Tacciono anche i disertori iugoslavi; sperduti, soli al mondo, divisi tra una patria che amano e il comandamento "Non ammazzare". Tacciono anche gli albanesi kosovari, travolti dai problemi della sopravvivenza.

Ma tutta la città è un arcipelago di silenzi. Tace la destra filoatlantica: preferisce non ricordare che nel '91 Gianfranco Fini corse dai comunisti serbi che gli promettevano la Dalmazia a spese dei croati. Tace la sinistra, per non riaccendere vecchie scintille antiamericane e filoiugoslave. Tacciono gli esuli istriani del secondo dopoguerra, per i quali la pulizia etnica è solo "la conferma di una storia già provata sulla nostra pelle". Ma tace anche la comunità slovena, spaccata in due. Una parte vive come una tragedia le bombe su Belgrado, "città che è stata parte della nostra cultura". L'altra parte sente che "lo strappo con la Serbia era già avvenuto nel '91, e l'avevano cicatrizzato le bombe su Sarajevo". Tacciono, infine, gli ebrei, comunità importante in città. Sono allarmati dallo spettro del pogrom che torna ad aggirarsi in Europa, ma anche imbarazzati dalle bombe sulla Serbia, nazione da sempre vicina a Israele.

A Roma pensano: se l'Italia è una retrovia, figurarsi Trieste. Vivrà in perpetuo allarme sull'orlo del cratere, ultimo avamposto sul deserto dei tartari. Sbagliato. Succede il contrario. È la legge della sopravvivenza: più ci si avvicina al pericolo, più scatta l'immobilismo mimetico. Trieste conferma la regola e il paradosso: è la città italiana dove la guerra si vede meno. Passano i bombardieri, di notte li senti benissimo dalla cima del molo Audace dove nel 1918 sbarcarono le truppe italiane, ma della Iugoslavia si parla solo nelle conventicole, in uno strano abbinamento di spleen nordico e fatalismo levantino.

C'è chi sterilizza la guerra come interesse speculativo. Al caffè Tommaseo indomiti vecchietti leggono il "Wall Street Journal", spiegano che da duemila anni questa è la prima guerra decisa "tutta fuori dall'Europa", e si preoccupano perché "l'euro nasce senza petrolio e l'asse Londra-Washington ci allontana dalla Russia". Un pensionato scacchista mi guarda con i suoi occhi chiari: "Per noi queste bombe sono semmai il segno del cessato pericolo. I bombardieri vanno lontano. È dal '91 che la guerra si allontana da Trieste. È cominciata in Slovenia, su questo confine. Ora è a seicento chilometri. Lasciamo che si consumi da sé". E l'evento resta così, sospeso come una parentesi.

Si riparte sulla sponda italiana del "mare nostro" e l'auto entra in silenzio nel viola della terza notte. Uno spicchio di luna color ottone tramonta sulla laguna di Marano, pare una fetta di limone sull'orlo di un bicchiere di gin. Albino Troian guarda il mare color dell'argento. È il patriarca dei pescatori di qui. È istriano, esule dagli anni quaranta, ma esule non si sente sino in fondo perché è rimasto pur sempre a pescare sullo stesso mare, di rimpetto al campanile di casa sua, Isola. È difficile sradicare un uomo di mare, perché le sue radici sono cresciute in acqua, sopra la chiglia di una barca beccheggiante.

Albino è nato alla fine della Grande Guerra e da allora ha vissuto tutte le metamorfosi dell'Adriatico. La fine dell'Austria-Ungheria, il fascismo, la guerra partigiana, il comunismo, le foibe, le fughe. Ora la nemesi della pulizia etnica e delle bombe che si abbatte sul paese che cinquant'anni fa l'ha costretto alla fuga. Non ha rancori. Racconta del passaggio dalla vela al motore, della lampara e di mitiche raccolte autunnali di pesce azzurro, quando si andava "a brigada" sotto costa. I tempi in cui l'Adriatico pullulava di vaporetti e non di bombardieri.

Venezia, la campana Marangona batte il tocco delle sette, in cima al campanile di San Marco. Se all'ora del vespro ti capita di restare solo lassù, se nel posto più frequentato del mondo riesci a trovare anche un solo istante di solitudine, allora sentirai il muezzin dall'altra parte del Bosforo. Da Venezia, l'Oriente è una pulsazione vicinissima. Stasera dal campanile sento perfettamente Istanbul, con la notte che scende sui minareti, la luna crescente, il favoloso Altrove dell'Asia. L'Anatolia, il Mar Nero, il Caucaso degli astuti armeni e dei misteriosi azeri.

Se questo mare – scrive il croato Predrag Matvejević – è un golfo veneziano, e se quel golfo è un riassunto del Mediterraneo, allora quella geografia di canali, isole e barene non può essere che il riassunto del mondo, un concentrato di diversità. Niente come l'Adriatico, in questi giorni di guerra ed esodi di massa, ti dice che l'Europa altro non è che una penisola dell'Asia e che lì, a due passi, oltre le isole dalmate, comincia un altro mondo, un mondo che preme da millenni. Una terra inquieta, madre di tutte le migrazioni.

Da cinquant'anni l'Adriatico è stato rimosso dall'immaginario degli italiani, non è più sentito come "*mare nostrum*" ma come mare degli altri. Per la gente è solo il mare dei bombardieri e dei profughi. E mentre l'Italia diventa tirrenocentrica, nessuno dice che, se non ci fosse l'Adriatico, avremmo la guerra in casa; e che – se in questo mare non fosse esistita Venezia – forse non esisterebbe nemmeno la nostra *Östpolitik*. Senza Venezia e il suo capitale di storie e leggende, non ci sarebbe quel residuo di affinità tra le due sponde che ancora oggi, nonostante la cacciata di trecentomila italiani dopo la seconda guerra mondiale, resiste al richiamo distruttivo dei Balcani e offre alle due sponde collaudati canali di intesa.

Stasera il muezzin non è dall'altra parte del Bosforo. È ancora più vicino. Par di sentirlo, sull'altra sponda dell'Adriatico. La Marangona batte e lui risponde con il suo richiamo. Quella voce che torna ti dice che Venezia è la chiave della pace. Ne è sicuro il sindaco Massimo Cacciari, lo conferma il suo vice Gianfranco Bettin. "Basta smettere di vedere i Balcani come cosa separata e pensare in termini di regione adriatico-danubiana. Allora tutto sarà più semplice," spiega. Prima che una risorsa economica, l'Adriatico è un simbolo, e quel simbolo è la nostra carta vincente.

Chi parla di Adriatico mare perduto esprime il rimpianto per l'universalità di Venezia, un'universalità talvolta piratesca, ma più spesso garantista. Il segno di quell'universalità è ancora qui, lo leggi nella topografia ai piedi del campanile, è scritto sulla riva degli Schiavoni, nelle pietre del Ghetto, nel Fondaco dei Turchi, o nell'Isola degli Armeni. Nella pianta a croce greca di San Marco, il più grande tempio d'Oriente.

Nella quarta notte, in un codazzo di gabbiani color fosforo i seicento pescherecci di Chioggia passano in processione le bocche di porto e si sparpagliano nel mare nero verso Istria e Dalmazia. In quel momento, a bordo, comincia l'attesa della collisione con un'altra flotta, con altri motori e altri uomini. Succede da settimane, e tutti sanno che è fatale, inevitabile. Anche l'altra flotta viene dal buio. Scivola nella stessa direzione, si muove alla stessa ora e passa sullo stesso mare. Vola senza luci sotto le stelle, è fatta di ombre che si moltiplicano, vanno in formazione oltre le isole e i monti delle aquile. Lontano.

"Una volta guardavamo le stelle, oggi ascoltiamo i bombardieri." Renzo Zennaro, corporatura stagna e capelli bruni, ha quarantasei anni ed è pescatore da trentadue. Racconta com'è cambiato il mare dell'intimità, il mare transfrontaliero e un po' corsaro che da duemila anni sopravvive alle guerre scambiando genti e mercanzie. Parla con passione di queste acque basse di parte italiana, nutrite dai fiumi, dove i pesci appena nati "xe come i fioi che va a ciuciar el late", sono come i bambini che succhiano il latte. Sa che l'Adriatico è speciale, fertile, generoso. Ha un ventesimo dell'acqua del Mediterraneo, ma produce un quinto del suo pesce.

Renzo e i suoi fratelli sanno anche che quella straordinaria nursery – quel mare della maternità – è diventata un cimitero di bombe. Il secolo dei nazionalismi l'ha riempito di residuati e le acque basse a settentrione li restituiscono tutti. Da decenni i potenti pescherecci d'altura li dragano sui fondali. Bombe a migliaia. La loro presenza silenziosa popola ormai l'immaginario della laguna e accende le superstizioni della gente di mare, anche se a bordo, nella *sgura* del timone, non c'è più la Madonna ma l'ecogoniometro. La paura non è cambiata, anzi. Stavolta, racconta il politico chioggiotto Carlo Alberto Tesserin, c'è qualcosa di nuovo e di peggio. "Finora abbiamo pescato le bombe di ieri. Adesso peschiamo quelle di oggi. E rischiamo di saltare per aria."

Albeggia, l'auto punta verso sud, argini, fiumi e canali dove mare e terra si confondono. Con la brezza del mattino nevicano fiori di acacia e castagno, e il campanile bizantino di Pomposa dice che da qui in poi l'Oriente mi seguirà passo passo, fino a Otranto. Ed è fantastica la prima luce d'Oriente sul Delta, dove l'acqua del Po diventa "mar grando". All'imbarcadero deserto di Ca' Venier, cuore della Camargue italiana, il mormorio del fiume mi chiama fuori dal tempo. E poi il silenzio di Comacchio, con la circumnavigazione delle sue acque fertili, misteriose ovaie di un Adriatico che fa da grembo al Mediterraneo intero.

In quelle ore sospese anche l'automobile, mezzo normalmente detestabile, ti aiuta a riscoprire il piacere della lentezza, la libertà del contatto con il territorio. Come Edith Wharton, che nel 1904 percorse la Cassia da Viterbo a Siena a bordo di una mitica Panhard-Lévassor. O come Bernard Berenson, che scoprì l'arte senese spostandosi in moto o in bicicletta. La vecchia strada comincia a raccontare. La luce cambia, si fa più gialla, mediterranea. Quando cerchi un cielo italiano, pensi a un cielo così.

Cesena, la quinta notte adriatica svela altri segnali nel cielo. È una tempesta elettromagnetica, un cortocircuito anomalo di cellulari. Lo senti perfettamente, dalle centrali di ascolto della polizia. Sono chiamate fra le due sponde che a un tratto si intensificano, entrano in parossismo, diventano uno scambio concitato in codice. Ottanta, novanta, anche cento telefonate in quattro-cinque ore. Se accade, stai sicuro: stanno per sbarcare dei clandestini.

Oggi la talpa elettronica è entrata nel telefonino di uno scafista di nome Raoul che sta partendo da Lussino, Dalmazia. La voce gracchia: "Stasera parto prima! Non voglio che venga su il maestrale come ieri!". In sottofondo il rumore del mare, gabbiani, vento, bestemmie. Dall'altra costa risponde il basista: "Butta, butta più calamari possibile". I calamari sono i cinesi arrivati in Croazia da Belgrado, rinchiusi da giorni in una casa di Lussinpiccolo. Vanno consegnati in Romagna alla mafia pechinese che li deve recapitare in Francia. Per questo il basista insiste: portane di più. Meno viaggi, meno rischio.

Dopo due ore ecco il terzo uomo, chiama da Trieste ed è il responsabile della movimentazione a terra. Parla con il "cervello" delle operazioni, un ricercato sloveno di nome Drago. È l'unico personaggio sempre in scena. Tutti gli altri sono esecutori intercambiabili; per sicurezza, non si conoscono tra loro e ricevono le istruzioni all'ultimo minuto. Si parla il meno possibile. "Tutto bene?", "Sì, oggi è buono". Togli le bestemmie, ed è un dialogo senza emozioni, esprime la noia di un meccanismo collaudato, ripetitivo come una catena di montaggio. I passeggeri sono "pacchi". E quando annegano – rivela la drammatica intercettazione di uno sbarco in Puglia – sono solo "pacchi perduti".

Risacca, stelle. Altra chiamata, dalla centrale d'ascolto sento in sottofondo il gommone che scalda i motori. Ultimi accordi, l'arrivo è previsto per l'alba. Di nuovo vento, e gabbiani rauchi che sbucano dalla lunghezza d'onda dei passeur. È una storia con mille voci, questa. Ma tra queste mille ce n'è una sola che non senti. È quella dei passeggeri. I calamari non parlano, figurarsi i pacchi. Viaggiano muti e inconsapevoli, non sanno mai dove si trovano. I cinesi specialmente. Non si lamentano, aspettano, sanno di essere merce preziosa. Costano fino a venti milioni a testa.

La radio gracchia di nuovo, spunta Yang Yong Li, il referente cinese in Italia. Ha noleggiato due furgoni per ritirare la merce, l'appuntamento è sull'autostrada, "allo stesso punto dell'altra volta". Anche l'approdo si rivela: la spiaggia di Cesenatico. Perché un posto così affollato? Ovvio, è il miglior nascondiglio possibile. Gli extracomunitari la mafia te li scodella così, sotto il naso. Motoscafi tra altri motoscafi, carne umana in mezzo ad altra carne umana, il dolore che scivola clandestino nella capitale europea del divertimento.

Le telefonate si fanno più brevi, nervose. Il cinese con i furgoni chiama il basista sulla costa romagnola, concorda il rendez-vous verso la spiaggia. "Io sono con la solita macchina, va bene?" E Yang Yong Li: "E io sono vicino al ristorante-pizzeria". L'italiano si accerta dell'aggancio: "Adesso mi segui e vieni giù con me tranquillo, ok?". Per mezz'ora i due furgoni guidati dai cinesi e l'auto italiana si chiameranno al ritmo di una telefonata al minuto. Sta per scoccare l'ora zero.

Ore 23.47, Yang parcheggia vicino a un gruppo di camper. Oltre non c'è che la spiaggia e il mare nero. È nervoso, lo scafista non ha ancora telefonato. Chiede: "Tra quanti minuti?".

"Non so, stai tranquillo là. Chiudi il finestrino, non fare confusione. Silenzio e aspettiamo che arrivino, va bene?" risponde l'italiano.

Ore 0.22, prima chiamata dal gommone.

"Pronto?"

"Pronto!" Il basista si sbraccia, fa segnali luminosi con due torce elettriche. La polizia è già appostata; ora può seguire in diretta anche le immagini del film. "Vieni trecento metri più a sud! C'è una festa, lì," urla Raoul cercando di superare il rombo dei motori. "Dove sei?"

Il basista fa altri segnali: "Mi vedi? Non vedi che siamo qua?".

"Dove?"

"Qui, davanti al chiosco!"

Il lungomare è pieno di giovani che bevono, ballano in una musica assordante, e le ombre mute d'Oriente attraccano lì in mezzo, invisibili in quella baraonda surreale. La macchina del Bengodi non si ferma per loro. Raoul riparte a manetta, scompare nella notte. Il basista torna a casa. Sapranno solo la mattina dopo dell'arresto della gang cinese al completo. La talpa li sentirà ancora dialogare in codice. "Gli scolari hanno trovato la maestra e sono andati subito in garage." La maestra è la polizia e il garage è la galera. Bestemmia come risposta. "Hanno pescato?"

"I calamari li hanno fritti."

Altra bestemmia. "E adesso?"

"E adesso vedremo."

Finisce all'alba, con il freno a mano tirato sul lungomare di Rimini e l'esercito del dopo-discoteca che aspetta il sorgere del sole dall'altra sponda. La guerra è lontana? Macché. Qui c'è un'antica consuetudine di rapporti con l'Altrove danubiano-balcanico. Uno dei più vecchi alberghi si chiama Hungaria, in onore dei primi ospiti stranieri del secolo scorso. Anni fa Pietro Arpesella, novant'anni, pimpante patriarca del mondo alberghiero, acquistò lo yacht di re Faruk per portare i clienti dalla Riviera al casinò di Portorose. E negli anni ottanta, quando scoppiò la peste delle mucillaggini e dell'eutrofizzazione, fu Rimini a guidare una grande mobilitazione transadriatica per il risanamento del Po.

E poi, il fantasma del *Rex*, evocato da Fellini nella scena centrale di *Amarcord*. Il transatlantico che appare nella nebbia – o in sogno, non si sa – davanti a Rimini, va poi a morire, nella realtà, davanti a Capodistria – riecco l'altra costa – sotto le bombe degli angloamericani.

Massimiliano Filippini è il segretario della fondazione che porta il nome del regista romagnolo e racconta come, sotto forma gigantesca di relitto semiaffondato, il mito del *Rex* persista, corsaro, anche in Slovenia. Lo spolparono per giorni, i ragazzini della costa, prima dello smantellamento. Nuotarono fin dentro il ponte di comando e ne riportarono vittoriosi trofei. A Rimini sanno che, oggi, i resti della più bella nave del mondo sonnecchiano nelle credenze di Capodistria. Da qualche anno è ricomparsa pure l'ancora. Non sta sul mare ma in mezzo ai monti, in una piazza di Lubiana. Dopo l'indipendenza dalla Iugoslavia, celebra il guardingo rapporto degli slavi subalpini con il mare.

Statale 72, tra Rimini Sud e San Marino. Che posto. Infilo quaranta ipermercati in dieci chilometri. Tra un'ora, a giorno fatto, sul nastro a quattro corsie che decolla verso il Monte Titano le auto formeranno un fiume lento per sbarcare orde di compratori-pellegrini verso le nuove cattedrali del consumo. "Solo nel Kansas ho visto qualcosa di simile," mi raccontava lo scrittore imolese Alfredo Antonaros. E di fronte all'impressionante numero di giovani che si prosternano davanti alla nuova Mecca, commenta con un po' di amarezza: "È la nostra generazione che li ha calati nella religione unica del denaro. La generazione che ha sgobbato da mattina a sera per costruire ricchezza su una storia millenaria di miseria e pellagra".

Senigallia. Al tramonto, l'auto segue dolcemente la salsedine che si arrampica in collina, dove il mare si spalanca a centottanta gradi dalla Romagna all'Abruzzo. La bora batte forte su questo punto della Riviera, forma lunghe linee parallele di schiuma, dice che l'Italia adriatica è un'altra cosa. Non è retrovia, come il Tirreno. È prima linea, è la costa più esposta al nuovo tempo. All'immigrazione di clandestini e all'emigrazione di imprese, alla guerra e alla new economy, alla filosofia dell'accoglienza e al capitalismo molecolare.

Adriatico è, dal Veneto alla Puglia, la rivoluzione permanente di un paese diverso, laboratorio di un pragmatismo economico senza massimalismi né dogmi. È mare europeo, senso-

re geopolitico, ponte per la ricostruzione dei Balcani, trampo-
lino della delocalizzazione industriale verso oriente, mare del
contrabbando e della pesca, del commercio e del turismo. Mare delle diversità e delle identità più inquiete, mare di Roma e
Bisanzio, risorsa storica, ponte simbolico verso l'altro mondo.

Sergio Anselmi si passa una mano tra i capelli candidi, fiuta l'orizzonte come un vecchio lupo. "L'Adriatico? Mai stato
in pace. È un miracolo che sopravvive alle tensioni che lo cir-
condano. Turchi, bizantini, veneziani, slavi, inglesi, francesi,
austriaci; mancava solo la Nato. Tutti a farsi la guerra qui. È
un mare inquieto: la pirateria è finita nel 1830. E fino a ieri le
Tremiti erano una Tortuga."

Nel suo rifugio in collina, Anselmi raccoglie storie adria-
tiche da una vita. Quelle storie rivelano le guerre ma anche il
miracolo: la straordinaria complessità di un mare capace di
tutto. Persino di lasciare ai turchi la loro base veneziana al
tempo di Lepanto, la battaglia delle battaglie fra Occidente e
Oriente. Come spiegarlo alla gente? Come dire che qui le civiltà entrano in collisione, ma restano anche legate da una rete corsara di contatti? Oppure che queste coste in conflitto,
alla fin fine, si somigliano e si cercano?

Dopo la tempesta, dai colli dell'Anconitano vedi la Dalmazia e, dietro la linea di costa, il profilo delle Alpi Dinari-
che, spina dorsale dei Balcani. Otto anni fa, la guerra che chiude il millennio in Europa è cominciata lassù, in un posto chiamato Krajina, cioè "terra di confine". "Uno non ci pensa,"
osserva Anselmi, "ma la parola Marche vuol dire la stessa cosa. Quella oltremare era frontiera armata degli Asburgo; questa, frontiera carolingia." Entrambe, margine meridionale di
un impero.

Vallo a dire al soldato John che la costa italiana è piena

d'Oriente. A cominciare dai santi: Nicola, Marco, Ciriaco, Teodoro. Tutti bizantini. Orientali anche i fregi antichi: pavoni, draghi, leoni e favolosi grifoni. E poi le immigrazioni, secolari, dall'entroterra poverissimo dell'altra costa. E ancora le navi, che già nel Quattrocento formavano equipaggi misti: marinai di Pesaro e Zara, Fano e l'antica Ragusa. "Oggi questa complessità è in pericolo," taglia corto Anselmi. "Una guerra decisa altrove rischia di separarci dall'Est e di ridurre l'Adriatico a una barriera."

Sesta notte, il porto di Ancona vuoto sotto i cieli di guerra. Crollate le prenotazioni per la Dalmazia, dileguati i turisti, spariti gli speranzosi pellegrini di Medjugorje. All'imbarcadero per Spalato e Dubrovnik, al posto del solito, infernale casino multilingue, oggi c'è il silenzio un po' triste di pochi camionisti e qualche operatore umanitario. Le etnie d'Oriente oggi ad Ancona le trovi solo nella storia. Nascoste nelle icone e nella pianta a croce greca della basilica di San Ciriaco. Oppure nell'elenco del telefono. Schiavi, Schiavoni, Schiavetti, Albani, Albonetti, Tuchi, Turci e Del Turco. Un terzo dei marchigiani ha il cognome con il marchio d'origine. Successe dopo la grande peste del 1348, quella del *Decamerone*, che desertificò la Penisola. Per ricacciare indietro la selva che invadeva i campi, i Malatesta e i della Rovere reclutarono per più di un secolo gli "schiavoni", cioè serbi, croati e bosniaci. Genti, quasi sempre, in fuga dalla miseria o dalla giustizia. Purché validi, potevano immigrare con la famiglia, avere un paio di buoi e inserirsi nella mezzadria.

Vennero anche gli albanesi, accompagnati da una pessima reputazione. I testi medievali li descrivono come gente adatta "*ad necem et interfectum*", ad ammazzare e ferire. Montanari poverissimi e abituati a maneggiare il coltello, furono usati per i lavori sporchi. Fecero i boia per torture ed esecuzioni; un po' come gli zingari sotto i turchi. Venezia li reclutò come sbirri: erano gli "infami cappelletti" che terrorizzavano la terraferma. L'uso, ovviamente, accentuò il pregiudizio. E oggi spiega, forse, la diffidenza.

Dopo Recanati comincia il mondo piceno. Finisce la succursale sud della rossa Romagna e ti si spalanca davanti una riedizione del Veneto bianco. Stesso moderatismo sottopelle, stessa monocultura del capannone, stessa dissipazione del territorio. Subito la tua velocità di crociera diminuisce. Da Porto Potenza Picena fino a Porto San Giorgio ti esplode sotto gli occhi un boom paesaggistico, economico e sociale. Civitanova, polo mondiale delle suole in poliuretano, è un tango adriatico di speculazione edilizia e turismo, capannoni e pescherecci, agricoltura e piccolo artigianato. Una conurbazione intasata di Tir, con un'impresa ogni sette abitanti e il diavolo in corpo del capitalismo fai-da-te.

Sulle colline dell'interno, il tango diventa rondò. All'ippodromo di Piani di Falerone, presso Montegiorgio, incontro la new society marchigiana che flana tra le gradinate del trotto e il ristorantone, sbarca cavalli nervosi dai rimorchi, li copre con gualdrappe griffate. È un allegro rito collettivo che profuma di biada e gelsomino, ignora i grandi eventi che in questi mesi hanno invaso cielo e mare, consente a decine di migliaia di persone di ostentare il loro status fra un parterre e gli sportelli scommesse.

Mi lascio catturare dalla topografia dispersa di villaggi antichi, splendidi e semideserti: Amandola, Castigliano, Offida, Montefiore e Monteleone. In basso, lungo le fiumare parallele, le luci di un'economia di fondovalle nuovissima e caotica che esplode, entra come un cuneo fin sotto la dorsale dell'Appennino. Come il greto dell'Aso, che muore a Comunanza, fra i capannoni Merloni e Della Valle. "Ancora trent'anni fa," raccontano, "sulle colline sentivi il ticchettio dei ramai, la gente parlava il gergo delle corporazioni dei mestieri. Oggi è finita, i paesi sono dormitori per chi va a lavorare in valle."

Settima notte, spengo il motore sulla spiaggia di Alba Adriatica per sentirli passare. Rieccolo il tuono lungo, a mezzanotte meno un quarto. Taglia diagonalmente la linea di battigia a dodicimila metri. Il cielo stellato è piatto, senza vita né profondità. Non è più ordine, vibrazione, la nota unica che sottende il concerto universale. Forse il cielo è morto. Ma se è morto, non l'ha ucciso la guerra. Lo uccide questa società edonistica che – per bruciare la vita nel consumo del presente – occulta i conflitti, li contrabbanda come evento pulito.

Un sistema che cancella meticolosamente i segni della morte non può sopportare ciò che dura e rammenta l'eterno, universo incluso. Così, privati dell'orizzonte, ci ritroviamo a cercare le nostre luci primordiali senza più avere l'alfabeto per leggerle, a cercare stelle di plastica e soli da supermercato, frugando alla rinfusa sotto le voci superstizione, creme abbronzanti, oroscopo, estasi mistica, canzonette, esoterismo. A viaggiare nel delirio cosmico, tra svastiche e soli alpini, guru, orge equinoziali e ossessioni suicide di gruppo.

La regolarità degli astri, che ha orientato gli uomini per millenni, non mi rassicura più. Il cielo è diventato patrimonio per pochi. Ai berberi e ai tuareg le stelle sono ancora essenziali per navigare nel grande mare di sabbia chiamato Sahara. In un libro sull'Afghanistan di Niccolò Rinaldi, un piccolo profugo di guerra così racconta la fuga della sua gente verso il Pakistan attraverso il Passo Kyber. "Quando la luna e le stelle scomparvero dietro le montagne ci dicemmo: chissà, magari non torneranno. Invece la notte successiva rieccole di nuovo sopra la nostra testa; eppure eravamo in un posto diverso e lontano. Allora non abbiamo più avuto paura di scappare."

Torna il silenzio, le stelle si inclinano verso occidente. Ma succede sempre più raramente di sentire il viaggio del cosmo come simbolo, metafora della rigenerazione e del Grande Ritorno. Perché accada, devi cercare in altri cieli. Una volta, in Africa, nella stagione implacabile in cui il sole riduce il tempo a un'attesa stremata della notte, i tamtam sotto le stelle mi dilatarono la percezione dell'orizzonte al punto da accompagnare, propiziare quasi, il movimento degli astri, sotto i quali la Terra parve ruotare e inclinarsi a vista d'occhio.

Sulle risaie dell'Indonesia montana vidi errare piccole luci. Erano i contadini che andavano a controllare la crescita dei germogli nei semenzai. C'erano lucciole dappertutto, e un mare di stelle. La Terra si specchiava nel cielo e il cielo nella Terra. E il rito stagionale del riso era immutabile come il passaggio delle stelle; sembrava aiutarlo, persino renderlo possibile.

Ottava notte, digressione appenninica verso il Gran Sasso e la Maiella. Sotto le stelle, un tornante dopo l'altro, la Statale 5 bis taglia il bosco verso la fortezza di San Panfilo d'Ocre, un posto da *Indiana Jones e l'ultima crociata*. Di fronte, oltre la conca aquilana, il Corno Grande emerge lentamente dall'altopiano del Gran Sasso spalmato di una luce liquida, azzurrina. Salgo ancora e ritrovo l'Erzegovina. L'altopiano delle Rocche, a quota 1300, ha lo stesso allineamento nordovest-sudest, le stesse dorsali regolari, le stesse valli carsiche chiuse e pianeggianti ad alta quota, gli stessi pascoli del mondo guerriero che ha incendiato la Iugoslavia.

Poco oltre, il Sirente, immerso nella sua leggendaria solitudine. Un bastione immenso, isolato come un *Titanic* in navigazione sotto l'Orsa Minore. Sopra le mandrie e la boscaglia, fa da spartiacque tra i due mari in modo così perfetto che dalla cima, quando fa bello, si possono vedere contemporaneamente Tirreno e Adriatico. Dicono che l'architrave del Centro Italia non sia la Maiella, e nemmeno il Gran Sasso. È questa montagna dal nome lunare dove si ritirarono gli ultimi briganti. Se avessi una tenda, la pianterei qui.

Dopo le gole di San Venanzio, le rocce gialle cariate e la fonte di acqua terapeutica, non faccio in tempo a uscire sulla piana di Sulmona e già sbatto contro la muraglia buia del Morrone, monte santo e famigerato. Nel Duecento, vi si ritirò in eremitaggio Celestino V, l'unico papa della storia dimessosi per protesta. Fu uomo fiero, dicono qui, non un vile come vorrebbe l'Alighieri: denunciò la corruzione romana, e per questo favoleggiano che il Vaticano lo abbia fatto ammazzare con un chiodo nel cranio. Così Celestino rivive come leggenda, rivendica un'identità appenninica forte, moralizzatrice, contrapposta alla romanità. È sentito come genuina espressione di una millenaria vita pastorale.

A ora di cena, traverso a piedi il borgo di Pacentro, adagiato lungo un crinale fra i pascoli della Maiella e il fondovalle. Il luogo esprime forza e ricchezza antiche. Dalle tre torri di guardia in giù, sono due ali di case ininterrotte, bucate solo da qualche arcata, aperta su scalette che discendono i fianchi del monte. È la quintessenza del paese italiano. Acciottolio di stoviglie, profumo di caciotta, bucatini e melanzane.

Grappoli di lumini sui monti. Dall'Adriatico verso la Maiella, l'Abruzzo emana la forza dei "luoghi-rifugio", la stessa che trovi nei percorsi di crinale e in quelli di transumanza. È il cuore della civiltà appenninica, la base stessa del mondo italico. Un mondo più antico di Roma e della stessa Grecia, dove le genti impararono a coltivare pendii inospitali. Fu luogo di sussistenza e insubordinazione, brigantaggio e monachesimo. Due facce dello stesso mondo pastorale e contadino.

Albeggia, plano di nuovo sulla costa e improvvisamente la scarpata si fa più aspra, gli odori più densi. La battigia, ossessivamente rettilinea, non offre protezioni; i villaggi si arroccano sui crinali, come se temessero l'acqua. Scompaiono l'elemento veneto e anche quello bizantino: scompare, di conseguenza, la percezione del mare. Prevale anche qui un mondo terragno, pastorale e longobardo. Un mondo dove le città e le diocesi lasciano spazio ai villaggi e alle abbazie.

L'Abruzzo è una lunga parentesi nel mare della guerra e del commercio. Non ha porti di rilievo, già i greci lo scartarono come approdo. Ai romani non interessava, perché non portava a nessun Oltremare. Le grandi strade lo evitavano con una forbice aperta: la Flaminia andava a Rimini verso il grande Nord, l'Appia puntava su Brindisi, imbarco per Durazzo e la Macedonia. Togli la pesca e qualche fiera, togli D'Annunzio e l'impresa fiumana, pare che da allora gli abruzzesi abbiano guardato poco all'altra costa. Al punto di volgere le spalle al loro mare e cercare a occidente. A Napoli, porto dei Borbone.

Così, quando un mattino sono arrivati su Ortona e Lanciano gli elicotteri Apache diretti in Albania, spazzando l'acqua con i rotori come in *Apocalypse Now*, la gente si è accorta non solo della guerra ma anche del mare. Irrompendo come un tuono sulla spiaggia del week-end, i mostri volanti bruciavano in pochi secondi la distanza storica di un'intera regione dal più favoloso dei mari italiani.

Ma eccolo, sotto la luna della nona notte. Lo vedo da lontano, alto sull'onda lunga delle Murge. Castel del Monte, la più bella rocca di Federico di Svevia, è lì che annuncia il suo enigma come un'astronave in mezzo ai grilli. Il suo prisma freddo è il punto zero di uno straordinario spazio nomade. In alto, scie fosforescenti di aerei ripetono la forma lunga della Puglia. In basso, strade e sentieri disegnano la trigonometria di antiche transumanze. Al largo, oltre i campanili di Trani e Molfetta, il Mediterraneo che scotta: le rotte dei mercanti di merci, uomini e armi. È la percezione dell'Oriente che ritorna prepotente dopo la parentesi abruzzese.

A quell'ora l'ottagono di pietra diventa un osservatorio astronomico. Le sue feritoie dividono lo spazio in angoli perfetti di quarantacinque gradi. Con la pioggia, attraverso una rete di canali, raccoglie ancora enormi quantità d'acqua. Dentro, invece, è quasi inabitabile: non ha cucine, non ha stanze per i servi e nemmeno una sala del trono. Dove dormiva Federico di Hohenstaufen? Poi capisci: non stava dentro il castello, ma fuori. Era un re nomade e dagli arabi aveva imparato a vivere in tenda. L'ottagono non fu che la reception di un enorme accampamento, la base – una delle tante – di una capitale mobile. Ospitò, forse, l'ultimo capo di stato italiano capace di entrare "dentro" il territorio.

A Bari c'è un vertice italotedesco sull'emergenza balcanica, in corso Vittorio un'improbabile fontana dà il benvenuto al cancelliere tedesco Schroeder sincronizzando gli zampilli con le note wagneriane della *Cavalcata delle valchirie*. Le vie sono piene di insopportabili delegazioni ministeriali e di rumorosi marinai inglesi alla ricerca di birra. Ma la città vecchia e persino le architetture imperiali fasciste restano estranee a tanta confusione. Al tramonto, centinaia di rondini fanno ressa attorno alla basilica di San Nicola. È affidata ai domenicani, i frati che da secoli hanno una delega speciale per dialogare con l'Ortodossia e l'Islam.

"Non possiamo risolvere questo conflitto a Est con logiche occidentali. Quello è un mondo che non entra nella modernità come vorremmo noi." Raffaele Nigro sembra ammonire le diplomazie. È la voce di una terra che meglio di altre capisce il Levante: la Puglia. Il suo libro *Adriatico* guarda alle genti dell'altra sponda come a una fonte di rigenerazione, e al Mediterraneo come a una straordinaria risorsa. "I Balcani," riflette, "non hanno avuto nulla di simile al nostro Ottocento per approdare alla nazione e alla democrazia." E azzarda: "Forse è fisiologico che abbiano dei morti".

Davanti a una granita, Franco Cassano mi spara una domanda secca come una fucilata. "Come può un'alleanza che si chiama atlantica risolvere un problema tutto mediterraneo?" Sociologo, autore di libri come *Pæninsula* e *Mal di Levante*, Cassano è nato sul mare delle Marche, vive a Bari e si definisce "adriatico". "Che Blair sia un fondamentalista Nato è ovvio, la grandezza inglese è tutta oceanica. Ma il resto d'Europa? Senza una percezione nostra del problema ne usciremo con le ossa rotte. L'Adriatico è il perno di tutto: la caduta del Muro gli aveva restituito il suo senso economico, culturale e simbolico di ponte. Oggi, lo scontro dei fondamentalismi può separare di nuovo ferocemente i due mondi."

La decima sera bighellono tra i vicoli della città vecchia e fatalmente la parola "Atlantico" entra in cortocircuito con il luogo, rimbalza come un flipper, accende una domanda dopo l'altra. Ti chiedi: in questo fondare la sicurezza solo su un mare altrui non c'è una rinuncia al "*mare nostrum*" e quindi alla nostra identità? Possiamo accettare che il Mediterraneo si allarghi solo perché l'Atlantico si restringa? E questo nostro baricentro che si sposta a occidente non rischia di riattivare lo scontro di civiltà trasformando le terre e il mare di mezzo in una linea di frattura assai più implacabile della Cortina di ferro?

Ti avvicini al *finis Terræ*, e ti appare sempre più chiaro che è proprio quell'Oriente a dare il senso più pieno alla peninsularità italiana. Forse tutto è molto semplice: l'Adriatico è il luogo dove "l'altro" è più vicino. Chi c'è oltre? È una domanda che su questo mare accende il tuo immaginario dalla nascita, fin dal tuo primo contatto con la linea di costa.

Un barese, Danilo Capasso, sa evocare con parole suggestive gli spazi della Grande Russia, i monasteri sul Lago Bajkal, i silenzi siberiani. Anche la Fiera del Levante di Bari è figlia dell'idea che dall'altra parte "vale la pena andare". Da questa idea nasce un'appartenenza forte al punto che, sulle coste italiane, l'adriaticità prevale sulla latitudine, avvicina Nord e Sud assai meglio del Tirreno. Di certo, in Puglia conta più della meridionalità. A Bari c'è più Trieste che Reggio Calabria: e cosa se non l'anima "levantina" può accomunare il porto del Tavoliere a quello della Mitteleuropa?

Prova a guardare dal Gargano la retta infinita che divide il verde dell'Adriatico dal giallo andaluso del Tavoliere. Indica l'oriente. Solo a quel punto ti accorgi che lo Stivale s'inclina, che la Puglia non è affatto Sud ma guarda a settentrione. L'Adriatico è il Mare del Nord. I latini lo chiamavano *superum*, mentre il Tirreno era *inferum*, meridionale. Se dal Gargano tiri una linea verso ovest, incontri la Catalogna, profondo Nord della dirimpettaia Spagna. La prova? Parti dallo sperone del Gargano e tira giù dritto a sud lungo il sedicesimo meridiano. Non troverai il tacco volto a oriente. Troverai la punta dello Stivale. La Calabria. Tra Ionio e Tirreno.

Undicesima notte. Gli aerei dalla base Nato di Gioia del Colle decollano ogni dieci minuti, passano in accelerazione sopra Alberobello, martellano le colline dei trulli. "È una guerra che va oltre la comprensione della gente," commenta Giovanna Gioia del movimento pacifista della Pax Christi, a Putignano. "Prima non capivamo cosa succedeva oltremare, oggi non comprendiamo nemmeno cosa succede da noi," aggiunge. E racconta di una forte mobilitazione umanitaria che rischia di diventare disorientamento collettivo.

Manca una spiegazione, ma manca anche l'organizzazione. La Puglia si sente comunque un po' sola di fronte all'emergenza. Grazia Rita Pignatelli lavora per il Coordinamento Rifugiati e spiega la difficoltà di gestire un campo profughi come quello di Bari-Palese. Non sono solo le roulotte, che di giorno diventano fornaci, messe lì sull'asfalto. Non è nemmeno il caotico sovrapporsi delle iniziative. È la gabbia burocratica che complica le cose più semplici. Tira vento, l'auto cerca la fine del mondo su strade rettilinee tipo Arizona.

Sul Tavoliere esplode l'ultimo tramonto – giallo, desertico – e in fondo si spalanca il baratro dei Sassi di Matera. È il tuffo al cuore, il miracolo di un Golgota e di un Getsemani fusi in un unico paesaggio. Prendi i pinnacoli sforacchiati della Cappadocia, avvicinali, riempili di vita e fanne una città. Sopra, mettici chiese barocche capaci di trasfigurare quel termitaio, di governare quel mondo pagano di grotte e di acque. Al vespro, dentro il duomo, è Spagna cattolica profonda. Luccicanti ex voto, fruscio di ventagli, mormorio di litanie. Ma è solo apparenza. Dietro la Madonna del Granato c'è ancora Demetra, lo spirito del melograno, la dea madre del Mediterraneo.

L'ombra sale tra i muretti a secco, gli anfratti, i capperi rampicanti, le grotte. In attesa dell'Invisibile Armata diretta oltremare, i falchetti del Tavoliere invadono il cielo. Poi escono i pipistrelli, e la luna, spuntando dalla parte di Taranto, inonda i macabri bassorilievi barocchi della chiesa del Purgatorio. Sono scheletri di papi, notai e contadini che si contorcono gridando a Dio l'eguaglianza degli uomini. Eguaglianza solo in morte, perché il vescovo Lanfranco viveva da solo in seimila metri quadrati. E poco più in là – nelle grotte dei Sassi – si stava in quindici in trenta metri quadri, con il maiale e le galline.

La brezza appenninica investe quel presepe franoso e popolato di lumini, raffredda le rocce dell'altopiano, ne cava un lamento soprannaturale.

Tramonta la luna sul Salento, il tacco d'Italia. La radio dice che anche stanotte, tra il faro di Sant'Andrea e quello di Otranto, sono arrivati scafisti con i clandestini dell'altro mondo. Ottanta, forse cento. L'auto vibra nel vento forte in mezzo alle ombre delle vigne chiamate Negramaro. Il Salento non ha montagne, scirocco e tramontana lo spazzano brutalmente. È piatto come una zattera, e quella piattezza dice che ogni chiusura è insensata, che non c'è arroccamento che tenga. Anche davanti agli uomini. Termina la dodicesima notte, l'ultima. Davanti a Otranto si alzano le stelle dai monti d'Albania. In un luogo dove la terra finisce, di fronte all'Altro che sbarca non c'è difesa e non c'è alternativa all'accoglienza. Eppure il contatto con l'Oriente è stato, a volte, terribile.

Entro a piedi nella fortezza, salgo fino alla cattedrale che conserva, accatastati in otto macabre teche, gli ottocento teschi degli uomini uccisi dai turchi di Ahmet Pascià dopo l'assedio, alla fine del Quattrocento. Su reminiscenze analoghe – a Niš, in Iugoslavia, c'è una grande torre dei teschi – i cristiani d'Oriente costruiscono martirologi, miti e vendette. Qui è andata diversamente. Nella stessa cattedrale degli ottocento Martiri, c'è anche l'immenso mosaico di un albero della vita con il tronco piantato in Roma e le fronde protese verso Gerusalemme. Da otto secoli quella pianta mostra agli italiani, verso il Levante, la terra del destino.

primavera 1999

IL *FRICO* E LA *JOTA*
Il profondo Nordest in bici

La vedo da lontano, appena la bici scollina sotto l'abbazia di Rosazzo e si tuffa a settanta all'ora verso la pianura friulana. Isolata, spaziale, inconfondibile, totalitaria, quasi sovietica. Bersaglio perfetto per un'esercitazione di tiro. La Supersedia, enorme in mezzo al nulla, alta come una casa di sei piani, prodotto doc del popolo saldo, onesto, lavoratore. Unico monumento di Manzano, un posto dove in piazza non c'è nessun Garibaldi, nessun Nino Bixio, nessun Risorgimento, nessuna Resistenza, nessun mito umano. Ma c'è lei, la sedia moltiplicata per cinquanta. Il nuovo campanile, il nuovo faro del Friuli che lavora. Lei: dio, totem e vitello d'oro del distretto della sedia. Il più orientale del pianeta padano.

È deserta la cittadina mentre l'attraverso in souplesse, non c'è nessuno sotto il sole di maggio. Tutti in capannone a produrre. Sedie, milioni di sedie. La comunità intera sogna e lavora solo in rapporto a quell'oggetto. C'è da capirla: da lì ha avuto ricchezza e affrancamento. Solo che adesso la Cosa è accettata anche come destino, ha sostituito Dio. Quel monumento comanda: non avrai altre Cose al di fuori di me, non tradurrai il profitto in altri oggetti, reinvestirai il denaro tuo solo per riprodurmi e moltiplicarmi. Pedalo fra serrande abbassate, non ci sono quasi negozi a Manzano, qui la ricchezza non diventa consumo. Pochissimi marciapiedi, anche; non esiste spazio comunitario oltre lei.

Allora anche il prete si sente spiazzato da questo nuovo paganesimo che non tollera ribellioni. Se cerchi un mestiere incompatibile con il legno, per esempio l'elettricista, ti tocca emigrare. La comunità ti espelle. Ma tutta l'Italia è dominata da oggetti-tiranni, è diventata un arcipelago di distretti che producono monoteismi assoluti e incomunicabili. Nasce così il nuovo fondamentalismo blindato delle piccole patrie. E poiché l'ultimo grande dio veramente nazionale – l'auto – agonizza da tempo, oggi governano questi figli di un dio minore, con poca anima e tanti estrogeni. Le armi in Valtrompia, i prosciutti a Langhirano, i reggipetti a Lavello, gli occhiali in Cadore, la mela in Val di Non. Ti chiedi se l'Italia esista ancora.

Inizia così, dalla Supersedia alta nella pianura, il nostro viaggio lento nel Nordest. E forse, più che un viaggio, è un'evasione, una fuga dall'ansia di sentirsi braccati. Un giro insensato in un universo penitenziario dove le banche sembrano galere, Fort Knox e Alcatraz insieme, dove i centri commerciali paiono templi aztechi, le periferie necropoli, i pollai discoteche. Nordest. A mio padre che passava di qui in bicicletta, indicava ancora una fantastica direzione. Ora è il marchio doc di un luogo che non porta da nessuna parte, si specchia in se medesimo. La stigmata di uno spaesamento senza ritorno, di una follia sedentaria, un incredibile autosfruttamento di cui la megasedia solitaria è solo la prima, pazzesca icona.

È dalla caduta del comunismo che il Nordest ha smesso di produrre miti e proporre un Altrove. Non offre più alla nazione il suo ruolo di porta d'Oriente. Anzi. Forse non c'è posto dove l'Oriente faccia più paura. A Nordest temono l'albanese, non il nigeriano; l'iracheno, non il senegalese. Vivono la sindrome etnica di un mondo padano ricco che ridiventa "barbaro", spazio brado, territorio comanche. Est, appunto. Sigla fredda come il marchio indelebile delle periferie sovietiche. Stravolta anch'essa da un totalitarismo, quello del mercato.

Premariacco, Moimacco, Ziracco. Attorno a Cividale i nomi di luogo si fanno longobardi, la bici fila sotto un cielo basso, ma da qui sino ai prosciuttifici di San Daniele è tutto l'industrioso Friuli che pedala, tirato come un ciclista al massimo della forma. Ha i muscoli gonfi: inventa, produce, investe, esporta, progetta, compra e vende. È talmente impegnato a far funzionare la macchina dell'economia che non ha tempo per guardarsi attorno e riflettere. Forse non vuole pensare che al suo gigantismo economico corrisponde, come mai in passato, un nanismo politico che lo rende fragile, esposto ai colpi di vento.

Come altrove nel Nordest – questo turbodiesel senza macchinista – anche qui spunta la tentazione di guardare al mercato come a un grande taumaturgo, di sperare nel globale come in un dio capace di supplire al vuoto della politica e generare da solo buona amministrazione. È un'illusione ottica, ovviamente. Anche perché essa aumenta, anziché colmare, il vuoto della politica. Finora è andata bene, perché la congiuntura è stata favorevole e il commercio internazionale ha continuato a girare. Ma, ci si chiede, in tempi di vacche magre cosa accadrà? Come reggere, nella regione di frontiera, in assenza di una macchina di governo capace di fare una politica attiva rispetto al mercato, e non semplicemente di subirlo?

"È dalla fine dell'Ottocento che qui manca una classe dirigente all'altezza." È drastico il parere di Tito Maniacco, poeta eretico e scrittore attento ai miti e all'immaginario della sua terra, ma poco in sintonia con gli stereotipi e le oleografie della "piccola patria" prodotti dalla classe dirigente locale. Il Friuli non ha idee di sviluppo e nemmeno miti credibili. Come in Veneto, anche qui l'identità è qualcosa che si coltiva nel chiuso del tinello, davanti al *fogolar* e al *tajut*, il focolare e il bicchiere di vino. Al riparo dal mondo, non in relazione a esso. L'identità aderisce a simboli morti, a reperti fossili, come la pialla, la gerla, il bue, in cui i giovani non possono riconoscersi. Il mondo dei "tavernicoli", raccontato da Tim Parks.

"I friulani," racconta Maniacco, "sono tecnicamente bravissimi, navigano su Internet, parlano inglese, delocalizzano alla perfezione. Insomma: si adattano al mondo. Ma quando tornano al *fogolar* non trovano il mondo nel loro microcosmo. Tengono accuratamente separate dal globale la briscola e l'osteria. Ed ecco che la lingua friulana serve a tracciare un confine con il mondo, è un'arma di difesa più che una naturale espressione identitaria. I comportamenti si sdoppiano, identità ed economia si separano irrimediabilmente, la vita diventa schizofrenica."

Dolce saliscendi fino ai vigneti di Nimis. È un paese senza centro, di contrade disperse e antagoniste fra loro. I suoi abitanti sono friulani speciali. Nei dintorni si dice che "esistono i buoni, i cattivi, e quelli di Nimis". E se una donna di fuori sposa uno di qui, si dice che lui "l'ha cjolte una di vie dai pais", quasi a riconoscere che qui è frontiera e "i paesi" sono altrove. La gente ha un fortissimo senso del clan e ha un modo di parlare obliquo, indiretto, allusivo; adattissimo, quindi, alla politica. "Vedremo" vuol dire "No". E il prete, per invitare i parrocchiani alla messa, non deve suonare le campane. Deve dire che "l'erba del sagrato è troppo alta".

A Nimis la gente votava in massa scudo crociato, poi ha votato in massa Lega. Il segreto di quel trasloco istantaneo che ha dato il segnale all'intero Friuli è racchiuso in queste pievi pedemontane allineate sulla linea misteriosa di Porzûs, della ritirata dei cosacchi, della Resistenza che diventa Guerra Fredda, del terremoto che spacca le montagne, del friulano che si mescola al paleoslavo. "Questo luogo è una pignatta che bolle," racconta fieramente, in friulano stretto, il parroco locale, don Rizzieri De Tina. "Qui si toccano due mondi: l'Occidente, dove la verità è adeguamento della cosa all'intelletto; e l'Oriente, dove la verità è ciò che sembra che la cosa sia."

Nimis, Tarcento, Magnano in Riviera. La bici fila su un confine tra mondi, la terra dei miei nonni paterni, una linea d'ombra piena di segreti. Qui, proprio nelle parrocchie, è risuonato il grido del friulanesimo integrale in faccia allo stato unitario "costruito dalla massoneria". E sempre qui, misteriosamente, si concentra la "crema" della classe dirigente friulana. L'onorevole Piergiorgio Bressani; e poi Antonio Comelli, Giancarlo Cruder, Alessandra Guerra. Tre presidenti di Regione. Tre case a un tiro di schioppo una dall'altra.

Qui la vera svolta non fu il crollo della Dc, e nemmeno Tangentopoli. Fu un passaggio precedente, tutto generazionale, e tutto interno allo scudo crociato. Quello dalla vecchia guardia alla nuova, da Antonio Comelli al giovane Adriano Biasutti. Il primo era figlio del microcosmo parrocchiale pedemontano, esprimeva un mondo segnato da un'identificazione assoluta, pelle a pelle, tra la chiesa e il partito. Un mondo nel quale le candidature politiche si decidevano in canonica. Una piccola patria retta dalla segreta trigonometria delle pievi. Con Biasutti tutto cambiò. Lui veniva dalla Bassa del braccantato, terra laica, spesso anticlericale, rossa. Un mondo dove la canonica ha sempre avuto un potere marginale.

Fu lo sbarco di una generazione rampante e spregiudicata, decisa ad assumere direttamente la regia della politica. Non a caso con Biasutti, come con Bernini in Veneto, quello che era un rapporto quasi carnale divenne un semplice gioco di scambio. In Friuli, i soldi del dopo-terremoto servirono solo a rimandare lo scontro. Alle canoniche fu concesso l'ultimo privilegio: l'autogestione della ricostruzione. E in cambio, arrivarono i voti.

Ma era un rapporto che alla chiesa stava stretto, perché il campanile aveva perso la sua centralità. Così, appena su Biasutti piovvero i primi guai giudiziari, istantaneamente nelle pievi risuonò la parola d'ordine che rimetteva in libertà il voto dei cattolici. A Nimis, Coia, Tarcento, Cassacco, Sedilis, Sammardenchia, Villanova delle Grotte il passaggio alla Lega fu quasi automatico. La Lega infatti, con il suo localismo spinto, garantiva nuovamente due cose: il primato del campanile e la distanza dal fisco statale. Il voto di rottura, la rivolta, si rivelò così l'esatto opposto: un atto di restaurazione.

Rimetto il rapporto duro, salgo verso Montenars. È una strada che conosco palmo a palmo. Ma ogni volta che la ruota morde quel tornante sotto il paese, la bici si inchioda davanti a un buco nero, il cervello si blocca, si ribella come un mulo da montagna, rifiuta di valicare quella linea d'ombra. Anche stavolta è così. La moviola della salita si inceppa, poi arriva il silenzio, l'odore d'erba, le mosche nervose, un caldo deformante sopra le ghiaie del Tagliamento, verso Trasaghis. Come quel giorno di maggio del '76, quando il terremoto distrusse il Friuli.

Sono venticinque anni che cerco di passare quella curva. Venticinque anni che tento di tornare a Montenars, il paese delle mie estati di bambino, fine anni cinquanta. Sempre la stessa strada. Rincorsa lunga sotto i Colli Orientali, Passo di Monte Croce, i vecchi ponti, il Torre color stagnola, Artegna, la casa di Mariute, poi la strada che decolla verso il Quarnàn e la costellazione misteriosa dei villaggi sulla Sclavanìe.

Anche da piccolo arrivavo fin lì, ma dalla direzione contraria. La sera, scendevo dal paese a piedi per aspettare papà che tornava dall'ufficio di Udine. Su quel tornante mi fermavo, perché in quel punto Montenars spariva dietro una gobba della collina e mi sentivo perduto. Fu il mio primo confine. Lì guardavo l'ultima luce sparire sulla pianura. E lì cominciava, ai margini di quella piccola Heimat adottiva, il primo infinito che – per me triestino – non fosse il mare.

Ovviamente so che dietro a quel curvone non c'è più il paese di allora. Dalla collina che sovrasta Magnano in Riviera – il paese di mio nonno – la pianura non è più un lago buio sotto le stelle. La musica della cascata è diversa, i falò sono spenti, la bottega di Raffaele ha chiuso e accanto non si batte più morra. Non ci sono le "voci". Allora mi fermo, giro la bici e torno, perché tutto possa restare com'era.

Su quel curvone sopra la pianura rimetto il rapporto lungo e scappo, filo in discesa in una fuga che è un playback, una ritirata interiore, compiuta perché quel mio microcosmo non cambi, resti identico a prima che il monte, una sera, si spargesse di scintille e un tuono lungo, interminabile, lo devastasse fin nelle viscere.

C'era una volta il Friuli. Oggi, in quello spazio materno, trovo mille altre cose. La friulanità, il friulanesimo, i cortei dello spadone, i villaggi dei celti buonanima, i reperti nelle teche, le leggi di tutela. Tutte lodevoli. Ma tra queste cose e i profumi di allora c'è una voragine. Qualcuno obietterà: nostalgia dell'adolescenza, confusione fra storia e tempo interiore, sovrapposizione fra mito e realtà. Difficoltà, forse, ad ammettere che quell'Arcadia felice fu anche subalterna e poverissima.

Può darsi. Intanto, vorrei che quel buco nero tra il Friuli di oggi e quello di allora fosse davvero il terremoto. Dico "vorrei" perché sarebbe consolatorio pensare a una forza esterna e terribile. Non è così. Non è stata la notte del 6 maggio a distruggere il mondo di ieri. È stato un altro sisma silenzioso che ci ha stravolti dentro, modificati geneticamente. Fu quella "fine delle lucciole" sentita con lucidità e chiaroveggenza proprio da un friulano. Pierpaolo Pasolini.

Il Veneto non ha macerie? È egualmente uno spazio terremotato. Tutto il Nord lo è. Senza nessun 6 maggio fissato negli orologi dei campanili, senza nessuna catastrofe, ha vissuto egualmente un'apocalisse. In trent'anni è cambiato tutto: valori, sviluppo, paesaggio. Solo che, senza un terremoto, noi del Nord non ce ne siamo neanche accorti. E tutto è avvenuto così in fretta che un giorno abbiamo messo il naso fuori casa e ci siamo detti: mio Dio, cosa siamo diventati.

Qui, almeno, c'è questa data mitologica nella nostra storia. Guai a picconare un mito: succede il finimondo. Tuttavia, è il caso di chiederci quale storia abbiamo costruito su quell'ora zero. Dobbiamo farlo, perché lentamente il terremoto è diventato evento "indiscutibile", inondato da fiumi di retorica. E anche perché apparteniamo tutti – ecco un vero motivo di unità regionale – a uno spazio ipersensibile della memoria, costellato di sacrari e memorie nere. E dove per troppo tempo – tra Olocausto, foibe e Porzûs – è valso il costume di mobilitare a scopo elettorale anche i morti.

Il rischio, in queste terre di frontiera, è sempre lo stesso: fossilizzare l'identità, produrre una caricatura delle Heimat. Soprattutto, usare la catastrofe per un'autoassoluzione collettiva, per non discutere più nulla, per abbassare la soglia critica nei confronti dell'esistente, nobilitare assistenzialismi, giustificare sprechi e protezionismi, recintare rendite di posizione. Oppure per costruire nuovi confini, inventare innocentismi o vittimismi etnici.

Chiunque si chieda, banalmente, a chi giova tutto questo, converrà che si tratta di operazioni utilissime alle classi dirigenti incapaci di esprimere idee forti sul futuro. La Venezia Giulia ha vissuto a lungo in questa sindrome, e ne sta uscendo solo ora. Il rischio è paradossale: che il Friuli si "triestinizzi". E che la regione tutta si fossilizzi nell'abitudine di crogiolarsi nel passato, anziché cercare una vocazione sul domani, vissuta in campo aperto e da protagonista nella grande trasformazione del nuovo secolo.

Filo nel vento, mi insinuo come un pointer negli anfratti del territorio, e mentre fra un bicchiere di vino e una fuga cerco i segni del mondo di ieri, comincio a chiedermi che nesso vi sia tra certa identità cellofanata e la musica della lingua o il profumo vero del paesaggio. Nessuno. Il Friuli è altra cosa. È un territorio clandestino, costituzionalmente allergico alla denominazione di origine controllata. È roba da contrabbandieri della memoria.

Mi dicono che gli ayatollah della piccola patria vorrebbero purificare anche il friulano di Pasolini, che i tutori dell'identità istituzionale costruiscono, sopra le macerie del terremoto, mitologie funzionali solo al potere. Roba letale, capace di occultare le identità autentiche, uccidere il mistero del *genius loci*, rifiutare la complessità delle radici, azzerare il paesaggio della memoria, trasformare il giardino delle parlate locali in una piatta monocultura, protetta da potenti insetticidi. Non c'è niente che annulli le diversità più di questa strombazzata devolution.

Il Friuli autentico non è mai doc. È l'alba segreta che bussa dietro le Alpi Giulie dal balcone del Palavierte, sopra Zuglio. È il Tagliamento che tuona sotto le stelle tra Pinzano e il Monte di Ragogna. Lo spazio delle acque sorgive tra Bugnins e Ariis. I tetti color smeraldo di Pesàriis. La bici che scollina sul Passo Pura e ti schiude la trigonometria dei campanili. Lo "scoglio" di Medea a guardia dell'ultimo cantuccio di pianura a oriente, là dove le lingue e i fiumi si mescolano.

Se la lingua friulana esiste ed esiste com'è – una straordinaria combinazione di conservatività e varietà interne –, per cui "parlandola e ascoltandola io sono immerso in una memoria profonda", quella lingua lo deve alla gente comune. Lo deve soprattutto, dice Gian Paolo Gri, "alle classi subalterne, perché se fosse dipeso dai ricchi e dagli intellettuali sarebbe un tesoro svanito", non alla politica.

La mitologia sismica rivela quanto interessata sia la nostra memoria. Spiega come mai, per esempio, un don Antonio Bellina – "pre Toni Beline" –, figura corsara e coltissima, sia esibito come una medaglia per il suo lavoro istituzionale (la traduzione della Bibbia in friulano), ma venga osteggiato per le sue memorie personali. Memorie come quel testo straordinario che è *La fabbrica dei preti*: fatto sparire con procedura inquisitoriale dalle librerie per la finestra di verità che apre sulla vita nei seminari di casa nostra.

Allo stesso modo – di fronte a certi episodi di piccola xenofobia che segnano l'operoso Nordest – non so dire se la grande memoria della nostra emigrazione, così come glorificata dalla classe dirigente, possa aiutarci a capire gli immigrati di oggi, mettendoci in una posizione di vantaggio per comprendere il più grande evento del nuovo secolo. E non inneschi invece in noi gli identici pregiudizi che subivamo quando, in Svizzera o in Francia, eravamo i marocchini di ieri.

Entro nelle montagne, verso l'epicentro del terremoto, la macchina dei pensieri macina alla grande, mi ricorda che sono un bastardo di frontiera. Ho padre friulano e madre triestina. Ho gustato i due piatti identitari locali: il *frico* e la *jota*, una specie di formaggio padellato il primo, una micidiale zuppa di crauti acidi la seconda. Ho frequentato taverne serbe, montagne austriache e coste della Terronia. Mi arrampico sui monti della Carnia, batto sentieri siciliani e vado in bici lungo la Sava. E c'è di peggio. In ognuno di questi luoghi mi trovo splendidamente.

Come impuro nelle radici e nella cultura, ho una percezione nettissima. Più cresce quella che chiamiamo la globalizzazione e più si approfondiscono i piccoli confini "etnici". Mentre la linea d'ombra tra Venezia Giulia e Slovenia lentamente sparisce, ne cresce un'altra fra Venezia Giulia e Friuli. E qui, nei luoghi delle macerie, mi chiedo se l'orgoglio della ricostruzione – resa possibile dalla solidarietà nazionale – abbia avvicinato il Friuli alla Venezia Giulia, o abbia ancor più allontanato da Trieste l'immaginario friulano.

La risposta è che il terremoto ci ha divisi anziché unirci. O meglio: non il terremoto, ma l'uso che se n'è fatto. Questa strumentalizzazione retorica ha autorizzato certa classe politica ad autocelebrazioni esclusive e dimentiche dei terremoti altrui. Quelli, per esempio, che hanno sconvolto l'area giuliana: il fronte dell'Isonzo, il peggior fascismo e il peggior comunismo etnico, la guerra fredda, le deportazioni e gli esodi di massa, lo strangolamento di un confine infelice, l'asfissia dell'Adriatico come mare di commerci.

Tolmezzo, il pisciatoio d'Italia, indifesa in mezzo alle frane, quasi bella nel sole radente. Il sisma sembra ieri, ripropone quel tuono lungo sul dorso del monte Quarnàn, il caldo sulle ghiaie, l'odore dell'erba. Il ciclista bastardo, il nomade, il figlio di nessuno, il narrabondo ne ha abbastanza. Sente che, a causa dei miti "zoppi", delle celebrazioni interessate – quelle che trasformano il passato da propellente in sottile tossina –, questa terra si indebolisce, si divide, perde voce in capitolo e persino l'idea del suo futuro. Diventa fanalino di coda nella trasformazione federale del paese dopo essere stata, anni prima, il suggeritore della sua politica estera.

Si chiede: chi cavalca certo friulanesimo di maniera, chi ci tormenta con le ossa degli antenati se non i fratelli minori dei furbi che segarono le radici del Friuli con il cemento del dopo-terremoto? E allora non sarà che quella memoria è stata usata per occultare il presente, per non rispondere alle domande vere?

Mattina limpida, rara da queste parti. Riparto verso la Carnia profonda, verso l'ultima voce delle radici, l'ultima trincea contro la desertificazione. E a Luincis, sopra Ovaro (l'antico Davar), busso alla "Cjasa dai predis", la canonica dove operano due parroci di frontiera, don Giuseppe Cargnello e don Renzo Dentesano. Udinese il primo, fiorentino il secondo, sono troppo anarchici per le gerarchie diocesane. Così si sono autoesiliati lontano dalla curia e dai vescovi "che sono chierichetti del papa". Scegliendo volontariamente il peggiore dei posti possibili.

Non occorre insistere: il discorso cade subito su ciò che li distingue da Roma e dal Vaticano. "Questa chiesa monolitica delle piazze piene," dice Cargnello, "fatica a sentire la voce delle diversità." E subito, splendente, sgorga la memoria di Aquileia, del patriarcato della coesistenza, della democrazia e delle lingue diverse; non una chiesa, ma un arcipelago di chiese locali, una famiglia governata da un capo scelto dal basso. E ancora: Aquileia, "fucina di elaborazione teologica e di inculturazione della fede". Una fede che, anche oggi, deve "tutelare le diversità, incarnarsi in esse e farle fiorire".

"L'arco alpino," spiega don Giuseppe, "è una sorgente di civiltà in Europa. Contiene valori nobili: accettazione della fatica, insofferenza verso la burocrazia e le mode, attaccamento alla terra. Per questo ho scelto di venire in montagna. Troppo facile restare nel mucchio, fare come i politici, che si limitano agli agglomerati urbani e ignorano il territorio. Troppo facile portare il benessere là dove già c'è, o seguire modelli

americani. Tutta roba inesportabile in periferia. I preti do-
vrebbero venire tutti qui, per dare un segno di controtendenza. Rinnegare la quantità e scegliere la qualità.

"Mi dica," aggiunge poi mostrando il paese e i monti che
prendono i colori della sera, "la giungla vera è qui o nel cemento delle città?" La sua Luincis viene da una radice celti-
ca che ha a che fare con l'acqua. Come Lienz, sulla Drava, e
come il fiume Livenza. È un paese antico, con soffitti a cassettoni del Seicento e tetti in embrice tra i più puri. Qui la ricostruzione ha distrutto più del terremoto. Gli ingegneri di
città hanno sostituito parti ancora integre con il calcestruzzo.
"Interventi sacrileghi," commentano i due *predis*. "Là dove
la gente ha fatto da sé, tutto è come prima."

L'anima ribelle delle valli friulane, quella autentica, non
sta a Nord tra i celti della Lega, ma a Oriente, oltremare, là
dove il sole sorge dalle polverose longitudini extracomunita-
rie. In fondo al Mediterraneo, in terre di minareti e caravan-
serragli, alle foci del Nilo. E ancora più in là, in Asia, sugli al-
topiani dell'Anatolia, dove il cielo ha il blu delle maioliche.
Parentele corsare, dimenticate, che tornano ad affacciarsi sulla piccola patria sotto forma di acque sorgive, sogno, vertigine e danza sacra.

L'antica chiesa di Aquileia viene dal Medio Oriente. Risale, attraverso San Marco, a una comunità fondata sulla danza estatica: i terapeuti di Alessandria d'Egitto. Gli stessi che,
sei secoli dopo, avrebbero influenzato Maometto attraverso
le comunità giudaico-cristiane attive nell'Arabia del settimo
secolo. Oggi, affermare che l'Islam e la chiesa friulana si toccano, ipotizzare che lo spirito originario di Aquileia non pro-
viene solo dal Nord alto-medievale del Sacro Romano Impero ma anche dalla stessa direzione dei *turcs* e delle antiche
paure di questa frontiera orientale, non è cosa da poco. Specie in questi tempi di masi chiusi e nordismo galoppante. Si-

gnifica rileggere la grande tradizione dell'autonomia locale offrendole un diverso archetipo di piccola patria: più mediterraneo, contaminato, aperto, universalista.

Come in un romanzo giallo, in questo ritorno corsaro appaiono le tracce di una vendetta postuma. Quella di Gilberto Pressacco, prete, teologo e affabulatore che, nella lingua locale, nelle tradizioni popolari e nei testi sacri, vide proprio a Oriente – nel silenzio imbarazzato della curia – infiniti segnali anticipatori di un credo aquileiese autonomo e cosmopolita, ribelle a Roma sino ai confini dello scisma. Ignorato da vivo, Pressacco fu lodato solo da morto. Ebbe, in cattedrale, gli onori dei suoi nemici. Gli stessi che fiutarono in lui puzza di eresia, vollero poi disinnescarne con l'incenso la memoria.

Il prete scomodo aveva intuito molte cose, forse troppe. Perché solo in friulano l'arcobaleno è chiamato "arco di san Marco"? Forse tutto risale alla memoria del santo fondatore della chiesa aquileiese consegnataci da una tradizione popolare che si rivela veicolo di una rivoluzionaria idea alessandrina. Quella per cui Dio, alla fine del diluvio, getta agli uomini un ponte iridato per dire la sua volontà di salvare tutte le creature, reprobi inclusi, decretando la non eternità dell'inferno e del peccato. E perché "sorgente" in friulano si dice *macor*, come l'ebraico *maqor*? Non c'è, dietro, il senso salvifico delle risorgive, attorno alle quali danzavano i terapeuti? Non c'è l'idea primordiale dell'acqua come elemento comunitario, che sfugge puro agli inferi; acqua libera, non ancora reclusa nei battisteri?

E perché mai, si chiede ancora Pressacco, la parola sabato – oltre che in ebraico – diventa femminile solo in friulano? Perché si personifica in una santa, *sante Sàbide*, il cui culto fu così temuto dall'Inquisizione? Non c'è anche lì la vitalità sommersa di un'idea corsara sbarcata dal Mediterraneo attraverso il pensiero di Origene, secondo la quale Cristo, dopo la crocifissione, in realtà scese negli inferi, prefigurando una più vasta e universale opera di salvezza? Non ci fu forse, attorno a queste idee, uno scontro che nell'Alto Medioevo portò a uno scisma fra Roma e Aquileia? E oggi, nel radicamento irriducibile della chiesa friulana più rustica, quella di montagna, non vi è forse il segno di quell'antica ribellione? Non è forse qui che sopravvive, su alcune tonache, la croce di san Cromazio, logo di Cristo e insieme simbolo egiziano della vita?

Val Pesarina, dura, infinita, in mezzo alle prime dolomie. Il cielo è striato sopra il Creton di Clap Grande e il Monte Pieltinis, cento case si stringono attorno al campanile a cipolla, sono tetti con tegole antiche – l'embrice carnico – dipinte di verde smeraldo. Una donna si appoggia alla zappa e dice: "Questo è il paese delle vedove". Ha ragione. Ci sono solo donne al lavoro sui campi di Pesàriis, e non è per antica consuetudine. È perché gli uomini non ci sono quasi più. Li ha rubati la pianura, negli anni del boom, portandosi dietro anche le famiglie. Lassù sono rimaste le donne sole.

Il tempo ha fatto il resto. Nel '45 Pesàriis aveva mille abitanti. Oggi ne ha centocinquanta. Quelli che hanno trovato posto alla Solari, l'industria locale, si contano sulle dita di una mano. Eppure, quelli di quassù non sono gente qualunque. Lavoratori di prim'ordine, di quella tradizione socialista e anarchica nata ai primi del Novecento dall'emigrazione nelle capitali d'Oltralpe: Parigi, Vienna, Berlino. Li chiamavano "senza Dio", perché non erano baciapile come nel Friuli feudale. La donna sorride: "Erano socialisti, ma bravi. Lavoravano per la comunità, non per lucro". Gente indomita, anche. "Qui le bandiere rosse si esponevano anche ai tempi del fascio." Una pernacchia al federale e via.

Lo squallore economico e politico del presente lo si misura nel bar di Pradumbli, un paese di alpini dove ogni casa è una biblioteca, il solo che abbia osato aggrapparsi sul lato ombroso della valle. "Sburtacarriole" è il giudizio più clemente sui politici di oggi. E poi: "Dopo la stagione delle ideologie è arrivata quella dei salti della quaglia". "Sono cinque anni che 'quelli' fanno baldoria a Udine, e intanto i problemi marciscono." Nostalgia della Prima repubblica? "No, solo per il tempo in cui ci si scontrava su cose serie e i politici avevano i coglioni."

Risalgo verso il Passo Pura con il cielo che si fa inchiostro, ora piove sulla Carnia maledetta, sento le frane in alto verso il Monte Tinisa. Mi chiedo a cosa serva la decantata specialità regionale se qui arrivano solo regalie interessate. Oppure briciole di aiuti, perché qui non c'è massa-voto. Comincia la discesa, il cielo è panna e piombo, novecento metri di dislivello da togliere il fiato che sono un tango triste in mezzo al nulla. Nelle case sono rimasti solo i vecchi, ma quei vecchi pagano sull'immobile le stesse tasse di una famiglia in città. La partita Iva ha fatto sparire la convenienza delle stanze in affitto; i registratori di cassa hanno ucciso le osterie e le rivendite nelle frazioni. Oggi, anche d'inverno e con la neve, i vecchi devono aspettare con la sporta, sulla strada, l'arrivo del camion del pane.

Ampezzo, che deserto. Spariti i punti di ritrovo, non rimane che la parrocchia. Il resto è solitudine, anche nell'ultima spiaggia, il bere. Conseguenza: crescono la disperazione, la litigiosità, i particolarismi, mentre la già debole presenza demografica ed elettorale della montagna diminuisce ancora. I luoghi dove elaborare un progetto politico si rarefanno. Venne la Lega, ma fu solo un megafono; il dio Po non bastava a risolvere i problemi. Persino le famiglie sono divise. Gli adulti a valle, a lavorare. I vecchi a casa, da soli, accanto al fuoco. E ormai, in paese, il vigile urbano serve solo ad attaccare ai muri gli annunci mortuari.

In osteria, la sera, mi raccontano che fino al secondo dopoguerra il minuscolo Rio dei Mulini, presso Forni di Sopra, aveva diciannove derivazioni in poche centinaia di metri, e ciascuna di esse corrispondeva a un punto di vita, di lavoro o d'incontro. Sette i mulini: Pete, Zian, Lalo Carote, Taliano, Quande, Coleto e Anin. E poi la captazione dell'acqua potabile, la centralina elettrica, il lavatoio, la segheria, la fontana, la latteria sociale, la *favrie* Durighela, quelle di Anzolon e di Vuees, e altri posti ancora. Era il segno che, anche in una miseria spaventosa, la comunità si organizzava.

Oggi il rio è morto, la fontana tace, la latteria sociale è un mucchio di rovine, la vita stessa è archeologia. L'acqua risorgiva, ultimo bene, si butta via. Si svende ad altri, all'Enel, che la usa altrove. Lo fanno tutti, anche la Comunità montana. La gente nei paesi ha smesso di organizzarsi: assai più comodo l'assistenzialismo, per chi lo dà e per chi lo riceve. Così la Carnia si è addormentata anche politicamente. Posti come la Val Degano non hanno più rappresentanti in consiglio regionale.

"Mi preoccupa questo invocare interventi esterni, quando il problema è organizzare energie interne, a partire da quelle umane." Franceschino Barazzutti non è solo l'ex sindaco di Cavazzo, ma anche una delle anime politiche (di sinistra) della Carnia. Vent'anni fa era l'unico a difendere la montagna dall'abbraccio asfissiante del compromesso storico. Il Rio dei Mulini per lui è la metafora di questa sua terra che ha dimenticato di essere stata capace di contrastare una natura avara. "Oggi la gente ha smesso di darsi da fare; mette i soldi in banca o alla posta. E tutto va... *alla murìa.*"

Forcella Rest, cielo blu genziana prima della discesa verso Tramonti, Meduno e la vampa della piana pordenonese. Posti duri, deserti. In solitudine, la memoria macina, mi rimanda il film del Colle dell'Agnello, un altro scollinamento desertico, una salita magnifica tra Saluzzo e la Francia, con le marmotte spaparanzate al sole a centinaia, fra muschi, muri di neve e pietraie, sopra una complicatissima rete di tane. Che salita fu quella. Aria fina, quota 2700, uno Stelvio. Il sole sparì, la temperatura scese a quattro gradi e dal colle arrivarono nubi francesi, piene di neve. Una massa tetra e compatta mi slavinò addosso, schiacciandomi in un sandwich fra il nevaio e quel ferro da stiro che era il cielo. Passò un francese in tutina gialla, negli occhi un lampo blu Gauloise. "Bon courage!" gridò, poi una mano invisibile lo sollevò come un arcangelo, lo inghiottì in un gelido soffitto di lanugine in movimento.

Discesa lunga, poi ripiombi nel ruspante Nordest, l'isola felice del "Facciamo da soli". Campi di soia, falò di lucciole-fast food, allevatori spaventati dalla mucca pazza, giornali che gonfiano l'allarme alieni, la montagna che si svuota, "prioni" extracomunitari che escono dalle fabbriche, ciclisti all'ematocrito in corsa sulla pedemontana, vacche cannibali e manifesti di un uomo chiamato Hannibal, calciatori miliardari dal passaporto falso, il frastuono di una pubblicità demente che invade e conquista, modificando le nostre abitudini. E, agli angoli delle strade, il sorriso del Grande Fratello Telegenico che si clona all'infinito e dice alla politica: fatti più in là. E a noi: "Ghe pensi mi", fidatevi, lasciatemi lavorare.

Non è un viaggio, è una fuga. Dalla sensazione che tutto, uomini e animali, sia entrato a far parte della stessa macchina drogata e tirata al massimo. Pollai come discoteche, discoteche come pollai, la follia animale che pare una metafora di quella umana. Ti cresce dentro l'idea che stia per cadere ogni limite di sfruttamento tra l'uomo-massa e il profitto di pochi; che fra te e quello stomaco immenso che macina ogni valore, tra l'individuo e quel dio segreto e indiscutibile che si chiama Globale, non sia rimasto più nulla. E infine, la percezione quasi fisica che la sicurezza non esista più, che il senso di quella parola materna si sia ridotto a cosa miserabile. L'invocazione di uno sceriffo armato sotto casa.

Lo struzzo mi punta come un velociraptor, si stacca dal branco nel fondo del capannone-velodromo, mi corre incontro agitando quel suo culone piumato fatto per galleggiare sulle praterie. Le multinazionali non gli hanno ancora modificato la genetica; non hanno ancora evirato questo gladiatore della pampa che ti sfida con l'occhio giurassico, extracomunitario, incazzato e vitale. Chiuso nel suo allevamento nella pianura friulana, sotto le montagne e le Frecce Tricolori che disegnano una cabala di segni azzurrini sulla pianura, il bestione chiamato a essere "carne alternativa" in tempi di follia bovina pare l'ultimo capo ribelle di uno sterminato popolo di reclusi. I seicento milioni di pennuti e conigli sfornati ogni anno dal pianeta Italia, e concentrati qui, fra Adige e Alpi Giulie, in mezzo ai campi di mais e le fabbriche del mitico Nordest.

È un viaggio, questo, nel cuore del turbocapitalismo alimentare, in un mercato criptato, impenetrabile, iperigienico, tirato allo spasimo, dove l'allevatore conta sempre meno e la genetica altrui, i mangimi e la grande distribuzione fanno il bello e il cattivo tempo. Un pollo da rosticceria raggiunge il suo peso in quaranta giorni. Se ce la fai in meno tempo, ci guadagni; altrimenti, perdi. Per chi – e sono una minoranza – non lavora in *sòccida*, cioè in leasing e a prezzo garantito per le grandi concentrazioni, una giornata può fare la differenza tra profitto e bancarotta. Specie quando il mercato è in tumulto, come ora che la mucca pazza spinge su pollame e affini. Il risultato è la corsa alla crescita accelerata, alle "bombe" alimentari.

Allevamenti come lager. Puzza da crepare. Ma ti ci vuole poco a capire che la storia non sta lì. Devi cercare oltre la ca-

173

tena di montaggio, i nastri trasportatori dei pulcini, i frulla-
tori di zampe, code e frattaglie. Oltre le gabbie dei tacchini
da diciotto chili pronti al macello o la sommessa grandinata
di caccole che piove dalle conigliere industriali. In questo universo dove tutto è "clonato" e ha lo stesso odore, scarpinare
in mezzo al letame non ha senso. Ti basta guardare negli occhi uno qualsiasi dei ventimila polli che pigolano in un capannone sigillato. Il pollo non è un vitello, non ha bisogno di
sei chili di foraggio per crescere di un chilo. Gliene basta uno
virgola sette. Il pollo coincide, letteralmente, con il suo man-
gime.
    E allora, se esplori l'iride di quella bestia terrorizzata, ci
trovi un sacco di cose. Le quotazioni della Borsa di New York,
le oscillazioni delle valute, le guerre miliardarie tra case far-
maceutiche. Vi leggi l'Europa di José Bové come ultima trincea contro il "malmangiare" e la bioingegneria sovvenziona-
ta, che per uno strano cortocircuito proprio ora scende in
guerra contro il governo. I cartelli del mais e della soia trans-
genica pronti a sfondare nella vecchia Europa dopo il bando
delle farine animali, oppure i veterinari ridotti a rappresentanti. Vi leggi il consumatore inerme, il contadino che non
conta più nulla, non conosce più gli animali che alleva e il ci-
bo che riceve dai megamangimisti. I segni di un diaframma
che si rompe, la marcia inesorabile verso una mutazione genetica globale della nostra alimentazione.

    Aviano, Polcenigo, Conegliano, lunga corsa sotto il co-
stone delle Prealpi. Da un po' questa strada pedemontana è
diventata una sottile, nervosa linea rossa della paura. Paura
dell'Islam, soprattutto. È colpa di tre situazioni limite che vi
si annodano: il record europeo di immigrazione, la più alta
concentrazione di arsenali yankee, l'ansia divorante del ceto
medio. Il ceto – oltretutto – più produttivo e incazzato, più
ricco e blindato d'Italia. Tutti lo sanno: qui si rischia il cor-

tocircuito. Per questo su tutti è scesa un'improvvisa prudenza. Tolte le teste calde, persino la Lega tace. Finite le urla, il piscio di porco contro le moschee. Stan zitti anche quelli di Forza Nuova, anche i cattolici fondamentalisti veronesi. C'è tanto silenzio intorno. Anche troppo.

"Se succede," ti dice la gente, "qui salta tutto per aria." "Tutto" vuol dire l'economia, le basi Nato, la convivenza. "Tutto", difatti, è tremendamente interconnesso. La sera, nei centri commerciali, la civiltà "superiore" e quella "inferiore" approdano allo stesso bancone dei sandwich. Soldati americani e donne con lo chador, giovani trevigiani ruspanti e manovalanza marocchina. Mondi che si sfiorano, si tengono d'occhio senza parlarsi all'ombra degli stessi eventi globali e delle stesse cattedrali del consumo. Una miscela che produce pregiudizio e insieme integrazione, paura e lavoro, allarme e miliardi.

A est del Piave, marocchini dappertutto. Hanno invaso il distretto del mobile. Sono tra i pochi ancora in grado di offrire abilità manuale a un comparto affamato di carpentieri. Tutti conoscono il loro valore e loro sanno di poter parlare ad alta voce. Abderrahim El Ghalemi ha sposato un'italiana insieme alla quale gestisce una ditta di vernici. Ha fondato un'associazione Islam-Italia in provincia di Pordenone. Protesta: "La gente comincia ad avere paura di noi. Ma è tutta una psicosi costruita dai media". Marocchino è pure Touhani El Khattani, esuberante operaio della Benetton nella sede di Travesio.

Non ha grandi moschee, il Nordest. Qui non riecheggia il richiamo dei muezzin. L'Islam è una presenza silenziosa, si raduna a pregare in case private, dentro piccole sale con tappeti. Una presenza forte, anche: talmente spalmata sulla nebulosa industriale triveneta che alcune fabbriche hanno allestito al loro interno sale di preghiera. Nella frenesia del turbodiesel d'Italia, quelle stanze sono il luogo dove il musulmano declina la sua nostalgia della lentezza.

Picchia un sole tropicale, e, nel giorno del mercatino, Santa Lucia di Piave pare Timbuctù. Cinesi, serbi, nigeriani vestiti da baseball, pakistani con il turbante, piloti americani della base Nato; le etnie di mezzo mondo fanno ressa in mezzo ai veneti. Una bella senegalese passa alta fra i chioschi con un cagnolino candido al guinzaglio, altri immigrati battono sui tasti del Bancomat, e questa new society che flana tra panini alla porchetta, arrotini, reggipetti a diecimila e nuvole di frittura, parla di un inserimento che esiste, di un globale che ha già fatto il nido nel locale. Dice che in Veneto Berlusconi è il sogno americano, e Forza Italia è la rappresentanza dell'individualismo compiuto.

Il campanile batte i rintocchi della ricchezza raggiunta, ma è un tocco sottilmente ansiogeno, perché ammonisce che la pacchia potrebbe non durare. Esattamente come il voto. "Questo è un mondo generoso che ha lavorato troppo e oggi ha imparato a far lavorare anche gli immigrati," spiega il musicista Bepi De Marzi da Arzignano. "Oggi a questa gente interessa solo andare avanti senza scossoni." Finora tutto è filato liscio, nessuno è fallito nonostante le tasse, l'Italia è rimasta in Europa, la paura padana si è spenta, la Lega non serve più. Ma sottopelle restano l'ansia, lo spaesamento, la nostalgia d'incontro che – specie tra i giovani – nasce da un mondo passato in una generazione dall'aratro a Internet, dal premoderno al postmoderno, spaccando tutti gli spazi intermedi tra la famiglia e l'impresa.

Sosta in una fattoria con maiali, puzza boia. Bisogna vederle, le porcilaie del Nord, quando arriva da mangiare. Appena la broda borbotta nei tubi e si incanala nella prima mangiatoia, un fremito si impossessa dell'intero pentolone padano. Altro che mucca pazza, la follia vera è qui. Scatta una baraonda contagiosa, indescrivibile; come se un mestolo enorme creasse un vortice di milioni di animali, scatenando in ogni box un sabba di schiene, cosce e culi che si scavalcano, annaspano, nuotano come un branco di barracuda dentro una vasca da bagno. Solo che i maiali, al contrario dei pesci, non stanno zitti. Urlano come indemoniati; gridano una fame atavica, metafisica, primordiale. Emettono uno stridio spaccatimpani, come se un milione di forchette grattassero all'unisono il fondo di un piatto. Il porco ha fretta di mangiare. Ha dentro qualcosa che gli ordina di consumare in un lampo i suoi otto mesi di vita prima del Tritacarne Finale. L'altare del consumo di massa.

A morte la mucca, viva il maiale, gridano i mercati. Il maiale è il nuovo business: cresce veloce, ingurgita tutto, e se la Borsa dei mangimi impazzisce non è un problema, gli cambi la dieta. Il maiale non ha ossessioni genealogiche, non è etichettato in ogni muscolo come il bovino, non ha il fiato dei Nas sul collo. Togli i prosciutti grandi firme e altre prelibatezze doc, diventa presto carne anonima: salame, impasto, salsiccia. Di questi tempi, un bengodi. Ci sguazzano i Soliti Noti, i big del mondo alimentare. Megamangimisti, megamacellatori, il cartello della grande distribuzione ammanigliata con la politica e le banche. Una macchina oligopolista che stabilisce i prezzi, influenza il consumo con la pubblicità, deve andare sempre a pieno regime per abbattere gli enormi costi fissi, schiaccia gli allevatori più deboli e si pappa nuove fette di mercato.

Com'è fighetta Treviso, all'ora dello struscio. Ai tavolini del caffè Beltrame, sotto la loggia dei Trecento, non trovi più i vecchi burloni del film *Signore & signori*. Quando la sera, in un gran traffico di rondoni e frizzantini, entri con il tuo velocipede nel luogo-simbolo del Veneto grasso, scopri com'è fatta la nuova tribù vincente. Broker, assicuratori, odontotecnici, bancari, tecnici software, commessi. La loro divisa non lascia dubbi; è la nouvelle vague dalle mani curate che segna la fine di Cipputi e vota Berlusconi. Ragazze-cicogna su sandali dai tacchi vertiginosi, abbronzatura permanente, conto aperto dalla parrucchiera. I maschi con il colletto della polo alzato, occhiali scuri avvolgenti o modello Himalaia, giubbino in renna. Kawasaki e Saab parcheggiate dietro l'angolo.

Simboli, ti dicono, di un'appartenenza, o forse di una mutazione genetica. Certamente di una scelta politica che ha ribaltato le sorti del paese. Davanti a quei feticci la tentazione è forte. La tentazione di chiamarli: stronzi, figli degeneri, videodipendenti, plagiati e anche un poco mona. Ma poi ti guardi in giro, vedi che il voto azzurro dei giovani non ha solo la faccia del neodoroteismo griffato. Scopri che entra fra i precari della new economy, nelle famiglie rosse o nelle sacche di disoccupazione. E allora ti tocca capire.

"L'onda, te vedarà che onda!" mi avvertirono i nordisti d'assalto la sera prima del voto in cui vinse Berlusconi, tra un'ombra di rosso e una fetta di soppressa al bancone. Non sapevano che di lì a poche ore quell'onda lunga, attesa e micidiale, anziché spazzar via bolscevichi, ladri, burocrati, clandestini, esattori d'imposta e pedofili sporcaccioni, avrebbe portato via un pezzo di Lega e della sua storia, travolto gazebi, campanili serenissimi, il dio Po e gli ultimi sogni di fuga da Roma ladrona del profondo Nordest.

"Aria nova, zente nova, alternanza sana!" profetizzava ardente Mariella Mazzetta da Padova, rossa e incontenibile pasionaria del Carroccio veneto. Alla vigilia del voto Mariella non immaginava che, in una notte di lunghi coltelli, la "gente nuova" sarebbe arrivata sì, ma con il volto dei fighetti azzurri. Per toglier di mezzo proprio loro, i barbari del leone di San Marco.

Che notte, quella notte. Alle undici il sindaco-sceriffo di Treviso, il leghista Giancarlo Gentilini, salì con passo energico lo scalone dei Trecento, regalò ai giornalisti le sue ultime metafore al sangue vivo. A gambe larghe, in posa tribunizia: "Abbiamo marciato su Roma e l'abbiamo presa. L'obiettivo era mandarli in esilio, e l'obiettivo è raggiunto". All'osteria Montelvini di Volpago del Montello aveva infiammato l'uditorio spiegando che "Rutelli si scotenna", e che la "Margherita si sfoglia"; difatti "a ogni petalo si strappa un pelo alla Pivetti finché la lupa romana resta senza peli". Nella sede della Lega erano già pronti il salame e una damigiana di Malbec per far festa all'alba; si sparse anche la voce di un maialino da sacrificare in piazza dei Signori.

Poi, nella notte stellata e profumata di glicine, arrivarono i primi risultati. Dissero che la Lega era quasi dimezzata, che l'effetto-Berlusconi aveva prosciugato tutto come un diserbante. Uno choc. Rientrarono i salami, figurarsi il porco; a palazzo arrivarono ragazzine azzurre in tailleur con un iris in mano. Fu un attimo. Improvvisamente Gentilini restò solo, parve già un rudere con le sue battute da osteria e la brillantina nei capelli. Un vecchio Sior Pantalon tra i giovani della nuova etnia veneta di città, firmati anche nel pigiama, sempre "in tiro", berluscones dalla nascita, estate alle Maldive e d'inverno struscio a Cortina. Si vide che non era solo la fine della Lega, ma anche di un'epoca. La fine della locanda come luogo ultimo dell'incontro e della politica. Tutto rifluito altrove, smaterializzato, nella notte più lunga del mitico Nordest.

Montello, profumo di robinie, salgo dolcemente, senza fretta. Non c'è nessuna altura da dove vedi meglio la galassia industriale pedemontana. È come appoggiare uno stetoscopio sul Nordest. Lo senti pulsare. E se frughi in quel paesaggio stravolto da ipermercati, intasato di capannoni, se tendi l'orecchio su quello sgobbare da pazzi, da sballo, da cocaina arricchita, allora scopri che oltre il rumore di fondo, il friggere dei cellulari, il bip dei computer, lo sferragliare delle macchine e l'ansare stridulo dei magazzini, c'è il basso continuo di una litania. Sono i veneti che ripetono a se stessi: "No gavevo, no gavevo, go paura de no gaver". Non avevo, non avevo e ora ho paura di non avere.

Paura. Gratti un pochino dietro l'autostima del self-made-man e la trovi subito. Verde, fottuta, onnipresente. Paura del mercato, dell'Europa, del futuro, della Borsa, dell'Organizzazione per il commercio mondiale. Paura degli extracomunitari, dei ladri, dei balordi, della globalizzazione. Paura, anche, di cambiare. È come se tutte le ansie postmoderne si concentrassero in questa fantastica megalopoli industriale che appena ieri era campagna profonda, emigrazione, polenta e pellagra. Ma dietro alla nuova sindrome da assedio c'è una paura antica, sommersa e primordiale. Quella di ricadere nella miseria dei padri.

La prova? Il mestiere che tira di più al Nord non è il tornitore o il disegnatore tecnico. Non è nemmeno il mago del marketing. È lo strizzacervelli. In Veneto gli psicologi crescono al ritmo di centosessanta unità all'anno; nell'albo professionale hanno già sfondato da mesi quota tremila. Tutti ne hanno bisogno: famiglie, aziende, associazioni, enti pubblici. Un boom. Non è solo l'alienazione che si sposta dalle megalopoli alla provincia. Nel bianco Nordest è qualcosa di più. È il lettino che prende il posto del confessionale, Freud che sostituisce il prete. È il Giappone d'Italia che scopre di essere una complicazione mentale, oltre che un prodotto interno lordo.

Ieri non avevo, domani ho paura di non avere. Ma come fanno, ti chiedi, a produrre nella paura? Domanda errata. Qui si produce *grazie alla* paura. A Montebelluna, la capitale europea dello scarpone, è possibile. Il Nordest è il luogo dove l'ansia si biforca, micidiale tossina e al tempo stesso imbattibile propulsore di sviluppo. I distretti, leggi sui manuali di economia, sono quei luoghi dove centinaia di piccole e medie aziende occupano il medesimo settore e riescono a esprimere, insieme, la potenza di fuoco di una multinazionale. Non scrivono, i manuali, che sono anche epicentri di quest'ansia dai due volti che ti spinge ad accelerare con il freno tirato, ti fa entrare in cortocircuito con te stesso.

Paura "de no gaver"! A Montebelluna le casseforti traboccano di risparmi, la piccola e corteggiatissima banca locale distribuisce i più alti dividendi del Veneto, di disoccupati non ne trovi neanche a morire, ogni otto abitanti c'è un'azienda. Il comparto si trasforma, cresce, passa di mano, delocalizza in Romania, acquista in tecnologia, regge a tutti gli urti, ma ogni volta, al minimo rallentamento, ecco tutti gridare alla catastrofe, suonare le campane a morto come dopo una grandinata che ha distrutto il raccolto. Succede da trent'anni. Un inverno che non ci fu neve e la domanda di scarponi crollò, i montebellunesi calarono su Venezia per chiedere lo stato di calamità e la richiesta parve così inverosimile che persino il munifico "doge" Bernini li mandò a quel paese.

Tra Caerano e Asolo ti cattura il solito spaventoso ingorgo di camion, e ogni centimetro di strada ti parla della sconfitta di certa devolution d'assalto. Gli stessi comuni che chiedevano insistentemente una viabilità migliore hanno impedito gli espropri per realizzarla. In nome della proprietà privata, si sono opposti a regole che avrebbero portato ordine in questo territorio dissipato. È così che la protesta del Nordest si avvita su se stessa. È come per gli immigrati. In Veneto, chi invoca manodopera straniera e chi grida contro gli extracomunitari non sono affatto due persone diverse.

Sono la stessa persona, la stessa società. E chi vuole "meno stato" per competere meglio, spesso è il primo a esigere dallo stato medesimo una bella serra riscaldata che lo protegga dal Globale.

"Vendo capannone Tremonti," dicono certi annunci economici fra Vicenza e Padova. Esibiscono la mitologia della pacchia fiscale berlusconiana; ma – visto che si vende – ne denunciano anche il fallimento. Rinasce la nostalgia del partito-mamma; con Vittorio Veneto che torna a Canossa per votare un ex segretario del "doge" Bernini; o la fiera Arzignano che diventa come Trapani, dice "obbedisco" e accetta di sdoganare un paracadutista romano di Berlusconi, tale Orsini. Uno talmente sconosciuto che alcuni burloni hanno stampato un manifesto. Ci stava scritto: evviva, il 13 maggio, epifania della Madonna di Fatima, forse si mostrerà alla valle anche il nostro candidato dei santissimi misteri.

C'era una volta la rabbia veneta. Esci dalla pianura, svolti sulla pedemontana, grande linea-madre dei terremoti politici e produttivi nel Nord anni novanta, attraversi in scioltezza le ex roccaforti padane in bilico tra le colline del Cartizze e i distretti industriali, e subito fiuti la restaurazione avvenuta. Ovunque. Nella Lega etnica dei friulani e in quella "rossa" pordenonese attorno al colosso Zanussi; nella Lega tosta di Vittorio Veneto, in quella similfascista di Treviso o in quella veteroclericale di Verona. In tante delle sue infinite varianti, il popolo venetista ha scelto di traslocare in Forza Italia. La nuova Dc.

"Per diese ani," ti dicono a Pederobba, "gavemo mandà a Roma zente che zighea", per dieci anni abbiamo mandato a Roma gente che gridava. E adesso? "Adesso basta. Volemo zente che porti a casa qualcosa." Che silenzio sul Piave! Segui il fiume verde e in ogni locanda, ogni capannone, ogni cassa rurale, il profondo Veneto lavoratore ti dice la stessa cosa. Caro amico, la sbornia è finita, la Lega pure. Il Nordest non urla più, è tornato afono, dunque "normale". Come ai tempi di Bisaglia, quando il rapporto di scambio fra la *zente* e la Balena viaggiava sul filo di un borbottio da confessionale.

Sosta per un frizzantino a Mel, tra Feltre e Belluno. In locanda gli avventori non parlano più di politica. Con la Lega era facile capire il voto. La Lega aveva i suoi luoghi: i gazebo, le grigliate, le marce sul Po, il Leone di Venezia. Oggi il voto è diventato invisibile. Cheto come quello della Dc. Passa di bocca in bocca, di campanile in campanile, vola con il sussurro della *ciacola*. La nuova maggioranza non sfila, non suona tamburi in campo aperto. Vive in non luoghi, si immerge in dimensioni virtuali, la radio, il telefonino, il telecomando. Scatena la sua partigianeria solo intervenendo telefonicamente, nella platea luccicante dei talk show.

La parrucchiera, il benzinaio, il geometra. Gente che esprime un voto discreto, ma non per questo meno fondamentalista, un voto che oggi trova la sua perfetta cassa di risonanza nell'avanguardismo populista dei nuovi governatori azzurri. Chiede ordine, meno tasse, espulsione dei clandestini, pena di morte, libertà di licenziare, libertà dallo "stato kankero che ne porta via tuto". "Qua i tase e i lavora," ti dicono, si tace e si lavora.

Ma c'è un problema. Chi tace non chiede, e chi non chiede non ha. E Berlusconi non ha dato niente. Nemmeno un ministro alla locomotiva d'Italia, al mitico Nordest che ha regalato alla destra sette collegi su dieci nella Grande Padania.

In un bar di Belluno, rieccotelo il Cavaliere che ti sorride dal video. Ma la montagna non si fa sedurre. Il suo è un voto pragmatico, privo di innamoramento e trasgressione. "Qui la rivoluzione borghese non travolge e non incanta. Sarà forse la lezione del Vajont, ma una sana diffidenza per il potere è diventata parte dell'identità." Marco Paolini, l'attore-autore bellunese noto per i suoi monologhi sul Veneto, ne è convinto: qui c'è un istinto di autodifesa che scatta immancabilmente non appena tentano di venderti astutamente e platealmente qualcosa.

È probabile che questo istinto sia scattato anche stavolta, davanti a certi eccessi di commercializzazione della politica. La gente ha pensato: non mi faccio fregare. Non compro a scatola chiusa. E così la vituperata diffidenza contadina torna in auge. Diventa, da fattore regressivo, la leva necessaria alla sinistra per "scoperchiare il pentolone". Riabilitata dagli eventi, scopre di essere quintessenza di democrazia, "fondamento della resistenza" del territorio contro l'imbonimento teleguidato. Le stesse valli dimenticate che diedero al paese le prime avvisaglie di una valanga a destra, oggi indicano le strade di una possibile controtendenza.

"Berlusconi? Vedaremo cossa che 'l xe bon de fare," ti dicono gli avventori di un bar nel paesotto di Mas, dove il Cordevole si infila nelle montagne. Arriva una bottiglia di Recioto e scopri che il consenso azzurro non è affatto acritico, non scende dai pulpiti e tantomeno da innamoramento televisivo. Berlusconi non fa scarpe, né bulloni, né sedie, né maglioni. In un paese che lavora con le mani, è un problema. "Cossa fa lu?" ti chiedono per stuzzicarti: cosa fa quello lì? "Comunicazione," spieghi; ma loro non si fidano. Lo votano lo stesso, certo. Ma non è una donazione di sé. È solo un leasing, un prestito temporaneo.

Forse è sempre stato così. "Cosa pensate della Dc?" chiedeva cinquant'anni fa la Cisl ai contadini che votavano in massa scudo crociato. "Che la xe ladra coi lavoratori," rispondevano quelli senza esitare. Intanto, la sinistra è in ripresa in tutta la media montagna. "Li abbiamo schiacciati ai confini con Haider," ride Maurizio Fistarol, popolarissimo ex sindaco di

Belluno. Eletto parlamentare con la Margherita, nella sua zona è riuscito a far risalire la destra verso le valli da cui era orgogliosamente discesa, anche in zone di tradizionale arroccamento leghista. Ha vinto dall'Alpago al basso Cadore. Agli altri ha lasciato l'Ampezzano e una fetta di Comelico. Quasi una cantonizzazione altimetrica. "Oggi," conclude, "non c'è più una montagna da scalare."

La Muda, Agordo, la Torre Trieste alta come un missile verso il Civetta. Comincia la montagna vera, le gambe girano male, sentono il temporale che arriva. Verso il castello di Andraz, la valle del Cordevole si chiude e si oscura sotto un cielo fosco, malato. Le pareti crepitano di correnti galvaniche; il temporale, intrappolato fra Tofana e Pelmo, tira cannonate secche sopra le trincee del Col di Lana e i cimiteri della Grande Guerra, e le moltiplica per l'eco delle crode. In fondo, la risalita, da Caprile. Un nome che è già un monito. Dice che lassù c'è la regina-madre. La Marmolada, quota 3343. Inconfondibile, solitaria, il ghiacciaio a nord e gli strapiombi gialli a sud.

A Rocca Pietore un sipario di pioggia sbarra lo stradone, il profumo di polenta e funghi indica la strada di un alberghetto. Accanto al fuoco, l'alpinista e scrittore Bepi Pellegrinon racconta storie della Grande Montagna, di un prete di Livinallongo che la tentò per primo, due secoli fa, e finì in un crepaccio. E di un altro prete che, commemorandolo, disse: ognuno ne tragga lezione, specie i sacerdoti, cui compete di starsene a casa loro. Maurizio De Cassan, il sindaco, spiega davanti a una birra che il suo non è un comune qualunque. È una "magnifica comunità" ladina, cui prima i tirolesi e poi la Serenissima concessero esenzione da tasse e servizio di leva. Fuori si scatena il temporale, il torrente è gonfio, la temperatura scende. Tempo da vecchi libri e notte sotto il piumino.

Piove a dirotto sull'Alpe, e anche qui senti l'inconfondibile scricchiolio dei masi che si chiudono. Sì, perché, via Austria e Tirolo, l'etnia è sbarcata anche in Veneto. Tu pensi al Leone di San Marco. Macché, quella è anticaglia leghista. Oggi c'è un'altra moda: essere ladini. Specie da quando il Veneto ha copiato dall'Alto Adige una legge che impone l'esame di ladino a chi voglia insegnare nelle valli. Risultato: oggi tutti sono desiderosi di iscriversi alla nuova Heimat, ricca di miliardi e seggiovie. Per far soldi, si iscriverebbero anche i cadorini, veneti purissimi, o gli antichi todeschi del Comelico.

"Se i turchi pagassero," scherza il sociologo bellunese Diego Casòn, "ci faremmo anche turchi." Idea peregrina? Mica tanto. Oltre il torrente e la pioggia, c'è un borgo di nome Caracoi. Narrano che la Serenissima vi mandò prigionieri ottomani, per farli sgobbare nelle miniere. Kara Köy: "Villaggio nero", come l'imbarcadero per l'Asia dalla vecchia Istanbul. È quanto basta per addormentarsi sulla soglia di un fantastico Altrove.

Mattina senza speranza, il bollettino "nivometrico" di Arabba prevede malaugurio, il profumo di mele arrostite sale dalla cucina e invita a restare. Invece, sul tardi, smette di piovere, spunta il sole, il bosco si sveglia, sfiata vapori, resine, balsami, canto di *oseleti*. Poi, una finestra color genziana si apre nel grigio verso le rocce di Piz Serauta. È il segnale, si può provare. Presto, prima che il cielo si richiuda. Panini nelle sacche, una borraccia di aranciata e una di vino, e via in incognito, dietro al Salvàn dal Luoster, il troll di questi monti incantati. Prime rampe leggere, primi alberghetti, le botteghe con i galli e i draghi in ferro battuto, il pavé che entra a Sottoguda alle soglie di quel piccolo inferno che si chiama Serrai. È la gola dove il torrente si infossa per sessanta metri e il cielo si riduce a una striscia fra i mughi. Un posto dove non batte il sole.

Sugli strapiombi, una lapide mariana esorcizza il luogo sinistro, stretto da morire per un plotone in fuga ma adattissimo ai pellegrini solitari. Dice: "O turista, in questa solitaria via / sosta per mormorar l'ave Maria / ti sembrerà d'esser bambino / e sentirai la mamma a te vicino". Intanto, una diabolica pendenza si insinua sotto la bici, un ponticello dopo l'altro, con la voglia di uscir di lì, ritrovare la luce. E tu sali, finché lo squarcio si allarga sulla colata di marmo che dà il nome alla Marmolada. Ma più la croda ti invita a salire, più la gola ti risucchia indietro. Il cambio gratta, scortica la catena, riduce l'andatura a un surplace, ti spinge con il naso in avanti, ingrandisce persino le formiche e le rughe dell'asfalto. Già ricompare la Madonna, ma il Golgota deve ancora venire.

Malga Ciapela, stazione della funivia, quota 1460. La rampa della leggenda è lì davanti, va su fino al tredici per cento sotto la cresta del Serauta, dove Curzio Malaparte combatté la prima guerra mondiale. A destra, i prati coperti di neve fresca sotto il Sass de Roi. Trecento metri di dislivello in tre chilometri d'asfalto senza respiro, fino alla capanna Bill, all'attacco dei tornanti. Qui, chi non appartiene alla confraternita dei girini danzanti lasci perdere scatti d'orgoglio. Alle bestie da soma compete lentezza. "Pian e ben," dicono qua; un passo alla volta. Allora tutto cambia e diventa lieve, i prati e le crode rivelano infiniti dettagli, schiudono i segreti del mondo ladino.

Col Nègher, Sasso Vernale, Pian de Padòn. La bici va fra gli ultimi larici, rivela migliaia di nomi che cantano. È il mondo di Dino Buzzati, il giornalista bellunese che raccontò meglio di chiunque il mistero delle crode. "Qui ogni sasso, ogni fienile ha la sua lingua," confermava ieri in valle Rosanna Pezzé. Ma a fronte di quella incredibile densità di storia, c'è il vuoto del presente, l'abbandono della montagna che Buzzati stesso percepì già trent'anni fa. Lo scenario è superbo, i ghiaioni innevati sono segnati dalle tracce dei camosci, in cresta il vento solleva festoni di zucchero a velo, ma la montagna dorme. In otto chilometri non è passata una macchina.

Come sono cambiate le Dolomiti. Finita la neve, finita la stagione dei caroselli e dei circhi bianchi, la gente sparisce, risucchiata da autostrade, capannoni e ipermercati. Oggi, la montagna italiana fa solo bip, è una questione di skipass e cancelletti. In primavera, va già in letargo.

Quota 1800, l'aria fina mette appetito. Tempo ideale per birra e panino, ma la birra non c'è. La vecchia bici va a meraviglia. È una "mountain", gomme lisce da strada e una gran storia alle spalle. Diecimila chilometri sui sentieri degli Incas, cavalcati da un gringo friulano di nome Emilio, uno che è vissuto fra Colombia e Perú. Oggi lui la tradisce con le nuove belle al titanio, ma all'idea di mandarla in pensione gli si stringe il cuore. Così è grato, quasi commosso, che la riporti a brucare in altura. Le ruote mordono, il cambio torna a grattare, svela che dopo la rampa la pendenza non finisce affatto, anzi. Il toboga si impenna al quindici per cento, l'asfalto è segnato da torrentelli di neve in fusione, abbacinanti nel controluce. Un jet passa in silenzio, minuscolo sulla verticale.

Ma attenzione, all'improvviso la montagna si muove tutto attorno alla formichina che sale. Il vento del passo la investe, il ghiacciaio deborda, spuntano le paretine giallo-nere di Cima Undici. E a un tornante con la scritta "Padania libera" le Dolomiti fanno un giro vertiginoso, si avvitano su se stesse, mentre da est salgono come missili le canne d'organo della Civetta, la parete delle pareti. Altro che montagna immobile: qui tutto è dannatamente instabile. In cinquant'anni il ghiacciaio è arretrato di mezzo chilometro, scoprendo le postazioni austriache della Grande Guerra.

A valle, il Lago di Alleghe è nato così, da un giorno all'altro, nel Settecento, da una frana che ha sbarrato il fiume. E quassù il confine fra Belluno e Trento – ieri rispettivamente Repubblica di Venezia e Impero d'Austria – subisce un estenuante tiro alla fune a suon di carte bollate e appelli alla presidenza della Repubblica. Lì la guerra non è mai finita, dura dai tempi leggendari degli arimanni e dei trusani. Tutto è conteso, anche le pietre. Persino la quota del passo oscilla. Metri 2057, secondo la carta. Metri 2056, secondo l'Anas di Bolzano. Metri 2054 per l'Anas di Venezia. Forse la montagna è solo un punto di vista.

Poi, il Passo Fedaia ti arriva addosso dal curvone, insieme al vento del ghiacciaio, i corvi e l'odore di gnocchi del rifugio. Il salto di mille metri è alle spalle, di colpo la bici perde peso, diventa un aliante, sorvola le Dolomiti che si aprono a megaschermo. Solo allora pensi che è vero: ce l'hai fatta. Ma già si scollina, il rapporto si allunga, la bici vola verso la diga sulla riva del lago semivuoto, il cielo torna a ingrigirsi, copre tutto di una tristezza desertica, targata Enel. "L'Alpe l'è bela, ma ha perso smalto," racconta al rifugio Castiglioni il gestore Aurelio Soraruf, e spiega di come la gente abbia dimenticato il senso stesso della parola "rifugio" perché ha disimparato a camminare. Un tè caldo, un doppio strato di giacche a vento e giù a rotta di collo verso Canazei, sotto l'immensa parete nord del Gran Vernel ancora piena di neve.

Una galleria dopo l'altra, la velocità aumenta, il freddo pure, i freni cominciano a cantare. C'è un tipo, da queste parti, che i freni non li usava mai. Un burlone di nome Oreste Sala, settantacinque anni, da Falcade. Quando un giorno Bartali e Coppi spuntarono dal Passo Rolle, lui si infilò nella fuga con la sua Torpedo e guidò la discesa a rotta di collo fino a Predazzo, dove tagliò per primo il traguardo volante da clandestino. Fausto non fece una piega, ma Gino gli corse dietro per rifilargli un ceffone. Uomo dai mille mestieri, inimitabile raccontatore di storie, Oreste è l'ultimo rappresentante di un'Alpe anarchica e libertaria che non c'è più. Fa freddo, è tempo di un sorso di vino, pane e soppressa veneta.

Pòzza, Soraga, Moena, Predazzo, Cavalese. La bici si insinua tra il Catinaccio e le crode dei Monzoni, fila in discesa leggera sul percorso della Marcialonga. Conosco ogni cima, qui i monti hanno fantastici nomi ladini. Mi si affianca un battaglione di ciclisti francesi. Nella discesa dopo Cavalese la bici quasi decolla dalla carreggiata deformata dalle gobbe, lo stomaco si comprime e si allunga, si svuota e si riempie di farfalle. Finisce con una notte piena di stelle, a Molina di Fiemme, con il rumore dei torrenti che scendono dai Lagorai. Com'è bella la montagna trentina, non subalterna e afflitta come quella italiana. Non è solo il segno dei miliardi della regione più assistita d'Italia. È anche la cultura del vecchio Impero asburgico, cui il Trentino ha appartenuto sino al 1918. Il rapporto giusto, non predatorio, con il paesaggio.

Una volta anche nell'Italia sabauda lo stato si occupava dell'Alpe. Quintino Sella scalò il Viso con un collega calabrese, poi fondò il Cai. Oggi, figurarsi Berlusconi e D'Alema. Persino in Piemonte, la terra dei Savoia, la montagna è talmente subalterna che prima la Fiat e poi la politica l'hanno ridotta a una riserva indiana di vecchi, poeti e originali. In Valle Varàita, l'ultimo fu Antonio Bodrero, scrittore occitano. Di lui Tavo Burat, specialista di culture alpine, narra che si presentava ai convegni con il sacco da montagna. Ci teneva pane, salame e una grossa sveglia. Un giorno, a Bolzano, negli anni del terrorismo, il ticchettio fece gridare alla bomba, la sala fu sgombrata, poi gli artificieri pescarono stupefatti l'innocuo marchingegno da sotto una toma piemontese.

Mattina di vento leggero. Ho dormito da re, mi regalo una colazione a base di uova e prosciutto, lascio partire i francesi in fregola già dalle sei del mattino. Risalgo in solitudine fino a mille metri, poi scollino verso la Val d'Adige e il margraviato dei canederli allo speck che si chiama Sudtirolo. Sopra è tutto limpido, volo come un rapace per una discesa lunga, regolare, silenziosa, da parapendio. Fino a Ora, dove c'è il salto oltre l'autostrada e il grande fiume.

Poi cominciano le vigne di Caldaro e la lunga, pigra salita verso il colle della Mendola, dove la vista si apre sulle Dolomiti di Brenta, grandiose come i torrioni delle terre immaginarie descritte da Tolkien. Oltre, di nuovo il Trentino. Comincia la Val di Non e il distretto della mela. Mele dappertutto, nei paesi non si fa altro. È di nuovo "la Cosa", l'oggetto unico, totalitario. Come la sedia in Friuli, inizio del nostro viaggio.

In un paese quassù, pochi mesi fa, ho incontrato Alessandro Zanotelli, monaco che per parecchi anni ha lavorato in Africa, portando aiuto e conforto in mezzo a tanta disperazione. L'ultimo grande italiano vicino alla teologia della Liberazione. Andammo in un vecchio maso, lui benedisse il pane. Instaurò subito fra di noi un clima di pace assoluta.

Disse cose terribili. Dell'Occidente che ormai "puzza di morte". Delle valli miliardarie della mela che non ridono, non cantano più. E dell'Apocalisse, il libro della Rivelazione. Della sua importanza per decifrare un mondo che sfugge al controllo, in balìa di poteri sempre più planetari e di forze sempre più tribali. In dodici anni trascorsi in mezzo ai poveri dell'Africa, quel testo sconvolgente gli aveva fornito la chiave per capire le ingiustizie del nostro tempo.

"Se il profeta tornasse oggi, vedrebbe la Bestia nelle corporazioni finanziarie che spostano migliaia di miliardi di dollari al giorno decidendo i nostri destini. Vedrebbe un abbraccio tra armi e finanza senza bandiere né nazioni. Ma l'Apocalisse avverte: nonostante tutto l'Impero è debole, imperfetto.

Crollerà." In Africa, per la prima volta, raccontò di aver percepito un mistero abissale. "Quando leggi quelle parole a fianco di un malato terminale di Aids per dirgli che Dio gli vuol bene, e vedi che quel malato sorride, allora ti chiedi: da quale sorgente, da quale dimensione viene quella forza vitale?"

Solo quando lo salutai l'emozione si sciolse, come un temporale d'agosto. Dietro il primo angolo piansi come un bambino.

Comincia la salita verso il Passo del Tonale. Dopo Mezzana, quando dai boschi sbucano l'Ortles e l'Adamello pieni di neve, comincia una rincorsa lunga, penitenziale, già valdostana. Oltre Vermiglio, quando la strada si desertifica, l'aria si fa rarefatta e cominciano i pini mughi, mi torna in mente l'Izoard, il passo delle Alpi francesi che più inganna, con quel nome leggero. Il ricordo è come una moviola: Arvieux, la *fromagerie*, la fontana, le torri civiche con la campana, i tornanti, il bosco che sa di resina. Ma i chilometri trafiggevano i polpacci con mille aghi gelati. L'aria era ferma, mosconi nervosi annunciavano temporale. E l'ultimo villaggio, Brunissard, diceva "fermati" con il fumo d'arrosto che saliva dall'ostello dei Bons Enfants.

Boia, non si arriva mai. Come sono lontani i capannoni padani. L'Ortles scintilla, la Presanella è come un liscio gelato al limone, il sole picchia, non ho più niente da bere. Torna, in dissolvenza, la sete dell'Izoard, di nuovo lui, con la Casse Déserte, il ghiaione costellato di pinnacoli che l'asfalto taglia in un mezzacosta lunare, da purgatorio. Poi la cima, l'obelisco, la bandiera, il chiosco delle bevande e dei souvenir. E puntuale, pesante come un reggimento, sulla porta del rifugio Napoléon, il temporale che mi cade addosso come una liberazione.

Il vento lombardo mi sveglia dal ricordo, sono in cima.

Strati su strati di maglioni. Il Nordest è finito. Ora cambia tutto. Già nella discesa verso Pontedilegno le auto quasi ti ammazzano, la gente ti bestemmia dietro. La Lombardia non è l'Impero asburgico, qui scatta la legge del più forte, i clacson ti dicono fatti in là, pirla su due ruote. Ma scendo lo stesso, perché voglio ancora lui, il Gavia, quota 2621. La salita più bella delle Alpi è lì a due passi. Il malpasso del Giro, la maledizione delle bufere. Gavia, le rampe al sedici per cento, le ruote che divagano, il respiro che manca, la crocifissione del ciclista. Il sigillo del viaggio, la vendetta sui capannoni.

Quando ci arrivi sotto e sfiori la doppia sorgente dell'Oglio – il Narcanello e il Frigidolfo –, quelli di Pontedilegno ti avvertono: prima di partire, prega la Madonna dei temporali, raccomandati agli gnomi della Valcamonica, invoca sulla tua bici l'animaccia di Bartali. Pronunciano a bassa voce quel nome duro, spiccio come un avvertimento. Hanno ragione. Gavia non è "Marmolada", che la senti cantare "Ohè". Non è "Stelvio", parola danzante, leggera. Il Gavia non canta. È un bisillabo ostico, minerale, pesante. Nero incantesimo.

Così, il mattino dopo, anche se non c'è una nuvola, anche se il blu si gonfia come uno spinnaker sull'Adamello, anche se i torrenti spumeggiano tra le mandrie, me ne vado alla salita con un mattone sullo stomaco. Non fosse per l'Airoldi Francesco – il compagno di gita, venuto appositamente da Bergamo – che ci scherza sopra, mi butterei fra le margherite come Tartarino sulle Alpi. Già a Sant'Apollonia, quota 1500, ultimo rifornimento. Poi, davanti alle nostre vecchie bici, al basto carico di panini e giacche a vento, in quel catino di monti ancora innevati ci prende una specie di allegra follia.

Ma sì, facciamolo questo Gavia, cosa sarà mai. Basta prenderlo con le buone, fare zigzag quando tira troppo. L'Airoldi fa training autogeno: la bici, dice, è uno strumento per sedentari. Difatti, sulla bici si sta seduti. Parrebbe che, chiacchierando, le gambe vadano da sole; e che il sellino sia in realtà una poltrona, da cui ti godi panorami ineguagliabili. E poiché la salita è anche una metafora, la salita è leggera. Poi l'Airoldi parte pianino fra le margherite, fa due-tre giri rituali su se stesso, aggira la sbarra con la scritta "Passo Gavia chiuso-fermé-geschlossen" e si fa catturare dal bosco. Pare un troll allampanato, con la criniera grigio ferro. Non c'è anima viva, si va in un silenzio lieve, la salita ti prende, e diventi parte di lei insieme al torrente, l'erica e il vento.

Non è lo Stelvio, con il suo zigzag regolare. Qui fra un tornante e l'altro hai cento e passa metri di dislivello. Ti affacci dal curvone e per vedere la strada in basso devi sporgerti. Quando scendi sotto il dieci per cento, è un pessimo segno. Vuol dire che pagherai dopo, con l'interesse. Difatti, il profilo altimetrico si impenna dietro l'angolo, la strada si restringe, diventa un budello di tre metri, forse meno, si intorcola nel bosco fitto, si cosparge di scritte sadiche di ciclomani, teschi dipinti del Pirata.

La pendenza tira, ma si va. A una curva, un camioncino dell'Anas, tre ruvidi cantonieri camuni che rappezzano il muretto a secco e salutano appena. È il pezzo che fu asfaltato per ultimo. Il più temuto. Quarant'anni fa, quando Torriani inventò la leggenda del Gavia, proprio qui scattò un vicentino di nome Imerio Massignan. Partì nella neve e nel fango, staccò tutti. Due volte forò, due volte fu ripreso dal lussemburghese Gaul. Arrivò secondo, ma il tappone fu moralmente suo e l'Italia impazzì.

Ultimi larici, campanacci di mandrie disperse, quota 2095, la pietra miliare indica che mancano sei chilometri. Dietro, oltre Pontedilegno, l'Adamello sbuca dai ghiacciai. Si va a mezzacosta sulla sinistra orografica della valle, tagliando lentamente una tundra verticale, gialla e battuta dal vento, punteggiata di genziane color blu notte. L'erba è organizzata a cuscini, sembra una prateria di pellicciotti, delimitati uno per uno da una trama di impercettibili sentieri. In alto e in basso, nelle pietraie, senti il fischio d'allarme delle marmotte. L'asfalto brilla, è un impasto di granito rosso, verde, argento, che rimanda il calore del sole, attira le farfalle, ultime cose vive in questo mondo minerale. Non c'è ancora nessuno. Fatica zero, siamo dopati di meraviglia.

Andiamo in silenzio, come i contrabbandieri nel novilunio sui sentieri di quota per la Svizzera. Passavano vicino a qui, salivano dai villaggi della Dalaùnia (nome antico dell'Alta Camonica), si inerpicavano sul passo di Dombastone prima di traversare la Tellina intorno a Sondalo. Qui ogni pietra ha una storia, e la storia è spesso l'altroieri. Te lo dice, nel museo della Grande Guerra, l'odore delle divise. Il panno sa ancora di naja, sudore e polenta. Il legno del parco-slitte profuma di abete, nello scatolame c'è ancora il minestrone sigillato nel 1915. Quanto c'è da vedere, in questo nostro paese. Basterebbe che gli italiani conoscessero le loro strade.

Quota 2330, entriamo nell'unico tunnel, nero come la pece. Il salto nel buio, dopo la luce abbacinante dei nevai, è un'esperienza da non perdere. Finché gli occhi non si abituano, si brancola alla cieca, e nei primi metri è facile perdere l'equilibrio anche andando pianissimo. Oltre alla direzione, si perde il senso della pendenza. In piena salita, il buio crea l'illusione della discesa. Così rallenti e sfiori il surplace, i pedali annaspano, le ruote pattinano su placchette di verglas, cominci a sacramentare, le voci rimbombano in modo surreale, si chiamano, si rispondono, la galleria pare la caverna di Aladino. Poi, in fondo, ti salva un tenue chiarore, i catarifrangenti ai lati acquistano luminescenza, ti guidano come un aereo in volo simulato. Fino a una luce bianca, calcinata, fosforica.

Ultimi tornanti, ultime marmotte in allarme, parapetti malconci, primi muri di neve tagliati con la fresa, il vento che annuncia il passo, il tricolore del rifugio Bonetta, il cartello della provincia di Sondrio. Ore 12.45, è fatta: l'altopiano del Gavia si spalanca sui ghiacciai del Cevedale e le postazioni della Grande Guerra. Di qui passa la leggenda, ma oggi il padrone della strada è un bambinetto che arriva cigolando in triciclo; è il figlio del custode, che ride, si diverte, ridicolizza giustamente ogni pretesa di epicità.

"Signora Bonetta, com'è la vita quassù?" chiedo alla sciura Torina di Bormio, qui al bancone da quarant'anni.

"L'è dura."

E il giro del '60?

"Duro."

E come sono i valtellinesi, rispetto ai camuni?

"Più duri."

Duri come?

"Come la Debora Compagnoni, non lo vedi com'è una dura?"

La salita, benedetti *lumbard*, non serve chiedere com'è.

Arriva all'aperto un minestrone fumante, birra alla spina, un cestino di pagnotte scure, con l'anice, alla svizzera. Siamo rossi come semafori, la collottola brucia. Dentro, al fresco, il gestore mostra vecchie foto del Giro d'Italia, le facce cotte dalla fatica, il caos delle motociclette fra le muraglie di neve.

Povera montagna italiana. L'effetto serra si mangia la neve, la Telecom non aggiusta i telefoni dei rifugi, l'Anas abbandona il territorio, vuol chiudere le strade meno trafficate. Il Gavia l'ha aperto Venezia secoli fa, per portare il sale ai tedeschi, raccontano. Oggi l'era dei network globali lo condanna, lo cancella dalla topografia, lo toglie dalle mappe.

Si va, ripartiamo veleggiando in discesa verso il rifugio Berni e Santa Caterina Valfurva. Sulla strada sciatori, alpinisti di ritorno dal Cevedale, automobili strombazzanti, donne impellicciate, ciclisti in arrivo da Bormio con bici spaziali, radioline a tutto volume. Di colpo, sento che i miei spazi si restringono.

Ed è già nostalgia d'Oriente.

primavera 2001

Ringraziamenti

Questi racconti nascono da un mix di lavoro giornalistico e viaggi "in libera uscita". Alcuni di essi sono già stati pubblicati su giornali e riviste, in forma più asciutta. Il nucleo di *Dove andiamo stando?* è comparso sul settimanale "Diario" nell'autunno del 1998. *L'uomo davanti a me è un ruteno* è frutto di due viaggi successivi compiuti nell'inverno del 1999; ma solo la prima parte – quella sino al confine ucraino – è stata raccontata, su "Il Piccolo" di Trieste, nel febbraio dello stesso anno.

Sia *Chiamiamolo Oriente* sia *Capolinea Bisanzio* traggono spunto da lunghi reportage usciti a puntate su "la Repubblica", rispettivamente nel gennaio del 2000 e nel giugno del 1999. *Ljubo è un battelliere* e *Il "frico" e la "jota"* (quest'ultimo, collage di quattro diverse pedalate) sono invece del tutto inediti, anche se fanno talvolta riferimento a luoghi e situazioni di altri reportage.

Ringrazio in modo particolare i colleghi e la direzione de "la Repubblica" per avere non solo tollerato ma addirittura incoraggiato le mie frequenti fughe e la loro successiva narrazione. Questo mi ha consentito di perfezionare uno stile e un genere che hanno trovato spazio prima sulle pagine del giornale e poi, in forma più compiuta, in due storie a puntate: *Tre uomini in bicicletta* (Trieste-Istanbul, agosto 2001, poi raccolta da Feltrinelli in un volume dallo stesso titolo) e *Seconda classe* (giro d'Italia in treno, agosto 2002), illustrate entrambe da Francesco Altan.

Indice

Ultimi volumi pubblicati in "Universale Economica"

Pino Cacucci, *Le balene lo sanno*. Viaggio nella California messicana. Con le fotografie di A. Poli

Arnon Grunberg, *Lunedì blu*

Osho, *Scolpire l'immenso*. Discorsi sul mistico sufi Hakim Sanai

Albert O. Hirschman, *Le passioni e gli interessi*. Argomenti politici in favore del capitalismo prima del suo trionfo

Bert Hellinger, *Riconoscere ciò che è*. La forza rivelatrice delle costellazioni familiari. Dialoghi con Gabriella Ten Hövel

Richard Overy, *Sull'orlo del precipizio*. 1939. I dieci giorni che trascinarono il mondo in guerra

Pierre Kalfon, *Il Che*. Una leggenda del secolo. Prefazione di M. Vázquez Montalbán

Carlo Ginzburg, *Occhiacci di legno*. Nove riflessioni sulla distanza

Giorgio Candeloro, *Storia dell'Italia moderna*. Volume quarto. Dalla rivoluzione nazionale all'Unità. 1849-1860

Giovanni De Luna, *Le ragioni di un decennio*. 1969-1979. Militanza, violenza, sconfitta, memoria

Paolo Rumiz, *Maschere per un massacro*. Quello che non abbiamo voluto sapere della guerra in Jugoslavia. Con una nuova introduzione dell'autore

Alessandro Carrera, *La voce di Bob Dylan*. Una spiegazione dell'America. Nuova edizione riveduta e ampliata

Marco Archetti, *Maggio splendeva*

Gad Lerner, *Scintille*. Una storia di anime vagabonde

Nick Cave, *La morte di Bunny Munro*

José Saramago, *La seconda vita di Francesco d'Assisi* e altre opere teatrali

José Saramago, *Saggio sulla lucidità*

Lao Tzu, *Tao Te Ching*. Una guida all'interpretazione del libro fondamentale del taoismo. A cura di A. Shantena Sabbadini

Manuel Vázquez Montalbán, *Assassinio a Prado del Rey* e altre storie sordide

Paolo Fresu, *Musica dentro*

Tim Burton, *Burton racconta Burton*. Prefazione di J. Depp. A cura di M. Salisbury

Antonio Tabucchi, *Il tempo invecchia in fretta*. Nove storie

Banana Yoshimoto, *Delfini*

Douglas Lindsay, *Il monastero dei lunghi coltelli*

Ilvo Diamanti, *Sillabario dei tempi tristi*. Nuova edizione aggiornata e ampliata

Renata Scola, Francesca Valla, *S.O.S. Tata*. Tutti i consigli, le regole e le ricette delle tate per crescere ed educare bambini consapevoli e felici

Federico Moccia, *Amore 14*

Amos Oz, *Una pace perfetta*

'Ala al-Aswani, *Chicago*

Osho, *La danza della luce e delle ombre*

Giovanni Filocamo, *Mai più paura della matematica*. Come fare pace con numeri e formule. Prefazione di F. Honsell

Eugenio Borgna, *Le emozioni ferite*

Jesper Juul, *I no per amare*. Comunicare in modo chiaro ed efficace per crescere figli forti e sicuri di sé

Gianni Celati, *Avventure in Africa*

Gianni Celati, *Verso la foce*

Paolo Rumiz, *La leggenda dei monti naviganti*

Salvatore Natoli, *Nietzsche e il teatro della filosofia*

Domenico Novacco, *L'officina della Costituzione italiana*. 1943-1948

Giorgio Candeloro, *Storia dell'Italia moderna*. Vol. III. La rivoluzione nazionale. 1846-1849

Alessandro Baricco, *Emmaus*

Iaia Caputo, *Le donne non invecchiano mai*

Pino Corrias, *Vita agra di un anarchico*. Luciano Bianciardi a Milano. Nuova edizione

Gioconda Belli, *L'infinito nel palmo della mano*

Cristina di Belgiojoso, *Il 1848 a Milano e a Venezia*. Con uno scritto sulla condizione delle donne. A cura di S. Bortone

Ettore Lo Gatto, *Il mito di Pietroburgo*. Storia, leggenda, poesia

Adriano Prosperi, *L'eresia del Libro Grande*. Storia di Giorgio Siculo e della sua setta

Eva Cantarella, *I supplizi capitali*. Origini e funzioni delle pene di morte in Grecia e nell'antica Roma. Nuova edizione rivista

David Trueba, *Saper perdere*. Traduzione di P. Cacucci

T.C. Boyle, *Le donne*

Henri Bergson, *Il riso*. Saggio sul significato del comico

Jean-Pierre Vernant, *Le origini del pensiero greco*

Claudia Piñeiro, *Tua*

Paolo Sorrentino, *Hanno tutti ragione*

Daniel Glattauer, *Le ho mai raccontato del vento del Nord*

Franca Cavagnoli, *La voce del testo*. L'arte e il mestiere di tradurre

Gianni Celati, *Quattro novelle sulle apparenze*

Giorgio Bassani, *Cinque storie ferraresi*. Dentro le mura
Giorgio Bassani, *Il giardino dei Finzi-Contini*
Marcela Serrano, *Dieci donne*
José Saramago, *Le intermittenze della morte*
John Cheever, *Bullet Park*
John Cheever, *Cronache della famiglia Wapshot*
Tishani Doshi, *Il piacere non può aspettare*
Jonathan Coe, *I terribili segreti di Maxwell Sim*
Jesper Juul, *La famiglia che vogliamo*. Nuovi valori guida nell'educazione dei figli e nei rapporti di coppia
Michel Foucault, *Nascita della biopolitica*. Corso al Collège de France (1978-1979)
Mimmo Franzinelli, *Delatori*. Spie e confidenti anonimi: l'arma segreta del regime fascista
Amos Oz, *Scene dalla vita di un villaggio*
Amos Oz, *Il monte del Cattivo Consiglio*
Josephine Hart, *La verità sull'amore*
Andrea Camilleri, Jacques Cazotte, *Il diavolo*. Tentatore. Innamorato
Pino Cacucci, *Vagabondaggi*
Maurizio Maggiani, *Meccanica celeste*
Keith Richards, *Life*. Con James Fox
Marcello Ravveduto, *Libero Grassi*. Storia di un'eresia borghese
Alberto Di Stefano, *Il giro del mondo in barcastop*
Tiziano Ferro, *Trent'anni e una chiacchierata con papà*
Ernest Hatch Wilkins, *Vita del Petrarca*. Nuova edizione. A cura di L.C. Rossi
Raj Patel, *Il valore delle cose* e le illusioni del capitalismo
Kenkō, *Ore d'ozio*. A cura di M. Muccioli
Banana Yoshimoto, *Un viaggio chiamato vita*
Salwa al-Neimi, *Il libro dei segreti*
Simonetta Agnello Hornby, *La monaca*
Muhammad Yunus, *Si può fare!* Come il business sociale può creare un capitalismo più umano
Loredana Lipperini, *Non è un paese per vecchie*
José Saramago, *L'anno mille993*
Eugenio Borgna, *Noi siamo un colloquio*. Gli orizzonti della conoscenza e della cura in psichiatria
Gianni Celati, *Passar la vita a Diol Kadd*. Diari 2003-2006. Nuova edizione